Sarah Samuel

Der Katzenfänger
und andere Grenzgänger

Eine Sammlung von Kurzgeschichten

novum pro

www.novumverlag.com

Bibliografische Information
der Deutschen Nationalbibliothek:

Die Deutsche Nationalbibliothek
verzeichnet diese Publikation in
der Deutschen Nationalbibliografie.
Detaillierte bibliografische Daten
sind im Internet über
http://www.d-nb.de abrufbar.

Alle Rechte der Verbreitung,
auch durch Film, Funk und Fernsehen,
fotomechanische Wiedergabe,
Tonträger, elektronische Datenträger
und auszugsweisen Nachdruck,
sind vorbehalten.

© 2020 novum Verlag

ISBN 978-3-99064-903-9
Lektorat: Mag. Eva Reisinger
Umschlagfoto: Sarah Samuel
Umschlaggestaltung, Layout & Satz:
novum Verlag

Gedruckt in der Europäischen Union
auf umweltfreundlichem, chlor- und
säurefrei gebleichtem Papier.

www.novumverlag.com

Inhaltsverzeichnis

Widmung 7

Die Woge 9

Mein vielgeliebter Freund 19

Der Katzenfänger 36

Die Co-Autoren 52

Das Konzert der Nächstenliebe 77

Die Künschtlerei 94

Abfahrt Seremban 9:31 115

Das wahre Leben 150

Das Geständnis 166

Widmung

Ich möchte diese Erzählungen den Menschen widmen, welche in die Hektik unseres heutigen Lebens voll eingebunden sind, sich aber gerade deshalb gerne ab und zu bei unterhaltsamer Lektüre entspannen wollen. Solche Leser können meist aus Zeitmangel keinen umfangreichen Roman in Angriff nehmen, und daher ist für sie das Genre der Kurzgeschichte hervorragend geeignet. Ich denke da speziell auch an Pendler in öffentlichen Verkehrsmitteln. Eine originelle und packende Kurzgeschichte kann für jene die Wartezeiten und die Fahrt selbst durchaus angenehm gestalten. So gesehen mag dieser Band als Beitrag zur Literatur wie auch zum Einstieg in den Umstieg auf klimafreundlichere Fortbewegungsmittel gewertet werden!

I have not loved the world, nor the world me;
I have not flattered its rank breath, nor bowed
To its idolatries a patient knee,
Nor coined my cheeks to smiles, nor cried aloud
In worship of an echo; in the crowd
They could not deem me one of such;
I stood amongst them, but not of them.

Lord Byron, *Childe Harold's Pilgrimage*

Die Woge

Wellen ... Wellen ... Wellen. Verspielte Wellen. Tanzende Wellen. Schlagende Wellen. In gemessenem Takt rollen sie mit ihren vertändelnden weißen Gischtkronen auf den warmen Sand zu. Diese Rhapsodie des Meeres übt eine wahrhaft magische, eine unglaublich entspannende Wirkung aus, und eine heitere Gelassenheit umarmt uns. Der aufdringliche Lärm und das Geplärre von Bangalore sind in einer flirrenden Ferne verklungen.

Wohlig räkeln sich mein Mann Rainer und ich auf den Liegen unter den Sonnenschirmen des Luxushotels Sun Aqua Pasikudah. Wir fühlen uns absolut behaglich, erleichtert und sorglos. Eine kaum spürbare Brise kommt auf, und der frische, salzige Luftstrom streichelt die Wangen und liebkost die Ohren. Das Wispern der Palmwedel im Park der Hotelanlage hinter uns vermischt sich mit dem leisen Plätschern des Wassers zu einem einlullenden Raunen. Eine gedämpfte Betäubung erfasst uns, eine Befindlichkeit der sich selbst genügenden Untätigkeit.

Am frühen Vormittag herrscht hier noch jungfräuliche Stille, ja, man könnte geradezu meinen eine Bewegungslosigkeit. Nur ab und zu gleitet ein Seevogel mit kaum sichtbarem Flügelschlag über der Weite des Golfs von Bengalen, um dann plötzlich wie ein wildes Jagdtier aus dem Himmel in Richtung Meeresoberfläche zu schießen. Auf dem öffentlichen Strand gleich neben dem abgesonderten Gelände des Sun Aqua Pasikudah werden die überschwängliche Vitalität und die Begeisterung der Legionen von Besuchern für Sonne, Wasser und Sand erst später am Tag hereinbrechen. Dann werden auch die Strandverkäufer mit ihren T-Shirts, ihrem billigen Tand und den gekühlten Getränken sowie das Heer der Fotografen wieder samt ihrer zwanghaften Betriebsamkeit auftauchen. Da wir den damit einhergehenden Geräuschpegel als unerträglich empfinden, wird dies für uns das Signal für den Rückzug an den klaren, wohltemperierten und dennoch beinahe unbesuchten Swimmingpool des Hotels bedeuten.

All die Strapazen der letzten Monate scheinen sich allmählich zu lösen. Wir durchlebten ein intensives Wirken bis zur Erschöpfung, das nicht nur den Abschluss von Rainers Tätigkeit in der Firma, sondern auch die Auflösung unseres Haushaltes umfasste. Zehn lange Jahre im heiß umkämpften IT-Sektor in Bangalore haben ihre Spuren bei Rainer hinterlassen. Es waren aber nicht nur die andauernde unerbittliche Konkurrenz und die Bedrängnis durch die überall aus dem Boden schießenden Start-ups für Softwareentwicklung im aufstrebenden Schwellenland Indien, sondern auch die kontinuierlichen Forderungen der Zentrale in München, die meinen Mann zermürbten. Unter der Führung von Dr. Mayer wurden die Erfolgserwartungen immer höher geschraubt: Output, Qualität und Profit sollten ständig gesteigert werden. Doch die gewünschten IT-Spezialisten, meist mit Abschlüssen angesehener Universitäten und durchwegs äußerst kompetent, konnte man auch in Indien nicht um ein niedriges Salär anheuern. Sie waren ausnahmslos selbstbewusst und kannten ihren Marktwert. So erhöhten sich die Personalkosten von Jahr zu Jahr in einem für das Management besorgniserregenden Ausmaß und belasteten die Gewinnspannen. Zudem war mein Mann bei Geschäftsabschlüssen immer wieder dem Druck einer unbeschreiblichen Korruption ausgesetzt, wobei die Firmenleitung in München nicht die geringste Vorstellung von der Situation in Indien hatte und sich auch kaum darum kümmerte. In diesen Fällen verließ man sich ganz auf Rainers Einschätzung. München war nur daran interessiert, über die Niederlassung in Bangalore den stetig schrumpfenden Umsatz in Europa wettzumachen. Mit den lokalen Gegebenheiten hatte mein Mann alleine fertig zu werden.

Vierteljährlich erschien Herr Direktor Mayer mit einigen der Herren der Führungsetage, um, wie es im Firmenjargon hieß, beim indischen Ableger nach dem Rechten zu sehen. Es war meist eine aufwändige und frustrierende Prozedur, bei der alles durchleuchtet und hinterfragt wurde, obwohl ohnehin jede auch nur geringste Entscheidung stets im Voraus per Telefonkonferenz mit der Zentrale abgesprochen werden musste. In letzter Zeit landeten auch immer mehr Vorschriften aus München in Bangalore. Eine betraf das absurde Verbot von Lieferungen von Mittagsmenüs durch Lunch-Wallahs in die Firma, was von den Angestellten mit großem Unmut quittiert wurde. Rainer löste das Problem, indem er einen Raum direkt beim Eingang zum Firmengelände zur Verfügung stellte, wo die Essensboxen in Empfang genommen werden konnten. Das besänftigte die Beschäftigten, denn sie waren das von ihren Müttern oder Ehefrauen zubereitete Essen gewohnt und wollten trotz ihrer Aufgeschlossenheit dem modernen Leben gegenüber nichts von einer Betriebskantine wissen. Eher konsumierten sie da noch ein paar Happen bei den fahrenden Buden, die regelmäßig um die Mittagszeit in der Nähe des Firmentors aufkreuzten.

Wir genießen den Zauber der Passivität nach unserem tatenreichen Leben, das uns alles abverlangte und in dem wir alles gaben. Rainer wird in Kürze in den Ruhestand treten und wir werden in unser geliebtes Bayern zurückkehren, um dort unseren letzten Lebensabschnitt – den goldenen, wie man ihn gerne nennt – zu verbringen. Mit ein wenig Wehmut denke ich nun aber doch an unsere beiden Kinder, die es schon in verhältnismäßig jungen Jahren in die weite Welt verschlagen hat, und die sich Schritt für Schritt von uns abnabelten. Selbstredend gibt es nach wie vor die obligatorischen Telefonate zu Geburtstagen und hohen Feiertagen wie Weihnachten und Ostern, aber eigentlich sind wir emotional genauso weit von ihnen entfernt wie kilometermäßig. Sie bauten sich selbstständige Existenzen auf und folgen nun ihrem eigenen Stern – und wir dem unsrigen. Mit etwas Bitternis gesagt: Wir führen ein modernes Familienleben. Deshalb informierten wir unsere Kinder auch noch nicht über unser Vorhaben, in Kürze wieder nach Deutschland zurückzukehren und vorher noch zwei ergötzliche Urlaubswochen an einem paradiesischen Strand in Sri Lanka zu verbringen.

Im hellheiteren Ambiente an diesem Ort scheint nichts mehr so wichtig, weder die dereinst erlebten Enttäuschungen, als Rainer durch Intrigen und Machenschaften von Herrn Dr. Mayer bei der Nachfolge des damaligen Firmenchefs ausgebootet wurde, noch dass Rainers Versetzung in die Techcity Bangalore eigentlich einer Strafmaßnahme gleichkam. Mein Mann arbeitete sich vom einfachen Angestellten mit nur einem Diplom in Informatik empor und nahm an einigen wichtigen Entwicklungen teil. Herr Mayer trat ungefähr zum selben Zeitpunkt wie Rainer in das Unternehmen ein und fühlte sich naturgemäß mit seinem Doktorat der Betriebswirtschaftslehre sofort allen überlegen, obwohl er von der IT-Branche keine Ahnung hatte. Während Rainer durch Fleiß und Engagement zum Leiter der Entwicklungsabteilung für Software avancierte, auch fähig war, seine Mitarbeiter zu Höchstleistungen anzuspornen, verbrachte Dr. Mayer seine Zeit damit, immer neue Regeln auszuarbeiten und diese wortreich an das höhere Management als Effizienzsteigerungen zu verkaufen. Das imponierte dem Direktor, und so erachtete sich Dr. Mayer als dafür prädestiniert, in dessen Fußstapfen zu treten. Auch Rainer zeigte Interesse an diesem Führungsposten und plante Großes für die Firma.

Geschickt verstand es indes Dr. Mayer immer wieder, jedweden Vorschlag meines Mannes in der Softwareentwicklung als völlig unwirtschaftlich und auch als technologisch schlecht fundiert hinzustellen und ihn als Illusionisten abzustempeln. Dann gab es da auch noch die Affäre des Suizids der damaligen Abteilungsleiterin der Buchhaltung; eine Affäre, in welcher Mayer meinen Mann ganz dreist verleumdete und ihm praktisch die Schuld an diesem tragischen Vorfall in die Schuhe schob. Es wurde ja schon länger gemunkelt, dass die Frau an akuter Schizophrenie leide, und es war dann Rainer, der ihr riet, einen ihm bekannten Psychiater in der Universitätsklinik zu konsultieren. Diese Tatsache wurde hernach von Mayer in böswilliger Absicht so interpretiert, als hätte Rainer die Frau dazu genötigt, sich freiwillig in eine Anstalt einweisen zu lassen. Ihr Freitod erschütterte damals die ganze Belegschaft, und obwohl jeder wusste, dass mein Mann keinerlei Verantwortung dafür trug, wagte es niemand, Herrn Dr. Mayer ob seiner ungerechtfertigten Anschuldigung zurechtzuweisen. Rainer wurde bald danach zum Tochterbetrieb in Bangalore versetzt, wo ihm die Aufgabe zukam, die Fünf-Mann-Firma zu einem Vorzeigeunternehmen aufzubauen. Sollte ihm das nicht gelingen, würde sich die Zentrale gezwungen sehen, seine Stelle weg zu rationalisieren, wurde ihm unverblümt mitgeteilt.

Wellen folgen Wellen folgen Wellen. Der Anflug eines Hauches von Salz und Seetang weht vom Meer her. Die gleißende Sonnenscheibe schiebt sich langsam ihrem Zenit entgegen und eine angenehme Schlaffheit übermannt mich. Mit großem Behagen streckt sich Rainer faul auf seiner Liege aus, nachdenklich lässt er den rhythmischen Takt des Ozeans auf sich einwirken. Die tagtäglichen Ärgernisse, die Missgunst, der zerfleischende Wettbewerb, die Beschwerden von allen Seiten, die regelmäßig hereinflatternden Verordnungen der indischen Behörden und die zunehmenden Auseinandersetzungen mit dem Münchner Firmensitz erscheinen alle endlos weit zurück. Auch, dass der nachgerade sensationelle Bilanzabschluss des vergangenen Geschäftsjahres Herrn Dr. Mayer so beeindruckte, dass er sich sogar zu einem seltenen Lob herabließ, ist jetzt eigentlich irrelevant geworden.

Mein Leben verlief gleichfalls nicht in ungetrübter Beschaulichkeit. Meine schon in der Kindheit ausgeprägte musikalische Begabung führte mich nach dem Abitur zum Klavierstudium an das Mozarteum in Salzburg. Einmal war ich mit der Meisterklasse zu einem Konzert in München geladen, das zum Großteil von der IT-Firma meines zukünftigen Mannes gesponsert wurde. Rainer und ich lernten uns dann beim Büfett kennen, welches anlässlich eines geselligen Abends als Dank für die Einladung vom Mozarteum arrangiert worden war. Nach einem Jahr feierten Rainer und ich Verlobung und nach weiteren sechs Monaten heirateten wir. Ich zog nach München, wo wir zunächst in Rainers Junggesellenwohnung hausten. Mein ursprünglicher Plan, eine Karriere als Pianistin zu verfolgen, verflüchtigte sich binnen Kurzem, denn die intensiven Proben, die langen Abende im Konzertsaal und vor allem die wochenlangen Tourneen und die damit verbundenen Trennungen zermürbten unsere Ehe. Rainer war strikt gegen diesen Lebensstil, der unsere Beziehung schwer belastete, und als unsere Tochter geboren wurde, bedeutete dies automatisch das Ende meiner Laufbahn. Als nach weiteren zwei Jahren unser Sohn das Licht der Welt erblickte, gab ich auch die monotonen Klavierstunden für die meist ohnehin nur mittelmäßig begabten Schüler auf. Mein Mann erfreute sich danach eines wohlgeführten Haushaltes und seiner zwei Kinder. Ich war damit auch ganz zufrieden, denn Rainer verdiente angemessen und wir führten ein ausgeglichenes Leben. Rainer kam am Abend zwar oft ob der Querelen in der Firma entmutigt nach Hause zurück, war auch immer öfter desillusioniert, da man seinen Empfehlungen nicht die nötige Aufmerksamkeit schenkte, aber ich konnte ihn jedes Mal beruhigen und davon überzeugen, dass solche Vorkommnisse nicht nur in der Wirtschaft, sondern auch im Kulturleben an der Tagesordnung seien. Nur die Stärksten überleben und von diesen auch nur zehn Prozent, so beschloss ich dann gerne meine Ermunterungsversuche.

Nach der Aufregung rund um die Chefbuchhalterin und Dr. Mayers Verwirrspiel mit der Machtübernahme in der Führungsetage blieb meinem Mann ohnedies keine andere Wahl als das sogenannte ultimative Angebot, den Firmensitz in Bangalore auf neue Beine zu stellen, widerspruchslos anzunehmen. Die dicke Luft im Münchner Hauptquartier schnüre ihm ohnedies den Hals zu, meinte Rainer. Mich begeisterte die Übersiedlung nach Indien nicht allzu sehr, besonders als ich mich über die dortigen Zustände klug gemacht hatte. Ich fügte mich jedoch und wollte meinen geliebten Mann mit allen mir zur Verfügung stehenden Mitteln und auf allen Ebenen so gut es ging unterstützen. Immerhin schafften wir es irgendwie, mit viel Einsatzbereitschaft und Tatkraft unser Leben in Bangalore zu arrangieren, aber ohne Kinder. Diese genossen eine exzellente Ausbildung in einem Schweizer Internat, entfremdeten sich indes – zu unserem großen Bedauern – mehr und mehr von uns. Das Fehlen von aufrichtiger Kommunikation, nicht nur mit den Kindern, sondern auch mit anderen nahen Angehörigen wie den alten Eltern von Rainer, meinem Bruder und meinen zwei Schwestern, schmerzte dann allerdings. Wir hatten uns auseinander gelebt. Vielleicht wird unsere Rückkehr nach Bayern die Familienbande wieder kitten, so hoffen wir jedenfalls.

Wellen über Wellen über Wellen. Es riecht jetzt ein wenig nach verwesendem Fleisch. Der Geruch lockt die Seevögel an und sie ziehen kreischend und aufgeregt ihre Runden. Mit der lodernden Mittagshitze und der dichten, mit Schwüle beladenen Luft, die mit den Händen greifbar scheint, finden sich auch andere Hotelgäste am prächtigen Kalkudah-Strand ein, wo sie sich unter Sonnenschirmen auf Liegen und flauschigen Frotteehandtüchern niederlassen. Durch die unerwartete Betriebsamkeit wird Rainer aus seinen Zukunftsträumen aufgeschreckt. Er hegt ja den biederen, beinahe langweiligen Wunsch, nach unserem abwechslungsreichen Leben nun ein Haus mit Garten im schönen Berchtesgadenerland zu erwerben. Dort lockt eine schier unerschöpfliche Auswahl an Spaziergängen und Wanderungen in der bayrischen Ramsau und besonders im nahen Salzburger Land. Wir würden uns an dem satten, kühlen Grün erfreuen, das wir im feuchtheißen Klima von Bangalore so vermissten, in die Berge wandern und uns auf den Gipfeln an der spektakulären Aussicht über die Seengebiete und ins Hochgebirge ergötzen. Dies sind banale, aber auch äußerst erquickliche Visionen, und vor allem solche in tatsächlicher Reichweite. Rainer weihte mich bereits vor einigen Monaten in diese seine Wunschvorstellung ein. Freilich ist es gerade hier in diesem exotischen Paradies, wo wir zum ersten Mal gemeinsam die Unbelastetheit des kommenden Lebens verspüren. Wir sind mit uns selbst und der Welt um uns im Einklang und im Frieden. In stummem Einverständnis lächeln wir uns zu und falten unsere Hände über die Liegen hinweg ineinander.

Eine nachdenkliche Stille gewinnt Raum, eine beinahe feierliche Lautlosigkeit. Die übrigen Hotelgäste dösen dumpf, nahezu bewusstlos, unter den Sonnenschirmen dahin, die Kinder planschen im Wasser oder graben bedächtig im Sand. Doch plötzlich beginnen die Seevögel schrill und schneidend zu krächzen. Etwas scheint sie zu verwirren, sie geraten in eine unerklärliche Erregung. Obzwar die Gäste noch liegen bleiben, macht sich nun eine kaum vernehmbare Unruhe, eine unbestimmte Sorge, am Strand breit. Diese Störung der gerade eben gelassenen Stimmung erweckt auch in Rainer und mir eine gewisse innere Anspannung – ohne einen wirklich triftigen Grund. Wir setzen uns auf und schauen auf das Meer, das noch immer unbewegt und besänftigend vor uns liegt. Aber hat sich nicht die Farbe des Wassers etwas geändert?

Der Himmel über dem Ozean verwandelt sich vor unseren Augen überraschend in ein bleifarbenes Tuch, das sich in Richtung Küste ausbreitet, ohne dass dabei aber irgendwelche bedrohlich wirkenden Wolken aufgezogen wären. Irritiert kämpfen einige Seevögel gegen den aufkommenden Luftstrom an, geben jedoch bald ihren Widerstand auf und lassen sich ins Landesinnere abtreiben. Mit einem Mal sehen wir, wie weit draußen am Horizont eine graugrüne Wand aufsteigt, die sich wogend in die Höhe erhebt, für einige Sekunden turmhoch aufragt, dabei fast stillsteht, bevor sie sich mit einer riesigen, mit Seetang und undefinierbarem Treibgut befrachteten Krone überschlägt. Gleichzeitig schwellen auch die auf das Ufer zustrebenden Wasserberge zu enormen Brechern an, schwappen immer zahlreicher und geradezu tobend auf die Urlauber zu. Diese versuchen jetzt hektisch verstört, ihre Sachen zusammenzuraffen, und schreien in panischer Angst nach ihren Kindern. Gehetzt flüchten die Strandbesucher in Richtung Hotel oder Straße, nur weg, rasch weg von den gigantischen Fluten, von den unter Tosen und mit rasender Geschwindigkeit daher stürzenden Wassermassen, die alles verschlingen.

Rainer und ich werden von einem noch nie gekannten Entsetzen, einem unvorstellbaren Grauen gepackt. Trotzdem können wir unsere Blicke kaum von diesem Schauer erregenden Schauspiel abwenden, das uns lähmt und versteinern lässt. Die unfassbare Rasanz, mit der die sich auftürmende Wassermyriade landwärts eilt, wälzt alles hinweg. Wie von einer mörderischen Lawine wird alles überrollt, die Liegen, die Sonnenschirme, die primitiv zusammengezimmerten Strandbuden. Die zerstörerische Gewalt macht aber auch vor der Natur nicht Halt und schleift gnadenlos

Palmen, Sträucher, Büsche und die gesamte elegante Parkanlage des Hotels nieder. Die kontinuierlich anschwellenden, tödlichen Wasserfluten schwemmen gierig über alles hinweg, reißen alles mit. Am schlimmsten ist indessen das ungeheuerliche, ohrenbetäubende Dröhnen, das der Einsturz des Sun Aqua Pasikudah, das Bersten der riesigen Glasfront und das Zusammenkrachen der Pfeiler verursachen. Die verzweifelt fliehenden Menschen, die beim Hotel Schutz gesucht haben, werden unbarmherzig gepackt und so leicht, als würde die Natur mit einigen Federn spielen, hinweggespült. Es hat den Anschein, eine dämonische Macht lässt ihre unheimliche Kraft und Energie los, zeigt ihre unheilvolle Stärke, um sich an der Menschheit zu rächen.

In diesem Moment wird uns bewusst, dass auch für uns der Punkt gekommen ist, an dem es keine Rückkehr gibt. In stillschweigender Einigkeit umarmen wir uns – es bleibt keine Zeit mehr für Worte, aber es ist auch kein Bedarf mehr daran. Gegenüber der kolossalen Urkraft des Wassers haben wir keine Chance. Wir werden brutal erfasst und verstehen: Hier gibt es kein Entrinnen. Wir beugen uns der wilden Schöpfung. Eine neue, furchterregende Welle donnert auf den Strand und schlägt mit voller Wucht auf uns ein, umfängt uns und damit alle unsere vergangenen Jahre und Jahrzehnte. Gerade wie in unserem Dasein mit all den Höhen und Tiefen reiten wir nun mit einer enormen Woge auf und nieder, wie in Erinnerung an unsere ereignisreiche Reise durch diese Welt. Die mühsamen Jahre des Aufbaus von Rainers Karriere, das Aufwachsen der Kinder und das Auseinanderbrechen der Familie, dann der alltägliche Kampf und Frust und schließlich der Erfolg in Bangalore, letztendlich die Planung unserer Rückkehr in die Heimat und die Vorfreude auf die Geruhsamkeit dort. Welch ein bewegtes Leben! Langsam entschwindet die Küste hinter uns und wir treiben dem grauen Horizont entgegen. Unsere Finger sind immer noch ineinander verschlungen.

Die im August 2005 erscheinende Bekanntmachung im *Münchner Merkur* betreffend Herrn Rainer Seyfried und seine Frau Erika, vermisst seit dem Tsunami am 26. Dezember 2004 in der

Kalkudah Bay im Osten von Sri Lanka, erwähnt nur kurz einige nichtssagende Daten. Die Anzeige der Kinder des Ehepaares gleicht mehr einem Tatsachenbericht über die verschollenen Eltern denn einem Nachruf mit einem Rückblick auf ihr Leben und einer damit verbundenen Würdigung. Das Paar verschwand, ohne Spuren zu hinterlassen.

Mein vielgeliebter Freund

Es ist die Zeit, da der verscheidende Nachmittag seine letzte heiße Atemluft aushaucht, und ich lehne völlig erschöpft in einem Taxi von Al Manama nach Dhahran. Die kurze Dämmerung bricht schon über die Wüste herein, wenn auch die Sonne noch wie ein feuerroter Ballon just über dem Horizont schwebt. Bald wird die Gluthitze des Tages den viel erträglicheren Temperaturen der Nacht weichen.

War der Verkehr auf dem Causeway über den Golf von Bahrain schon unbeschreiblich zäh, so verdichtet er sich nun auf dem Highway auf der saudi-arabischen Seite noch um ein Vielfaches. Stoßstange reiht sich an Stoßstange, ein überdimensionales Gefährt klebt am nächsten Straßenmonster. Wohin treibt es bloß all die Leute in dieser fahlen, unwirtlichen Landschaft? Nach Al Khobar, Qatif, Al Hufuf oder gar nach Riad? Jeder Wagen ist mit mindestens vier Scheinwerfern ausgestattet, denn dass alle Straßen, auch die zwischen den Städten, durchgehend beleuchtet sind, genügt offenbar nicht. Es muss unbedingt gezeigt werden, dass man sich den Luxus der Energieverschwendung locker leisten kann; nicht umsonst lebt man in einem Land, in dem Kraftstoff billiger als Wasser ist.

Ein unüberschaubares Verkehrschaos. Einige Male verlässt das Taxi den mit leeren, verbeulten Öltonnen markierten Highway und jagt wie gehetzt – und eine riesige Sandwolke hinter sich lassend – auf einer imaginären Nebenfahrbahn in der Wüste, um einen auf der rechten Spur der Schnellstraße laut knatternden alten Lieferwagen zu überholen. Dann entscheidet sich der Lenker wieder für die linke Straßenseite und prescht einer gemächlich dahinkreuzenden Stretchlimousine vor. Straßenverkehrsregeln werden hierzulande nur als unverbindliche Empfehlungen betrachtet.

Zum Glück ist mein Wahrnehmungssinn noch immer vom Alkoholkonsum in meiner Stammbar in Al Manama getrübt, in der ich mehr oder weniger die gesamte Zeit seit gestern Abend verbrachte. Ich sage „zum Glück getrübt", denn nüchtern hätte ich diese Höllenfahrt auf dem Highway nervlich nicht durchgehalten. Die Getränke in der Bar waren von bester Qualität, zumindest die ersten paar Gläser, die sich eingeprägt haben; die späteren ließ ich dann einfach routinemäßig in mich reinlaufen. Ich soff wie ein Kamel, das nach einem Tagesmarsch durch die Wüste zur Tränke in der Oase geführt wird.

Die übliche, scheinbar nie endende Wartezeit am Grenzübergang Umm Nasan nutzte ich für ein Nickerchen. Es gab zu viele Saudis, die für das Wochenende nach Bahrain gefahren waren, um sich dort mit südostasiatischen Schönheiten zu amüsieren, gut zu speisen und dem Alkohol zu frönen, und die noch heute in den züchtigen Alltag im Königreich der Beduinen zurückkehren mussten.

Als ich wieder zu Sinnen komme, befinden wir uns bereits auf dem achtspurigen Highway nach Dammam entlang dem Persischen Golf, oder eigentlich dem Arabischen Golf, wie er hier genannt wird. Mein Fahrer mit seinem fadenartig dünnen, graumelierten Bart, den Körper in eine lose, langärmelige und knöchellange *Thobe* gehüllt und auf dem Haupt eine weiße, gehäkelte *Togiyah*, begutachtet mich ab und zu im Innenspiegel. Ich spüre seine Blicke, seine Verachtung. Ich nenne so einen Taxifahrer nach seinem Aussehen einen Imam-Taxler. Ganz kann ich ihm seine Einstellung mir gegenüber ja nicht verübeln, denn wahrscheinlich dringt aus jeder Pore meines Leibes Alkoholdunst, eine Zumutung für den Moslem. Trotzdem braucht er bei dem geschmalzenen Tarif von 250 Rial für die Fahrt von insgesamt kaum 40 Kilometern – die Gebühr von 50 Rial für die Ein- und Ausreisevisa für Bahrain ist da noch gar nicht inkludiert – nicht so ein überhebliches Benehmen an den Tag zu legen. Schließlich kostet ihn das Benzin doch nur zwei Cent pro Liter, also eine Bagatelle – und das alles bei null Steuern! Außerdem ist er kaum der englischen Sprache mächtig, versteht nicht wirklich, wohin ich eigentlich möchte.

Beim Einsteigen in Al Manama habe ich zuerst nur den Wunsch geäußert, dass er mich nach Saudi-Arabien chauffieren soll, dann nach Al Khobar, der ersten größeren Stadt über der Grenze. Von dort soll er einfach weiter geradeaus nach Norden, in Richtung Dammam, lenken und dann bei Dhahran abfahren; eigentlich eine klare Sache. Diese Drillingsstädte sind ohnehin die einzigen nennenswerten Häuseransammlungen in dieser Wüstengegend. Ansonsten sieht man bloß versandete und staubige Lagerhallen aus Wellblech oder Sichtbeton sowie ebenso sandbedeckte und verloren wirkende Treibstoffdepots. Dass der Taxilenker von meiner genauen Destination, nämlich dem Campus der KFUPM, der King Fahd University of Petroleum and Minerals in Dhahran, überhaupt keine Ahnung hat, wird mir erst bewusst, als er mich zuerst einmal ins Spital in Al Khobar bringen will. Sehe ich tatsächlich schon so kaputt aus? Nun dämmert es mir aber, dass ich ihm auf alle Fälle akribische Anweisungen zu geben habe, damit ich es nach Hause schaffe.

Jetzt reicht er mir sogar sein Smartphone, aus dem sich eine freundliche weibliche Stimme in bestem Englisch erkundigt, wohin ich denn nun fahren möchte. Sie wird dann meine Antwort dem Chauffeur übersetzen, erklärt sie mir mit einem kaum unterdrückten Lachen in der Stimme. Da nähern wir uns gerade der abschüssigen Abfahrt nach Dhahran und ich schreie verzweifelt: „Hier, hier geht es ab!" Das bringt aber nichts, denn der Mann versteht mich nicht. Verstört durch mein Geschrei blickt er sich zu mir um und verreißt dabei das Lenkrad, wobei nur durch das Geschick nachkommender Autofahrer ein katastrophaler Unfall vermieden wird. Obwohl in diesem Land kaum jemand einen offiziellen Führerschein besitzt – man kauft ihn einfach –, chauffiert man hier dennoch gewandt.

Völlig verschreckt durch den Zwischenfall bleibt mein Taxler zunächst stehen und will danach die steinige Böschung hinunterfahren, um doch noch die Abfahrt zu erreichen, was ich nur mit Mühe verhindern kann. Nun legt er den Rückgang ein, um im dichtesten Highway-Verkehr zurückzustoßen. Davon wird er aber glücklicherweise von wütend hupenden Autofahrern abgehalten. Jetzt scheint er von einem Geistesblitz getroffen zu sein, nickt sich selbstgefällig zu und fährt mit einem Lächeln um den

Mund weiter, nimmt dann die nächste Abfahrt, wonach ich ihm bald die Himmelsrichtung anzeigen kann, in der sich der Campus befindet.

Auf dem Compound verständigen wir uns durch einfache Zeichensprache, ob es nun nach links oder rechts abzubiegen gilt. Vor dem Aussteigen muss ich noch eine Belehrung über mich ergehen lassen – so interpretiere ich seinen Redeschwall –, doch etwas Arabisch zu lernen, zumindest die Wörter für rechts und links sollte ich wissen. Insgeheim gebe ich ihm ja Recht, dass man wenigstens ein paar Brocken der Sprache des Landes, in dem man lebt, beherrschen sollte. Momentan bin ich aber derart heilfroh, es bis zu meinem Apartment geschafft zu haben, dass ich ihm trotz seiner mörderischen Fahrerei nicht nur ein unverhältnismäßig hohes Trinkgeld gebe, sondern mir vornehme, auch noch Arabisch zu lernen.

Da die Firma, bei der ich normalerweise das Taxi nach Bahrain hin und zurück buche, fast ausschließlich Inder als Chauffeure anstellt, diese auch ein recht ordentliches Englisch sprechen, erschien mir bislang der Aufwand zu groß, nur für den einen oder anderen Imam-Taxler die doch eher schwierige arabische Sprache zu erlernen. In den Supermärkten herrscht Selbstbedienung, und wo man noch bedient wird – zumindest was man ansatzweise als Bedienung bezeichnen könnte – sind meist Filipinos tätig, mit denen man sich so halbwegs auf Englisch verständigen kann. In anderen Geschäften kaufe ich ohnedies nicht ein, denn jedwede Erklärung, auch in einfachster Sprache wie auf Kindergartenniveau, geht ins Leere. So wollte ich einmal meine Französischkenntnisse aufmöbeln, als mir in der Buchhandlung zu diesem Zweck das beste Buch der Geschichte überhaupt, nämlich der Koran, in der Originalfassung angeboten wurde!

Warum hat es mich eigentlich hierher verschlagen? Ich schloss mein Studium der Anglistik an der Prestige-Universität Cambridge mit Erfolg ab. Da ich doch insgesamt 15 Jahre in England lebte, gelang es mir nach viel harter Arbeit, meinen koreanischen Akzent komplett abzulegen. An der nordenglischen University of Durham, wo ich nach meinem Studium eine Stelle als *Lectu-*

rer erhielt, fühlte ich mich sehr wohl. Dort wurde, wie bereits in Cambridge, viel diskutiert und mindestens genauso viel getrunken, was ich als Asiate anfangs nicht besonders gut vertrug. Meine Freunde meinten, das sei eine Sache der Gewohnheit, der Übung, und da ich mich unbedingt auch in diesen Dingen integrieren wollte – schließlich sagte man mir ja perfekte Anpassungsfähigkeit nach –, vertrank ich ganze Nächte, um mich eben daran zu gewöhnen. Bald konnte ich mit jedem meiner Saufkumpane mithalten, ja, ich verkraftete oft sogar noch ein Glas mehr als er. Mein Ruf als trinkfester Geselle verbreitete sich rasch. Nach einigen Gläsern eines harten Getränks wurde ich auch recht kommunikationsfreudig. Ich erhielt mehr und mehr Einladungen zu Partys, die meist in einem Saufgelage endeten. Der Kreis meiner Bekannten vergrößerte sich fortlaufend. In gewissen Zirkeln wurde ich überdies als Stimmungskanone gehandelt, als jemand, den man gerne zu Gesellschaften einlädt. Der Alkohol löste meine Zunge, ich begann zu singen, gab gerne schnulzige koreanische Volkslieder zum Besten, obwohl ich absolut keine Singstimme habe, erzählte auch gerne schmutzige Witze und machte mich nebenbei oftmals über das universitäre Leben in England lustig.

Dann kam der Rat eines guten Freundes, mich gesellschaftlich doch etwas zurückzunehmen und meinen liederlichen Lebenswandel zu ändern. Gerüchte kursierten, dass der neue Rektor der Hochschule, ein trockener Physiker namens McPherson, es nämlich gar nicht so gerne sieht, wenn sich der Lehrkörper der Universität öffentlich übermäßig hedonistisch zeigt. Der neue Mann, der unlängst das Ruder dieser ehrwürdigen Institution übernommen hatte, stellte sich als puritanischer Schotte heraus, der gleich bei der ersten offiziellen Zusammenkunft mit der gesamten Universitätsgemeinschaft im Großen Auditorium seine Prioritäten bekannt gab, die da lauteten: Unbedingte Loyalität zur Universität, seriöses wissenschaftliches Arbeiten und Publizieren, ausgezeichnete Studentenbetreuung, Integrität jeder einzelnen Person, und hierbei erwähnte er speziell auch das Benehmen von Hochschulangehörigen in der Freizeit. Er schwafelte dann noch langmächtig über eine Reihe von Verpflichtungen, die jeder Einzelne der Institution schuldig war, hingen wir doch finanziell seit Maggie Thatcher sehr von wohlhabenden Sponsoren ab. Wir als Vertreter der Universität mussten da schon das Unsrige dazu tun, diesen Geldgebern mit gutem, ja, vorbildlichem Betragen unsere Dankbarkeit zu zeigen, hieß es plötzlich. Disziplin, Arbeitsmoral, Fleiß, Ehrgeiz gingen von diesem spindeldürren, älteren, etwas buckeligen Mann mit säuerlicher Miene aus, alles Tugenden, die mir im Laufe der Jahre abhandengekommen waren.

Ich wusste nicht genau, was meine Kollegen in diesem Moment empfanden. Viele von ihnen waren ja auch gleichzeitig meine Trinkgenossen, die mich eigentlich erst zu dem lasterhaften Leben verführt, mich überall hin mitgeschleppt hatten. Nun saßen sie wie brave Schüler auf ihren Sitzen und lauschten angespannt den Ausführungen des Herrn McPherson, so als würde er einen Vortrag über seine neuesten wissenschaftlichen Erkenntnisse halten. Sie nickten zu jedem Kommentar zustimmend, verhielten sich wie Unschuldslämmer, die nur darauf warteten, zur Schlachtbank geführt zu werden. Kein Muckser entkam der werten Gesellschaft, man hätte eine Stecknadel fallen hören, so viel fundamental Bedeutsames schien hier der Rektor von sich zu geben. Nach dem Ende seiner Predigt brauste tobender Applaus auf. Hatte ich bereits gespürt, dass meine Zeit an dieser Hochschule zur Neige geht, als der neue Leithammel der akademischen Herde dieser Stadt in seinem Talar das Podium betrat und ich seine ersten Worte vernahm, so war ich nach der Beobachtung der Versammlung dieser Komödianten und Heuchler dann ganz und gar davon überzeugt. Da ich nicht willens war, mich dem Diktat der neuen Führung zu beugen, fand man auch bald einen Grund für meinen Rausschmiss aus der Universität, gegen den ich keinen Einspruch erhob. Denn: Wie sollte ich plötzlich in solch einer sittenstreng gewordenen Umgebung weiterleben können?

Ich hatte bereits von Englischlehrern gehört, die von den überdurchschnittlich günstigen Arbeitsbedingungen im Morgenland schwärmten. Genaueres wusste man zwar nicht zu berichten, nur dass es finanziell wirklich attraktiv sein soll. Wissenschaftlich wurde nichts verlangt, keine Publikationen, man brauchte nur zu unterrichten. Ich begann im Internet zu stöbern und wurde bald auf der Webseite der KFUPM in Dhahran fündig, einer Institution mit Schwerpunkt Ingenieurwesen. Bei dieser hatten die Studenten vor Beginn ihres eigentlichen Studiums eine Englischprüfung abzulegen, wobei die Vorbereitung darauf je nach Hintergrund des Studenten ein bis zwei Jahre dauern konnte. Hier suchte man also *English Lecturers* und lockte mit einem äußerst interessanten Angebot von 60.000 Dollar pro Jahr steuerfrei für jedermann, der diese Sprache zu unterrichten imstande war. Ich hatte noch nie in meinem Leben von der KFUPM oder gar Dhahran gehört, einem Ort am Persischen Golf, der Teil einer urbanen Region mit der beachtlichen Einwohnerzahl von rund einer Million ist. Ich traf auch auf niemanden, der dieses Dhahran kannte, was natürlich insbesondere das allgemeine Unwissen über den Orient aufzeigt.

Nach meinem Ansuchen um eine Stelle bei der KFUPM wurde mir ein einjähriger Vertrag gewährt, ohne irgendein Vorstellungsgespräch und mit nur zwei Referenzschreiben. Ich nannte den Namen meines ehemaligen Diplombetreuers in Cambridge sowie den eines mir nach wie vor wohlgesinnten Kollegen in Durham. Etwas ungewöhnlich erschien mir diese Rekrutierung im Eilzugstempo schon. Offensichtlich war man desperat, Englischlehrer ins Land zu locken, was ich später beim Kennenlernen der dortigen Lebensumstände dann auch gut verstand. Die notwendigen medizinischen Zeugnisse wurden mir von der Universitätsklinik in Durham ohne weitere Umstände ausgestellt. Berichte über mein Alkoholproblem waren noch nicht bis zu dieser Institution gedrungen, und ich war auch bisher zu keiner Entziehungskur verdonnert worden. Die Klinik hatte mich also nicht als alkoholkrank registriert. Dass ich unverheiratet bin und deshalb keine Frau im Schlepptau hatte, half sehr bei der prompten Erledigung der Visumsformalitäten durch die Saudi-arabische Botschaft in London. Ehefrauen werden nämlich automatisch als Störenfriede eingestuft und haben monatelang auf ein Einreisevisum zu warten, so hörte ich.

Ich war frohen Mutes, als ich in London die Maschine der Saudi Arabian Airlines nach Riad bestieg und von dort weiter nach Dammam flog, dem Dhahran am nächsten gelegenen Flughafen. Es hieß, mein ausschweifendes Leben zurückzulassen, und ich hoffte inständig, im Land der totalen Abstinenz meine Sucht loszuwerden. Außerdem würde ich zukünftig ein gutes Salär einstreichen. Ich war völlig überzeugt, durch neue Aufgaben und Eindrücke eventuelle Entzugserscheinungen locker überwinden zu können. Als ich nach über neun Stunden endlich in Dammam angekommen war, fühlte ich mich dann doch etwas benommen. Die außerordentlich netten und auch sehr hübschen Flugbegleiterinnen animierten mich immer wieder, Süßigkeiten zu nehmen, servierten auch regelmäßig diverse Getränke, aber nur alkoholfreie … Nun tat es mir aufrichtig leid, nicht Lufthansa gewählt zu haben, denn da hätte man mich sicherlich mit Bier und Wein verwöhnt. Ich verspürte bereits erste Symptome des Alkoholentzugs, war aber fest entschlossen, diese tapfer zu bekämpfen. Ein neuer Lebensabschnitt hatte ja begonnen, dessen Herausforderungen ich meistern wollte.

Von der nahe gelegenen Moschee reißt mich das jammernde und gleichzeitig anklagend klingende *Fajr* des Muezzins im grauenden Morgen aus einem todesähnlichen Schlaf. Es ist erst 5 Uhr und noch viel zu früh zum Aufstehen, aber es will mir einfach nicht gelingen wieder einzuschlafen. Die über den Campus donnernden Kampfjets vom Luftwaffenstützpunkt gleich neben dem Universitätsgelände helfen auch nicht gerade, mich zu entspannen, und so tappe ich also in der Not zu meinem wertvollen Versteck, das ich mit viel Geschick selbst im Kleiderschrank eingebaut habe und das dem Safe eines Hotelzimmers ähnelt. Es ist ein idealer Platz, denn meine Schlafkammer ist nach Norden ausgerichtet, die Klimaanlage kühlt hier ausgezeichnet und die paar leichten Kleidungsstücke, die ich aus England mitgenommen habe, verdecken den Verschluss des geheimen Schatzkästchens. Ich denke jetzt ja nur an ein kleines Schlückchen, um mir nach der anstrengenden vierstündigen Fahrt von Bahrain, der viel zu kurzen Nacht und der Aussicht auf eine lange, mühsame Arbeitswoche mit den meist in Sprachen total untalentierten Halbwüchsigen noch etwas Genuss zu gönnen.

Nach einigen tüchtigen Zügen bemerke ich: Bald ist wieder einmal ein Besuch bei der lieben ARAMCO, der arabisch-amerikanischen Erdölfirma, angesagt. Die ist unmittelbar neben der Universität angesiedelt, und da bei diesem Ölkonzern die Amerikaner wie eh und je die eigentlichen Herren sind, findet man auf dessen Areal beispielsweise eine Buchhandlung mit westlicher Literatur, einen gut sortierten Supermarkt und eine Weinboutique. Sogar eine katholische Kapelle wird von den saudi-arabischen Behörden toleriert. Mit den nötigen Verbindungen ist dort alles zu haben. Ausländer sind bei der ARAMCO die privilegierte Klasse, im Gegensatz zur Hochschule, wo sie nur geduldet werden. Das Problem ist nur immer die logistische Seite des Unternehmens, also die Beute von der ARAMCO auf den Campus der KFUPM rüber zu schaffen, sind doch beide Institutionen von hohen Mauern gespickt mit Stacheldraht umgeben, die Zugänge schwer bewacht. Um Anschläge zu verhindern? Damit niemand davonläuft? Es besteht auch stets die reale Gefahr, dass das Taxi von der gestrengen, auf Sitte und Ordnung achtenden Religionspolizei *Hai'a* oder der sich immer öfter wichtigtuerisch gebärdenden Campuspolizei durchsucht wird. Keines der beiden Organe ist zimperlich – und das bedeutet eine echte Bedrohung.

Ich lege mich nochmals nieder. Unruhig wälze ich mich hin und her, döse ab und zu kurz ein, begleitet von meinen üblichen Träumen, die mich meist ins Trinkerparadies führen. Dort werden alkoholische Getränke, nur Spitzenqualität versteht sich, frei angeboten. Keine lästigen Fragen und Vorwürfe, kein Kater am nächsten Morgen, keine gesundheitsschädlichen Nebenwirkungen. Süß wiege ich mich in diesen wunderbaren Vorstellungen – bis es wirklich höchste Zeit zum Aufstehen ist. Eine rasche Dusche. Wie üblich fließt zuerst nur eine rostfarbige Flüssigkeit aus dem mit Patina überzogenen Brausekopf. Ein ekelerregender Geruch verbreitet sich. Mischt sich hier Erdöl aus dem Boden zum Wasser? Bei den veralteten Rohrleitungen, die schlampig quer durch die öden Flecken Land zu den Häusern verlegt wurden, wäre das nicht verwunderlich. Nach längerem Rinnenlassen kommt dann doch noch halbwegs sauberes Wasser aus der Leitung.

Jetzt täte Kaffee gut, aber mir fehlt die Kraft ihn zuzubereiten. Das hieße ja Wasser aufzustellen, auf dessen Sieden zu warten und es dann über den Nescafé zu gießen, wobei ungewiss ist, ob heute Gas normal aus dem Brenner strömen wird. Gerade vorige Woche fiel es für zwei Tage aus, nur um beim neuerlichen Einschalten des Herdes einem Feuerwerk gleich rot und gelb funkensprühend zu explodieren. Das Brot liegt auch schon tagelang im Kühlschrank und ist im Geschmack wohl nicht mehr von einem Blatt Papier unterscheidbar.

Ich bin unendlich erschöpft, eine furchtbare Müdigkeit frisst an mir. Dieses Gefühl überkommt mich immer in den Morgenstunden. Vermag ich überhaupt einen neuen Tag ins Auge zu fassen? In diesem Semester habe ich aber bereits allerhand Vorlesungen gespritzt und kann daher heute nicht schon wieder blaumachen. Mein nochmaliges Nichterscheinen wäre wahrscheinlich katastrophal, wird doch ohnedies bereits gemunkelt, dass ich gewisse Probleme hätte.

Instinktiv weiß ich, dass mir jetzt nur ein kleiner Drink helfen kann, es nur einen klitzekleinen Anstoß braucht, um mich aufzubauen, und dann würde ich den Anforderungen mutig entgegentreten und meine Aufgaben souverän bewältigen. Es würde wieder weitergehen. Und was bietet sich da an? Schwer lasse ich mich auf das mit grobem, kackegelbem Stoff überzogene Sofa fallen. So als hätte ich auf diesem hässlichen und hart gepolsterten Möbelstück einen gemütlichen Samstagabend vor mir, strecke ich meine Beine lässig auf den durch die Jahre schwarzbraun nachgedunkelten Couchtisch. Die Flaschen sind fein säuberlich darauf aufgereiht. Ich brauche kein Glas, ich bediene mich direkt an der Quelle. Zuerst gleich einmal einen erfrischenden Schluck Bier – ah. Nun, zur Blutbildung soll auch Rotwein sehr förderlich sein. Leider ist von diesem nur mehr ein bescheidener Rest übrig. Trotzdem sieht die Welt schon wieder etwas besser aus. Nur im Kopf summt und brummt es so eigenartig. Wahrscheinlich täte mir jetzt noch ein bisschen Whiskey gut, um den lauen Geschmack auf der Zunge loszuwerden. Warum nicht? Ich werde wieder topfit sein und den Sieben-Stunden-Tag gewandt runterspulen. An Routine fehlt es mir ja nicht. Nach ich weiß nicht wie vielen Schlucken Whiskey – irgendwann habe ich zum Zählen aufgehört – und etwas Gin als Wegbegleiter ist es jedoch an der Zeit, mich zu meiner ersten Vorlesung heute aufzumachen.

Nun finde ich aber schon das Aufstehen von der Couch beschwerlich. Ich habe die auf nüchternen Magen konsumierte Menge doch etwas unterschätzt. Es wird mir schwindlig, ich höre unaufhörlich Stimmen in mir und mein Magen gibt unschöne Laute von sich. Rebelliert er vielleicht? Ich werde vor der Vorlesung als Energiestoß noch einen Becher des bitteren schwarzen Kaffeegebräus aus der Kantine trinken und verspreche wieder einmal hoch und heilig, gleich morgen moderater vorzugehen, vielleicht sogar anzufangen, ein sogenanntes gesundes Leben zu führen. Würde das heißen, zum Frühstück Kräutertee, Müsli, Multivitaminsaft, Knäckebrot ohne Butter? Zu Mittag anstatt dem ewigen pappigen Couscous mit der öligen roten Einheitssoße und dem trockenen Hammelfleisch (oder ist es Kamelfleisch?) eventuell Huhn und Gemüse? Ich werde beginnen Sport zu betreiben: Ein Fahrrad kaufen, zu den Vorlesungen radeln und an den Wochenenden, also donnerstags und freitags, damit sogar zur Corniche in Al Khobar fahren.

Nichts als Träume! Ich könnte auch gleich heute den Anfang machen und zur Vorlesung *marschieren*. Das würde mir helfen auszunüchtern, denn in der Zwischenzeit ist mir klar geworden: Ich habe bereits zum Frühstück viel zu viel flüssiges Gift konsumiert. Leider bin ich für Neuanfänge heute zu spät dran! Nein, ich rufe besser ein Taxi, damit sich mein armes vegetatives System beruhigen kann und ich außerdem rechtzeitig zur Vorlesung komme.

Im Klassenzimmer erwarten mich schon die Studenten, frisch in ihren strahlend weißen Überwürfen, den *Thobes*. Ich bin verschwitzt, fühle mich wie ein dreckiger Straßenköter, miserabel, ausgelaugt, hundeelend. Schlimmer als mein Zustand ist jedoch, dass ich spüre, wie man mir meine schlechte Verfassung anmerkt. Nervös rücken einige der jungen Männer ihre *Ghutras* zurecht, arrangieren die Enden der Kopfbedeckung auf der rechten Brust, werfen sie dann wieder graziös über die Schulter. Das mädchenhafte Getue der Burschen irritiert mich, macht mich unsicher. Ich sacke immer mehr zusammen, kann mich kaum mehr auf den Beinen halten. Mit äußerster Kraftanstrengung versuche ich, den komplett Unbegabten, die mir in diesem Moment aber doch weit überlegen erscheinen, das Wort „Kreuz" anhand verschiedener Formen von Kreuzen zu erklären – das griechische, das lateinische, das Sankt-Andreas-Kreuz, auch das keltische –, als so ein Bürschchen mich frech herausfordert und behauptet, ich muss gegen Araber sein und überhaupt gegen den Islam, denn ich spreche immer nur von Kreuzen und ignoriere den Stern und den Halbmond! Mir versagen die Kräfte, mich auf eine Diskussion einzulassen oder auch nur einfach zu sagen, dass es sich hier um eine Englischlektion und keine Religionsstunde handelt.

Plötzlich wird mir speiübel, meine Kniegelenke geben nach, trotz all meiner Willenskraft breche ich zusammen. Vor der versammelten Klasse übergebe ich mich, kotze meine ganzes Lotterleben auf den Boden aus. Ich bekomme zwar noch mit, dass zahlreiche Smartphones aufblitzen, höre aufgeregtes Telefonieren, aber Stimmen und Worte bleiben vage; ich verstehe nichts mehr – meine Sinne verdunkeln sich.

Ich sitze *wieder* in einem Taxi. Ich kenne den indischen Fahrer flüchtig. Kurz angebunden teilt er mir mit, dass wir uns auf dem Weg nach Bahrain befinden. Nach Bahrain? Diese Information verwirrt mich gehörig, kann ich mich doch beim besten Willen nicht entsinnen, überhaupt ein Taxi gerufen zu haben. Oder ist das schon wieder ein Wochenendausflug nach Al Manama? Habe ich nicht gerade eben über Kreuze doziert? Vielleicht ist das aber auch schon länger her und ich bin nur kurz in diesem Taxi eingenickt. Schön langsam scheint der Alkohol mein Erinnerungsvermögen zu zersetzen. Meine Gedankenfäden verschlingen sich in einen wirren Knäuel.

Nun bemerke ich, dass wir Teil eines kleinen Konvois sind; das Taxi wird von zwei Wagen der Campuspolizei mit Blaulicht begleitet. Was verschafft mir die Ehre einer solchen Eskorte?

Die grenzenlose Weite der grau getönten Steinlandschaft zieht am Taxifenster vorbei. Aus dem schwer mit Sand befrachteten Wind taucht mitten im Niemandsland schemenhaft ein Industriegebiet auf. Ist das hier nicht das trostlose Areal, wo unser Dekan ein Doppelhaus samt staubigem Fußballplatz und schlammigem Schwimmbecken sein Eigen nennt?

Hierher wurden die Englischdozenten in den letzten Semesterferien zu einem Dinner geladen, auch eine sogenannte Führung auf dem Besitz wurde gewährt. In die Erinnerung prägt sich vor allem der Sonnenuntergang ein: Wie die riesige blutrote Scheibe mit orange-gelbem Rand gemächlich in der Unendlichkeit der Grenze zwischen dem Himmel und dem Grau der Wüste versank. Es war wahrhaft spektakulär – und nachher blieben nur mehr das todbringende Ödland und die funkelnde Sternennacht zurück!

Jetzt erinnere ich mich auch an das eigentliche Essen an jenem Abend. Ich wurde mit den anderen Englischdozenten der Universität sowie einem marokkanischen Mathematiker, der gerade die KFUPM besuchte, zunächst in einen Raum so groß wie ein mittlerer Vortragssaal gelotst. Wegen der strikten Geschlechtertrennung hierzulande wurden die Ehefrauen in den absolut spiegelgleichen Flügel des Hauses geführt und dort separat von der Dame des Hauses und einigen ihrer Freundinnen empfangen. Die Frau des Mathematikers, eine Kolumbianerin, ist dem Vernehmen nach ein wahrer Partyhit und eine Plaudertasche, fröhlich und tanzfreudig, aber in diesem seltsamen Land werde ich leider kaum je die Möglichkeit haben, sie zu treffen. Angeblich aus Liebe zu ihrem Mann soll sie zum Islam konvertiert sein. Doch es wird spekuliert, dass sie eigentlich nur deshalb Moslemin wurde, weil sie aus reiner Neugier die Heiligen Stätten in Mekka besuchen wollte. Als Christin, also als eine Ungläubige, wäre ihr das verwehrt.

In diesem Empfangszimmer befanden sich außer den scheußlichen Sofas entlang den Wänden, einigen geschnitzten Beistelltischen, geschmacklosen großgemusterten Teppichen und ein paar mickrigen Wandlampen keine Möblierung und kein Dekor.

Eine äußerst ungemütliche Atmosphäre! Es wurden Massen von Nüssen, Feigen und Datteln sowie Süßigkeiten und nochmals Süßigkeiten angeboten, dazu ein Getränk, das unser Gastgeber als grünen Kaffee aus Jordanien bezeichnete. Der Dekan behauptete, dass man den Kaffee sechs Stunden lang gekocht hätte – und so schmeckte er auch.

Nachdem uns immer wieder Näschereien aufgedrängt wurden und ich ein ordentliches Abendessen bereits abgeschrieben hatte, wurden wir schließlich doch zum Dinner gebeten. Nach dem obligatorischen Händewaschen in einem schlichtweg desolaten Badezimmer führte man uns in einen nur mit Teppichen ausgelegten Raum bar jeglichen Mobiliars. Auf einer riesigen Plastikplane auf dem Boden waren eine wagenradgroße Reisplatte, ein halbes ausgekochtes Lamm, ganze Berge von Salaten und Obst sowie unzählige Getränke in kleinen Tetrapackungen angerichtet. Gezwungenermaßen *knieten* wir zu dieser Tafel nieder, wobei sich das für die meisten von uns, durch mehr oder weniger bequeme Stühle verwöhnte Zivilisationsgeschädigte, als ziemlich qualvoll herausstellte. Traditionell hätten wir nun ausschließlich mit der bloßen rechten Hand essen, den Reis zwischen den Fingern so richtig durchkneten und in die Soße tunken sollen, bis er, quatschig genug, sich in ein Bällchen formen ließ. Die Gäste bemühten sich anfangs redlich, kapitulierten aber alle letztendlich und nahmen Gabel und Löffel zu Hilfe. Das Fleisch war zäh und faserig und schmeckte kaum lämmern. Ich tippte auf Hammel. Nach dem viel zu reichlichen Mahl kamen uns ansonsten kaum um höfliche Konversation verlegenen Englischlehrern die Wörter abhanden. Die meisten von uns rutschten in verkrampften Stellungen auf dem Teppich herum, wussten bald nicht mehr, wohin die Beine platzieren, legten die Knie einmal auf die rechte, dann wieder auf die linke Seite, die Bandscheiben schmerzten. Wir boten ein fast peinliches Schauspiel und priesen alle insgeheim die westliche Tischkultur. Beim Verlassen des Hauses gewahrte ich in der Küche zwei junge Dienstmädchen, die am Boden kauerten und das von uns übrig gelassene Essen hinuntergierten.

Wir nähern uns dem Grenzort Umm Nasan, und mit Besorgnis stelle ich fest, dass ich eigentlich nichts bei mir habe. Keine Tasche, kein Geld, keine Dokumente und vor allem kein Visum. Wie werde ich aus dem Land kommen? Für Saudi-Arabien braucht man nämlich nicht nur ein Einreisevisum, sondern auch ein spezielles Ausreisevisum, das beim Arbeitgeber beantragt werden muss. Die Wichtigkeit des Ausreisevisums wurde mir einmal anhand eines spezifischen Beispiels erläutert. Ein amerikanischer Professor hatte während des Sommers in Dhahran einen Herzinfarkt erlitten und verstarb. Seine Leiche sollte über Bahrain in die USA überstellt werden. Da aber sein Ausreisevisum abgelaufen war, mussten seine sterblichen Überreste im Compound des US-Sicherheitsapparates in der Ostprovinz zwischengelagert werden, bis die Visumsformalitäten erledigt waren. Jede Person und jede Fracht, sogar eine Leiche, braucht eben die richtigen Papiere! All das schwirrt mir im Augenblick durch den Kopf.

Alle meine Fragen an den Taxichauffeur beantwortet dieser nur mit einem Achselzucken, mit einem „er wisse auch nichts" oder mit „ich werde schon sehen". Sehr beruhigend klingt das nicht. Beim Grenzschranken halten wir hinter den uns begleitenden Polizeiautos. Ein Offizieller der KFUPM steigt aus und verschwindet im Zollgebäude. Ich werde instruiert sitzen zu bleiben, es werde alles für mich erledigt werden. Dann wird mein Taxi durchgewunken. Auf dem Causeway über dem bleigrauen Wasser des Golfs geht es nun ohne Begleitfahrzeuge in Richtung Bahrain, einer nebulosen Zukunft entgegen.

Irgendwie bin ich aber auch erleichtert, dass mir jemand – keine Ahnung wer – diese Fahrt in eine vielleicht vorgetäuschte Freiheit ermöglichte, habe ich doch weder Saudi-Arabien als Land wirklich kennengelernt noch die Menschen hier und ihre Kultur verstanden. Zu restriktiv waren dafür die Lebensumstände. Ich bemitleide mich nicht, sondern schwöre mir, von dieser Befreiung in Zukunft wahrhaft Gebrauch zu machen, denn in dieser unglaublichen Untätigkeit, zu der man hier außerhalb der Arbeitswelt verdammt ist, hätte ich ohnedies nicht mehr weiterleben können. Außerdem wäre in Dhahran sicherlich die *Hai'a* daran interessiert gewesen, die Quelle meiner Alkoholika zu erfahren. Für einige meiner Kollegen hätte das unter Umständen äußerst peinlich werden können, wussten die meisten doch über die Herkunft der alkoholischen Getränke sehr wohl Bescheid. Einige verfügten sogar selbst über kleine Erzeugungsstätten in der umgebauten Besenkammer ihrer Wohnung. Eine Woche nach meiner Ankunft bei der KFUPM wurde mir, sozusagen als Einstandsgeschenk, ein ziemlich primitives Rezept, aber immerhin, für die Bier- und Weinerzeugung überreicht. Für den Hausgebrauch, wurde mir verschmitzt lächelnd erklärt.

Ich habe ja schon seit Langem versucht, ein anderer zu werden – aber wie? Was tun? Unmöglich. Ich nehme mir vor, nach meiner Ankunft an meinem Bestimmungsort einen Brief zu verfassen, einen Ausdruck meiner Liebe und meines Hasses, und zwar an den Alkohol.

„Mein vielgeliebter Freund!", werde ich schreiben. „Ich hasse Dich aus ganzer Seele, so abgrundtief wie man nur hassen kann. Du wirst mich zerquetschen, zermalmen, ja, komplett zerstören. Ich weiß, Du bist unschuldig an meiner Misere. Aber ich brauche Dich, ich brauche Dich mehr als je zuvor, wie der Liebestolle die Geliebte, wie der Spieler das Casino, wie der Kiffer den Joint. Ohne Dich bin ich verloren. So flehe ich Dich denn an, bleibe bei mir, verlasse mich nicht! In unendlicher Liebe, ein bedauernswerter einsamer Trinker."

Die ganze Universitätsgemeinschaft war wegen des schändlichen Vorfalls im English Department aufgewühlt, verstört. In der großen Moschee auf dem Campus verdammte der Imam die westliche Dekadenz, besonders die Auswirkungen von Drogen und Alkohol auf die Moral der Menschen. Jedermann verstand. Nach den Gebetszeiten wurde die Angelegenheit weiter auf dem Parkplatz vor der Moschee aufgeregt diskutiert. Der allgemeine Tenor der Gottesfürchtigen lautete: Der Missetäter hätte unbedingt den staatlichen Behörden und damit der gerechten Strafe nach der Scharia, das heißt zuerst Prügelstrafe und dann Haftstrafe, zugeführt werden müssen. Warum ließ man ihn so billig davonkommen?

Der Präsident der Hochschule wurde über den Eklat von seinem Sohn, einem Studenten in der Klasse des Gesetzesbrechers, direkt per Smartphone inklusive Foto informiert. Der Leiter der Universität hielt sich aber auffallend bedeckt. Etwas bedenklich für ihn war, dass gerade dieser Lektor regelmäßig zu seinem Sohn auf Besuch kam, vorgeblich um mit ihm spezielle Englischprojekte auszuarbeiten. Mit seinem neuen Porsche holte der Sprössling den Koreaner von der Wohnanlage für Alleinstehende ab und brachte ihn auch wieder heim, wobei niemand verstand, wozu immer diese Kartons hin- und hergeschleppt wurden. Angeblich Bücher – und nun dieser Skandal! Einfach empörend, diese Ausländer, diese Ungläubigen, dieses undisziplinierte Pack! Sollte man sie nicht überhaupt alle in Bausch und Bogen aus dem Land jagen? Wenn sie nicht so unabkömmlich für den Sprachunterricht wären! Nun ja, in obiger Angelegenheit war es das Einfachste, den Mann in ein Taxi nach Bahrain zu setzen, sein Bankkonto sperren zu lassen – die Universität war dazu ermächtigt – und er soll sehen, wie er weiterkommt! Seine diplomatische Vertretung wird sich schon um ihn kümmern. Ende der Affäre!

Der Katzenfänger

Der klapprige Firmenbus der Supermarktkette FARM schwenkte von der Autobahn zur Abfahrt in Richtung Universität ein, wo er nach etwa einem Kilometer vor dem Bretterverschlag des Wächterhäuschens zum Halten aufgefordert wurde. Die Posten kannten den Chauffeur Aslam, einer stieg aber trotzdem in den Kleinbus, um die Mitfahrer zu inspizieren. Mit grimmiger Miene musterte er die Insassen und überprüfte sodann, wahrscheinlich nur um seine Machtgefühle zu befriedigen, die Identitätskarten zweier Passagiere. Wortlos zog er sich nachher wieder zurück, und mit einem ungestümen Wink von draußen gebot er dem Lenker weiterzufahren. Aslam hob dankend die Hand zum Gruß; sein wohlgenährtes mattbraunes Gesicht zeigte ein freundliches Lächeln, als er das schwerfällige Vehikel erneut in Bewegung setzte. Er war erleichtert, dass es zu keiner unliebsamen Auseinandersetzung gekommen war, wie vorige Woche. Ein Hochschulangehöriger hatte damals seine Ausweispapiere vergessen und wurde mit vorgehaltener Maschinenpistole gezwungen, den Bus zu verlassen. Es dauerte eine geschlagene Stunde, bis diese Angelegenheit aufgeklärt werden konnte.

Einen halben Kilometer weiter, beim offiziellen Tor, das direkt auf das Universitätsgelände führt, machte niemand auch nur den geringsten Versuch, das Fahrzeug zu stoppen, kein einziges Sicherheitsorgan ließ sich blicken. Der Muezzin kündigte gerade das *Maghreb* an, und so hatte sich wahrscheinlich die gesamte Wachmannschaft zum vierten Gebet des Tages zurückgezogen, Sicherheit hin oder her. Aslam vermied es bewusst, den klobigen Ganghebel der bereits in die Jahre gekommenen Karre zu betätigen, vielleicht gar vom dritten auf den zweiten Gang zu schalten oder etwa die mühsam aufgebaute Geschwindigkeit zu reduzieren. Einmal in Fahrt, wollte er den gewonnenen Schwung mitnehmen, musste aber bei der ersten Kurve dann doch kleinbeigeben und die Geschwindigkeit drosseln. Von diesem Zeitpunkt an waren wir getriebetechnisch gezwungen, mit stotterndem Motor dahin zu rattern.

Das anfangs angeregte Geplauder auf der langen Fahrt vom Supermarkt zum Wohnsektor auf dem Campus – das Residieren aller Lehrenden sowie Studenten auf dem Universitätsgelände war verpflichtend – kam zum Erliegen, niemand sprach mehr. Bald würde sich die unbarmherzige Sonne des Tages anschicken, am Horizont in die graue Wüstenlandschaft zu versinken. In Erwartung dieses imposanten Schauspiels hingen alle ihren eigenen Gedanken nach. Gemächlich zog der Bus nun seine Runden im Viertel, stoppte da und dort vor einem der niedrigen Bungalows, die sich geradezu verschreckt unter den sandbedeckten Palmen duckten. Aslam half den schwerfälligen, schwarz vermummten Frauen aus dem Bus und schleppte mit großem Einsatz ihre Getränkekisten und prall gefüllten Plastiksäcke bis zur Eingangstür, kaum einen Dank dafür erntend.

Auf dem brach liegenden Feld zwischen den militärisch wirkenden Fronten der Apartmenthäuser für kinderlose Familien und jenen für Junggesellen tauchte er plötzlich auf. Sein Erscheinungsbild war so grau, so staubig grau, dass er sich farblich nur unmerklich vom kiesigen Boden abhob. Die gekrümmte Haltung, mit der er sich fortbewegte, verstärkte den Eindruck, es handle sich bloß um einen der größeren Gesteinsbrocken, wie sie die Arbeiter aus Bangladesch mühselig mit minimaler maschineller Hilfe ausgruben. Dieses Grundstück sollte ja für hundert zusätzliche Wohneinheiten aufbereitet werden. Der mitfahrende Englischlehrer, der mir nur als Dick bekannt war, bemerkte etwas süffisant:

„Siehe da, der Katzenfänger ist wieder unterwegs."

Da ich als Nächste beim Aussteigen an die Reihe kam, musste ich mich bis zum kommenden Donnerstag gedulden, um mehr über den mysteriösen Katzenfänger in Erfahrung zu bringen. Der Einkaufsbus fuhr nämlich immer nur an Donnerstagnachmittagen auf dieser speziellen Route und wurde auch meist von derselben Gruppe von Leuten frequentiert.

Naturgemäß stachelte diese eigentümliche Figur meine Neugierde an. Ich war begierig, mehr über diese geheimnisvolle Erscheinung zwischen Gesteinstrümmern, Kies, Sandhäufen und kurzstieligem, stacheligem Gestrüpp zu erfahren. Mich zog vor allem das Wort *Katzenfänger* in den Bann, fütterte ich doch auch schon drei wilde Katzen, und es schien, als würden die streunenden Tiere immer zahlreicher im hinteren Teil unseres Gartens zur Futterverteilung auftauchen. Bereits vor dem Aufstehen hörten wir jeden Tag ihr forderndes Miauen.

Anja war die erste, die sich bei uns einstellte, als wir einzogen. Ein Kater mit dichtem, schwarz-weiß gefleckten Fell und großen Augen gesellte sich alsbald hinzu, bis sich weiters eine wunderschöne, aber eher ängstliche rotbraune Katze einfand. Für mehr konnte ich nicht sorgen, ich wollte ja kein Tierheim eröffnen. Von der Universitätsverwaltung wurde uns ohnedies jedwede Tierhaltung im Haus offiziell verboten, was der ungezügelten Vermehrung der Katzenpopulation auf dem Campus äußerst förderlich zu sein schien. Oft hörten wir in der Nacht ein Pack miserabler Tiere fauchend und zischend im wilden Überlebenskampf durch die ausgedörrten Gärten rasen, in – weiß Gott welche – beinahe tödlich endende Raufereien verwickelt. Unsere Anja, von Haus aus hinkend und mit schiefem Schwanz, kroch einmal erst nach Tagen der Abwesenheit schwer verletzt zu unserer Futterstelle; eine nächtliche Fehde hatte tiefe blutende Wunden sowie ein buchstäblich zerfetztes Ohr hinterlassen. Einige Zeit lag sie, nach der allernötigsten Säuberung und Wundversorgung, mit misstrauischen Blicken als unser Gast auf dem Wohnzimmerteppich. Sie ließ sich nicht streicheln, fraß aber tüchtig, bevor sie wieder das Weite suchte.

Nach der üblichen Wangenkussszeremonie beim nächsten *jour fixe* meiner Damenrunde folgte das langweilige, nichtssagende Geplätscher der Plauderei. Dieses und jenes kam aufs Tapet. Despina, die Griechin, hatte sich wieder einmal geweigert, ihre Haare zu bedecken und wurde im Shopping Center von einem Aufpasser darauf angesprochen – sie ignorierte ihn. Dann wollte sie sich in der Raucherzone vor dem Einkaufszentrum, die eigentlich nur für Männer bestimmt ist, eine Zigarette anzünden. Ein greiser Araber gab ihr durch Gesten zu verstehen, dass das hier für Frauen nicht gestattet sei. Sie beschimpfte ihn als „alten Trottel". Ob er Englisch beherrschte, wusste sie nicht, fürchtete aber dann doch ein Eingreifen der umstehenden Männer und flüchtete sich zurück ins Shopping Center – ohne ihren Glimmstängel. Sie benahm sich unmöglich und lebte auch gefährlich, konnte man doch nie wissen, ob man nicht auf ein Mitglied der gefürchteten Sittenpolizei *Hai'a* in Zivil gestoßen war.

Maria erzählte, dass sie derzeit frenetisch spare, um sich nach ihrer Rückkehr in die brasilianische Heimat eine kosmetische Operation leisten zu können. Faltenglättung um die Augen- und Mundpartien, Halsstraffung, Festigung der Pobacken, Oberschenkelreduzierung und Vergrößerung des Busens waren vorgesehen. Despina bezeichnete das spaßhaft als Generalüberholung des gesamten Körpers und ermutigte Maria, weiterhin fleißig zu haushalten. Alle lachten.

Fay, eine gebürtige Amerikanerin, unterhielt uns mit der Geschichte ihres Übertrittes zum Islam. Freimütig gestand sie, dass weder ihr pakistanischer Mann noch sie aufrichtige Moslems seien. Aber als ihr Sohn in das schulpflichtige Alter kam, war es einfach opportun, die Religion des Landes anzunehmen. Sie brauchte nur dreimal zu erklären „Allah ist groß", und schon wurde sie zur Moslemin. Der Imam war jedoch über ihren kleinen Sohn sehr verärgert, weil dieser das Schauspiel der Konvertierung überaus lustig fand. Während der Lesung der Koranverse, die weder ihr Mann noch sie verstanden, da keiner der beiden der arabischen Sprache kundig war, störte der Fünfjährige massiv. Er gab nicht nur gurgelnde Laute von sich, sondern versuchte auch, den jammernden Tonfall des Muezzins der nahe gelegenen Moschee zu imitieren, und strich sich dabei einen imaginären langen Bart. Mit der *Shahada,* dem Glaubensbekenntnis, „Ich bezeuge, dass es keinen Gott außer Allah gibt, und Muhammad ist Sein Prophet", war die Zeremonie beendet. Sie stiegen dann alle drei in das Sportcoupé, das Fay das Spielzeugauto ihres Mannes nannte, und braust
en ab.

Das waren nette Geschichten, die wahrscheinlich noch oft – natürlich immer wieder etwas umformuliert – die Runde machen würden. Sehr betroffen zeigten wir uns hingegen, als Baru von ihrem Erlebnis am vorigen Freitag in Al Khobar berichtete. Die Polizei trieb dort Passanten auf einem Platz zusammen, auf dem ein Homosexueller hingerichtet werden sollte. Einige der zum Zuschauen Verdammten spekulierten oder wussten sogar, dass dieser zum Tode Verurteilte sicherlich die passive Rolle, also die der Frau, dargestellt hatte, und das ist nach der Scharia noch verdammenswerter. Baru, selbst praktizierende Moslemin, schien von diesem grausigen Spektakel noch immer gezeichnet und wollte nie mehr an so einem Auswuchs der Gesetzgebung teilnehmen müssen. Eine Weile stockte die Konversation; jede von uns war mit ihren eigenen Gedanken beschäftigt.

Um das Thema zu ändern, brachte ich das Gespräch auf die graue Gestalt, die so unerwartet beim Blick aus dem Busfenster während der Rückfahrt vom Supermarkt aufgetaucht und unvermittelt auch wieder verschwunden war. Ich beschrieb diese Erscheinung, erwähnte auch Dicks abwertende Typisierung des Mannes als „Katzenfänger", stieß zuerst aber nur auf erstaunte Blicke, gefolgt von betretenem Schweigen. Man glaube zwar zu wissen, wen ich meine, ließ Maria dann vernehmen, aber es sei nichts Genaueres über ihn und seinen Freund bekannt. Nein, wahrscheinlich war das Gerücht, das über die beiden kursierte, ohnehin nicht wahr. Mehr konnte ich von der Damenrunde nicht erfragen.

Bald hatten sie die Enthauptung völlig weggesteckt; sie interessierten sich jetzt wieder für ihr, wenngleich sehr eingeschränktes, gesellschaftliches Leben. Der nächste Ausflug zum Klubhaus der Hochschule an der sogenannten Corniche war jetzt wichtiger, plante man doch dort eine Poolparty. Dass sie auch im Klub ihre Körper unter der *Abaya* verstecken mussten, schien die Damen kaum zu stören. Sie waren es gewohnt, ihre hübschen Kleider und den Schmuck nur im privaten Rahmen zur Schau stellen zu dürfen. Die füllige Nadia erklärte sogar voller Überzeugung, dass die Ganzkörperverschleierung ja eigentlich gar nicht so unpraktisch sei, denn sie erspare beim Ausgehen die schwierige Wahl der Garderobe. Überdies blieben die durch zu viele delikate Süßigkeiten ständig wachsenden Fettpölsterchen für die Außenwelt unsichtbar. Um ihre Meinung zu unterstreichen, bediente sie sich nochmals von der mit Baklava gefüllten Schachtel, die Salwa wieder aus Tunesien mitgebracht hatte.

Voller Ungeduld erwartete ich die nächste Einkaufsfahrt mit dem FARM-Bus. Trotz der gnadenlos brennenden Sonne schleppte ich mich zur Sammelstelle auf dem Parkplatz, wo bereits ein kleines Grüppchen von Männern auf den Kleinbus harrte. Sie stammten meist aus dem angelsächsischen Raum, war die Unterrichtssprache an dieser Technischen Hochschule doch Englisch. Die Wartenden litten alle unter der merkurialen Hitze am frühen Nachmittag, ich mehr als jeder andere. Die *Abaya* schnitt mir die Luft ab; sogar das leichte Seidentuch, das ich über mein Kurzhaar geschlungen hatte, um mich den lokalen Gegebenheiten anzupassen, engte mich ein.

Mit Genugtuung beobachteten wir, wie das allseits herbeigesehnte Gefährt in der Kurve auftauchte und sich vorsichtig bis zum Parkplatz bewegte. Bald würden wir durch die Ventilatoren im Fahrzeug etwas Linderung erfahren. Mit großer Geste gab uns der immer gut gelaunte Aslam zu verstehen, dass die Kühlung heute bereits seit der Abfahrt in Betrieb sei, um die mörderische Temperatur erträglicher zu machen. Ächzend zockelte der Kleinbus los. Es standen ihm noch einige Stopps für weitere Einkaufswillige bevor. Dick fuhr an diesem Tag nicht mit, aber manch anderes der mir bereits bekannten Gesichter war dafür an Bord.

Plötzlich fühlte ich instinktiv, dass mich jemand dauernd anstarrte. Ich wandte den Kopf zur Seite. Ein Mitfahrender nickte höflich von einem Einzelplatz der daneben liegenden Sitzreihe, und ich wunderte mich, dass mir der Mann nicht bereits beim Einsteigen aufgefallen war. Er sah schlank und hoch gewachsen aus, doch seine auffallend weichen Züge und die offenkundig gepflegte, überaus bleiche Gesichtshaut wirkten irgendwie fremd, passten überhaupt nicht zu seiner sportlichen Figur. Er saß kerzengerade, ja, nahezu militärisch, auf seinem Platz, blickte dabei jedoch so melancholisch in die staubige Landschaft als drücke ihn eine schwere, unbeschreibliche Last. Wahrscheinlich träumte er wie alle Expats von üppigen grünen Wiesen und kühlen Wäldern, hoffte, dass die Zeit bis zu den langen Sommerferien im Nu verfliegen würde. Höchst ungewöhnlich fand ich seine Aufmachung. Er war von oben bis unten bedeckt: Weißes, durchgeknöpftes Hemd mit Ärmeln bis über die Handgelenke hinaus, lange dunkle Flanellhose, schwarze Wollsocken und braune, mit Schnürsenkeln gebundene Lederschuhe. Keine schlappe knielange Khakihose, kein kurzärmeliges buntes Hemd oder T-Shirt lose darüber getragen und keine bequemen Sandalen, alles Sachen, die dem Klima entsprechend hier von den Ausländern aus dem Westen als Freizeitmode getragen wurden. Das Faszinierendste am Aufzug des mir noch Unbekannten war aber der riesengroße, mit einem Schwall von Tüll umkränzte Strohhut, den er mit seinen weiß behandschuhten Händen auf dem Schoß festhielt.

Beim letzten Busstopp vor dem Verlassen des Universitätsgeländes stieg noch Ian mit seiner schweigsamen philippinischen Ehefrau zu. Er war der Ire, wie er im Buche steht, hatte immer Geschichten aus dem Hochschulleben parat und gab dabei gerne seinen zugegebenermaßen gut entwickelten literarischen Fähigkeiten freie Bahn. Mit einem munteren „Hello" erklomm er die Stufen des Busses, ließ sich auf dem erstbesten freien Sitz nieder und blickte dann aufmerksam in die Runde der anwesenden Passagiere, wie ein Alleinunterhalter, der beim Beginn seiner Vorstellung das Publikum mustert. Ian lebte bereits seit elf Jahren in dieser unwirtlichen Gegend, und als Vertreter der Expats in der Wohnungsverwaltung der Universität war er mit vielen der Lehrenden bekannt. Da er sich sehr für persönliche Dinge interessierte, auch nicht davor zurückschreckte, Privates zu hinterfragen, bei Neuankömmlingen nachzubohren, um ihren Hintergrund zu eruieren, stellte er eine wertvolle Quelle der Information über das akademische Personal dar. Doch man erfuhr von ihm auch Praktisches, zum Beispiel, dass man Flugtickets – auch *Fluchttickets* genannt – immer sofort nach der Rückkehr aus den Ferien buchen sollte, um jederzeit für die Ausreise, oder eben eine unvorhergesehene aber unbedingt notwendige Flucht, bereit zu sein. Man könne ja nie wissen, fügte er meist bedeutungsvoll hinzu. Auch welches Reisebüro die besten Preise bot, wusste er genau. Da er sogar bei der Wohnungsvergabe an Expats ein Wörtchen mitreden konnte – die ansonsten völlig autoritär agierende Verwaltung hatte ihn ja eingesetzt, um zumindest bei der Zuteilung der Wohnungen einen gewissen Schein von Demokratie zu wahren – war es wichtig, mit ihm gut Freund zu sein, hörte man.

An jenem Nachmittag platzte er fast, die *ganz* große Nachricht unter die Mitfahrenden zu bringen. Ob wir schon gehört hätten, dass sein Englisch-Institut einen neuen Mann, einen Iren, also einen Landsmann von ihm, an Land gezogen hätte, der die letzten Jahre in Ägypten als Sprachlehrer tätig gewesen war. Angeblich sei dieser nicht nur jüdischen Glaubens, sondern soll sogar ein Rabbi gewesen sein! Das nennt man Chuzpe! Gerade dass Ian nicht noch hinzufügte, dass dieser Neuankömmling Mitglied des *Mossad* sei. Jedenfalls eine brisante Geschichte, obwohl es nicht sehr glaubwürdig erschien, dass der neue Ire in seinem Bewerbungsschreiben bei dieser arabischen Institution den Judaismus als seine Religion angab – aber irgendeine Religion musste man ja anführen.

Nun knatterte unsere Klapperkiste auf die Auffahrt zur Autobahn und reihte sich erstaunlich mühelos in den dichten Verkehr ein. Mit verbissener Energie lockte jetzt unser Fahrer die letzte Kraft aus dem alten Motor, und unter lautem Gehupe überholte der Kleinbus immer wieder langsamer dahinrollende Wagen oder schwer beladene Laster. Es wurde zusehends stiller unter den Passagieren. Ängstlich, aber gleichzeitig auch fasziniert, beobachteten wir jedes Überholmanöver, ebenso das Geschick des Chauffeurs, und hofften auf ein glückliches Ende der Fahrt. Auf dem Parkplatz vor dem Supermarkt reduzierte Aslam die Geschwindigkeit, um dann direkt vor dem Eingang gemächlich auszurollen und anzuhalten. Er lächelte selbstzufrieden, freute sich offensichtlich auf die zweistündige Pause bis zur Rückfahrt, die er mit anderen Lenkern im kleinen Lokal gegenüber bei einigen Tassen Tee verbringen würde, bevor er sich wieder ins Getümmel der Autobahn stürzen musste.

An diesem Tag war ich mit meiner Einkaufstour durch den Supermarkt über eine halbe Stunde früher fertig, und Aslam stand auch schon vor dem Bus bereit, um beim Einsteigen mit den Einkaufssäcken behilflich zu sein. Wir plauderten einige Minuten und er erzählte mir voll Stolz, dass seine Tochter die Aufnahmeprüfung in eine private technische Hochschule in Bangalore geschafft hatte. Ian gesellte sich alsbald zu uns. Seine Frau sei noch ins Fischgeschäft geeilt, vielleicht müsse der Bus etwas länger warten, meinte er, bei Frauen wisse man ja nie! Das war meine Gelegenheit, das Gespräch auf den Katzenfänger zu lenken und auch zu erfahren, wer der Mann mit dem großen Hut sei.

Mit unglaublichem Enthusiasmus, mit einer nachgerade leidenschaftlichen Begeisterung, griff Ian das Thema auf, froh darüber, wieder einmal in seiner Wissenskiste kramen zu dürfen, um so an einen relativen Neuankömmling wie mir Informationen weiterzugeben. Der Katzenfänger sei als Einzelgänger bekannt, der weder Kontakt zu Kollegen noch zu anderen Menschen suche, wobei die Verbindung zu Frauen hier im Land der strikten Geschlechtertrennung ohnehin fast unmöglich sei, wie Ian überflüssigerweise hinzufügte. Des Katzenfängers ganze Liebe gelte den Katzen. Angeblich hielt er in seinem Apartment Dutzende davon, betreue sie mit Hingabe wie Kinder und verfüttere obendrein einen beachtlichen Teil seines Salärs an die Scharen von herumstreunenden Miezen. Ausgestattet mit einem Rucksack voll mit Katzenleckerli, verteile er das Futter auf quadratisch zurechtgeschnittenem Zeitungspapier auf den brach liegenden Geröllhalden auf dem Campus, teils unter spärlichen Dornenbüschen, dann wieder im Schatten von Gesteinsbrocken. Die zurückbleibenden Papierfetzen werden dann zusammen mit leeren Coladosen und Plastikmüll planlos vom Wind über das Gestein gefegt, um schließlich irgendwo im Niemandsland der Wüste herumgetrieben zu werden. Die ausgemergelten Tiere warteten bereits zuhauf auf dem Geröllfeld, wo tagtäglich die Exkursion begann; sie folgten ihm untertänig, bis alle ein paar Happen ergattert hatten.

Er hieß Tom, stammte aus Schottland und hielt eine Position als *Lecturer* im Englisch-Department. Ian begann sich nun warm zu reden. Er beschrieb Tom zwar als ungepflegtes Individuum, betonte jedoch seinen äußerst sanften Charakter. Manche fanden ihn ob seiner Schrulligkeit bemitleidenswert, gestanden ihm aber eine unendliche Geduld, ja, Milde, im Umgang mit den oft aufsässigen Studenten zu. Im Gegensatz zu einigen anderen Kollegen beschimpfte er sie nicht oder stellte sie als dumm hin, wiederholte – wenn notwendig – mit ihnen penibel die Lektionen anstatt die jungen Männer wie Idioten zu behandeln.

Durch die Verwaltung der Unterkünfte für Hochschulangehörige hatte Ian gehört, dass es mit Tom wegen des Zustandes seiner Wohnung immer wieder zu Problemen käme. Er hatte eine Garçonnière im Komplex für Alleinstehende. Die Unterbringung von Tieren war natürlich auch dort verboten, was ihn aber nicht daran hinderte, armen Katzenkreaturen Asyl zu bieten. Angeblich sprängen überall die Katzen herum, es stinke penetrant nach Katzenpisse, Reste von Futter befänden sich auf jeder nur benutzbaren Abstellfläche – so der Bericht des letzten Inspektionsteams. Auch Katzenkäfige sollen im Wohnzimmer aufgestapelt sein. „Wozu die Käfige?" Da wurde ich von Ian aufgeklärt, dass Tom es sich zum Ziel gesetzt hat, alle Katzen hier sterilisieren zu lassen, um die Population einzudämmen. Tom kenne da einen Veterinär in Al Khobar, den er regelmäßig mit einem Käfig voll eingefangener Miezen besuche, und dieser Tierarzt führe die Operationen durch. Die nicht ganz unerheblichen Kosten für diese Prozedur trage Tom alleine – oder vielleicht hat er dabei die Unterstützung des sogenannten Imkers, mit dem er Tür an Tür wohnt.

Nach Ians kurzer Beschreibung dieses Bienenvaters wurde mir rasch klar, dass es sich dabei um den Mann im FARM-Bus mit dem riesigen Hut auf dem Schoß handelte. Seine Bedeckung des gesamten Körpers sowie das Tragen eines Hutes mit dem über die Schultern reichenden Gazeschleier diene ihm vor allem dazu, sich gegen die Unbilden des Klimas zu wappnen, so Ian. Diese Art von Hut mit dem schützenden Schleier, das langärmelige Hemd und die Handschuhe erweckten bei mir Kindheitserinnerungen. Mein Vater war Hobbyimker und trug bei seiner Arbeit mit den

Bienen eine ähnliche Kopfbedeckung, jedoch mit einem Loch in Mundhöhe für die spezielle Pfeife, aus der er Rauch zur Beruhigung der Bienen paffte. „Ich möchte nicht mit einer Haut wie gegerbtes Leder enden", soll der von Ian so bezeichnete „Imker" einmal, nach seinem Aufzug befragt, erklärt haben. Zum Tragen der traditionellen weißen *Thobe* und einer *Ghutra,* mit der er sehr wohl sein Gesicht bis auf einen Sehschlitz verdecken hätte können, war er zu westlich orientiert. „Ich bin ein stolzer Engländer", erläuterte er dazu. Laut Ian ging der „Imker" viel zu Fuß. Auch an diesem Tag wird er nicht den Bus zurück nehmen, sondern die eineinhalb Stunden in der glühenden Sonne und vom sandbeladenen Wind verfolgt nach Hause marschieren.

Langsam trudelten die Passagiere für die Rückfahrt ein. Beflissen half der Chauffeur, die zahlreichen Plastiksäcke mit dem Einkauf jeder Person so unterzubringen, dass es beim Aussteigen zu keiner Verwechslung kommen würde. Aslam verstand sich darauf ausgezeichnet.

Bevor Ian den Bus verließ, überreichte er mir die auf die Rückseite eines Kassenbons gekritzelte Telefonnummer des Katzenfängers, da ich meine Bedenken geäußert hatte, ob die Katzen unter meiner Obhut sterilisiert seien. Ich versprach, Tom zu kontaktieren.

Erst beim dritten Versuch wurde abgehoben. Er sei viel unterwegs, werde aber trotzdem demnächst bei uns vorbeischauen und auch gleich einen Käfig mitbringen. Tom war eigenartig kurz angebunden, so als hätte ich ihn bei einer wichtigen Tätigkeit gestört. Bereits am nächsten Tag klingelte er an unserer Haustür, mit einem Rucksack über der Schulter und einem großen Käfig in der Hand. Mein Mann öffnete und bat Tom herein. Alleine würde ich es in dieser frauenfeindlichen Gesellschaft nie wagen, einen Mann zu empfangen, auch keinen aus der westlichen Welt. Zuerst erklärten wir unsere Sorge, nämlich dass wir überhaupt nicht wüssten, welche unserer Katzen sterilisiert seien. So erfuhren wir, dass die behandelten Tiere entweder nur einen Stumpf als Schwanz hätten oder im rechten Ohr ein ausgeschnittenes Dreieck. Nun war klar, nur Anja musste sich dem kleinen Eingriff unterziehen. Wir würden sie ehestmöglich in den Käfig locken und dann zu Tom bringen. Soweit sei die Angelegenheit erledigt, dachten wir.

Katzenfänger Tom machte es sich jedoch auf unserer Couch bequem. Wahrscheinlich dachte er, wir seien Gleichgesinnte: Menschen, die Tiere lieben und sich auch ehrlich um sie kümmern. Ich offerierte ihm höflich eine kühle Limonade. Die Klimaanlage surrte gleichmäßig vor sich hin – und allmählich entwickelte sich ein Gespräch. Selbstverständlich wurden die offenkundigen Fragen gestellt: Wie lange man schon in diesem von der Sonne gegeißelten Land lebe, wie lange man diese physischen und psychischen Strapazen noch auf sich nehmen wolle oder überhaupt in der Lage sei, es hier auszuhalten, wie man das totalitäre System, mit dem man auf Schritt und Tritt konfrontiert wurde, zu tolerieren lerne. Es schien, er fühlte sich bei uns wohl, denn er begann sogar noch von seiner Schulzeit an der englischen Eliteschule Eton zu erzählen, an der auch mein Mann zwei Jahre seiner Jugend verbracht und sich dort beim Sport blutige Knie geholt hatte.

Als nach wie vor keine Anzeichen zu erkennen waren, dass er sich bald verabschieden würde, bot ich englischen Tee an. Er bediente sich großzügig aus der Zuckerdose und verdünnte das starke Getränk meiner Meinung nach mit viel zu viel Sahne, schlürfte den milchigen Tee dann genießerisch und griff geradezu unverschämt oft in die Keksdose. Na ja, wie mein Vater zu sagen pflegte:

„Wenn einem Gast das Angebotene schmeckt und er alles wegisst, soll man sich freuen. Wenn man aber nur aus reiner Höflichkeit etwas anbietet, dann geschehe es einem recht, wenn alles ratzeputz verschlungen wird."

Daran musste ich denken, als die weichen Schokoladeplätzchen in dem von schlechten Zähnen gefüllten Mund verschwanden. Beinahe vertraulich erzählte Tom nun, immer mehr auf meinen Mann fokussiert, wie einsam er sich an der Universität Cambridge unter all den jungen Männern aus bestem Hause gefühlt hatte, bis er Duncan kennenlernte. Duncan war als Mitglied des Ruderachters ein Star in Cambridge. Tom erlag der üblichen Faszination des schwächlich gebauten Intellektuellen mit dem Athleten, der Kraft und Gesundheit ausstrahlt. Durch seine Eloquenz und seinen lebhaften Geist gelang es Tom, das Interesse Duncans zu wecken, und bald verband sie eine tiefe Freundschaft.

Plötzlich, von einem Tag auf den anderen, brach Toms Welt zusammen. Vor dem klassischen Rennen gegen Oxford trainierte Duncan mit seiner Crew auf der Themse, und bei der Heimfahrt von einer Trainingseinheit verunglückte ihr Kleinbus. Eine Katze lief vor dem Wagen über die Straße, und der Lenker, tierliebender Engländer, der er war, trat mit voller Wucht auf die Bremse und rettete so dem Tier das Leben. Der Bus jedoch geriet ins Schleudern, prallte gegen einen Baum, und Duncan auf dem Beifahrersitz war auf der Stelle tot.

Dieses von Tom als traumatisch empfundene Ereignis bewog ihn, sofort nach der Beendigung seines Studiums England zu verlassen. Er schloss sich einer Hippiekolonie in Kalifornien an, wo er seinen Landsmann Brian traf, der auch ein Anglistikstudium absolviert hatte und ihn so sehr an Duncan erinnerte. Sie verbrachten dort eine gute Zeit, entschieden sich aber letztendlich doch gegen das Kommunenleben. Gemeinsam begaben sie sich anschließend auf Jobsuche in aller Herren Länder, wo Englischlehrer benötigt wurden: Brasilien, Argentinien, Kenia, Sambia, Hongkong, China. Die Herausforderung war nur, dass man sie stets im Doppelpack akzeptieren musste, wie auch hier in Saudi-Arabien. Da man in der hiesigen Institution ohnedies laufend um Englischlehrer bemüht war – die meisten verließen ja das außerordentlich widrige Ambiente spätestens nach zwei bis drei Jahren –, stießen sie mit ihrer Bewerbung hier auf keinerlei Schwierigkeiten.

„Wahre Freundschaft existiert ja nur zwischen Männern, mit Frauen ist sie unmöglich", zitierte Tom den großen Aphoristiker Oscar Wilde. Dabei zwinkerte der Katzenfänger beinahe vertraulich meinem Mann zu; mich ignorierte er geflissentlich. Als ich mich in die Küche zurückzog – Tom betrachtete mich wahrscheinlich als Störenfried –, eröffnete er meinem Mann, dass es sich bei Brian um den von uns so titulierten Imker handle. Nach dieser doch sehr vertraulichen Mitteilung verließ er uns bald, um sich den bemitleidenswerten Katzen zu widmen, die sicherlich schon ungeduldig auf ihn warten würden.

War es Tom nun doch peinlich, wie viel er von seiner Privatsphäre preisgegeben hatte? Vielleicht fühlte er, dass sein Geständnis bei uns absolut sicher verwahrt würde, aber wir konnten es kaum glauben, wie diese beiden Männer zusammenpassen sollten. Auf der einen Seite der gepflegte, penibel auf sich achtende „Imker" Brian, groß, schlank und sportlich, und auf der anderen ein Typ mit schlechter Haltung, schlampig, mit verstaubter Kleidung und sandigen Haaren, der sich allabendlich für armselige Kreaturen verwendete, um ihnen so einen frühen Tod zu ersparen. Eventuell, so spekulierte mein Gatte, verbindet die zwei jetzt doch schon von der Blüte der Jugend weit entfernten Menschen nur eine platonische Freundschaft auf intellektuellem Niveau. Eine wirklich homosexuelle Verbindung wäre in diesem Land ja ein äußerst gefährliches Spiel, das besser im Geheimen bliebe.

Nach zwei Tagen gelang es uns, Anja mit Hilfe von rohen Hühnerfleischstückchen in den von Tom zur Verfügung gestellten Käfig zu locken. Ein grausam wütender *Samum* hatte sie ins Apartment fliehen lassen. Sand und Büschel von stacheligem, dürrem Gesträuch peitschte der Sturm gegen die Fensterscheiben und feiner Staub drang durch alle Tür- und Fensterspalten, um dann kleine, gelbgraue Dünen und Verwehungen auf dem Fußboden zu bilden. Die Fülle von körnigem Sand, die Anja in ihrem Fell mitbrachte, spielte da auch keine Rolle mehr. Die Wohnung hatte sich ohnedies in eine Sandgrube verwandelt.

Nachdem das spukhafte Schauspiel geendet hatte, machten sich mein Mann und ich mit dem Käfig auf den Weg zum Katzenfänger. Er bat uns in seine Behausung. Um unseren Schock beim Eintritt in das Apartment zu verbergen, begannen wir sofort über den gerade erlebten schlimmen *Samum* zu sprechen. Eine Konversation über das neutrale Thema Wetter erweist sich in solchen Fällen immer als willkommene Ausflucht. Die Atmosphäre in der Wohnung empfanden wir grauenvoll deprimierend. Die herumliegenden oder herumstreichenden Katzen, die mit ihrem Futter verschmutzten Schüsselchen in allen Ecken, der beißende Geruch der Ausscheidungen der Tiere – ein menschenunwürdiges Milieu. Wir konnten es nicht fassen, wie weit sich ein Intellektueller fallen ließ, so zu hausen; wir fanden keine Erklärung oder gar Entschuldigung dafür.

Da erhob sich von der grauschwarz bezogenen Couch im dunklen hinteren Teil des Wohnraums eine Figur. Sie schien sich gerade von einer Wasserpfeife zu lösen. Als die Gestalt in den etwas lichteren Teil des Zimmers trat, wankte sie dem Anschein nach unsicher. Es war Brian, der uns eine Spur zu jovial begrüßte, wie alte Bekannte. Irgendwie erweckte er jedoch einen abgehobenen Eindruck, so als wüsste er nicht genau, wen er da willkommen hieß. Nachdem uns Tom versichert hatte, er werde sich um die Sterilisation von Anja kümmern, suchten wir das Weite, ja, flohen geradezu Hals über Kopf, um dieser erdrückenden Misere zu entkommen. Die wahrscheinlich nur aus Höflichkeit ausgesprochene Einladung zum Tee schlugen wir beinahe rüde aus.

Nach einer Woche erschien Katzenfänger Tom mit Anja bei uns. Sie sei nach der Operation noch immer etwas *groggy,* deshalb sollte sie soweit wie möglich vor den wilden Katzen geschützt werden, meinte er besorgt. Er bange ohnehin bereits jetzt um alle diese bemitleidenswerten Kreaturen, wenn er daran denke, wie es ihnen ohne seine Anwesenheit ergehen werde. Ende dieses akademischen Jahres, rückte er mit seiner überraschenden Neuigkeit heraus, werde er die Universität verlassen – und auch sein lieber Freund Brian, erklärte er und lächelte dabei verschmitzt. Sie hätten zusammen nach all den Jahren hier eine erkleckliche Summe gespart, und mit der schönen Abfertigung, die ihnen nach zehn Jahren von der Universität zustünde, würden sie sich in Australien eine neue Existenz aufbauen. Sie suchten Toleranz und hätten von der nicht nur feindlichen, sondern sogar lebensgefährlichen Situation und dem ewigen Versteckenspielen genug. Es schmerze ihn zwar zutiefst, seine geliebten Tiere den arabischen Häschern überlassen zu müssen, die in orangefarbener Schutzkleidung und mit Fangnetzen ausgestattet die hilflosen Katzen brutal und erbarmungslos einsammeln würden, um sie dann alle in der ödesten Wüstenlandschaft weit entfernt von jeglicher menschlicher Behausung auszusetzen. So manchen Sommer habe er mit Brian auf den Urlaub in angenehmeren Klimazonen verzichtet und sich der unerträglichen Hitze hier ausgeliefert, der Tiere willen, um sie vor dem erbärmlichen Tod durch elendes Verhungern und Verdursten zu retten. Die Behörden würden ja ihre grausamen Operationen nur dann ausführen, wenn sich die blauäugigen Westler mit ihrem dummen Tierschutzgehabe in den großen Ferien in wohltuende Gefilde zurückgezogen hatten.

Aber auch die Tiere, die den Fangnetzen der Häscher entkamen, würden ein böses Erwachen erleben, wenn sich niemand mehr allabendlich um ihr Futter bemüht, so Tom voll Bekümmernis. Die Katzenpopulation schien sich ja trotz seiner Anstrengungen, sie zu minimieren, stattdessen zu vervielfältigen, und er vermutete, dass Leute, die Kätzchen als Kuscheltiere für ihre Kinder in den Wohnungen hielten, jene dann vor ihrer Abreise in die Sommerferien in die angebliche Freiheit entließen. Das würde den nimmer endenden Zuwachs erklären. „Ein Albtraum für jeden Tierliebhaber", klagte Tom.

Brian hatte seinem Gefährten ein Ultimatum gestellt: „Entweder ich oder die Katzen!" Nach langem Hin und Her, meinte der Katzenfänger, entschied er sich dann doch aus tiefer Überzeugung für seinen lieben Freund, und so werden die beiden *Down Under* ein neues Leben beginnen – als offizielles Paar! Mein Mann und ich gratulierten herzlich.

Wir waren froh und sogar dankbar, dass uns Tom nicht bat, in Zukunft seine Obliegenheit als Katzenfänger zu übernehmen, denn auch wir planten bereits, uns den flüchtenden Gastarbeitern anzuschließen und uns auf Nimmerwiedersehen abzusetzen. Wir werden im alten Abendland ein neues Heim gründen – und einen Hund adoptieren.

Die Co-Autoren

Nichts verbindet enger als gemeinsam Urlaub zu machen, miteinander eine *Paella Valenciana* zuzubereiten oder in Teamarbeit Ikea-Regale zusammenzuschrauben. Im Prinzip glauben auch Oskar und Patrick an diese allgemeine Maxime, obwohl sie sich im konkreten Fall nie auf ein Urlaubsziel einigen könnten, sich ihre Haltung zur mediterranen Küche fundamental unterscheidet und sie ideologisch konträre Einstellungen zu internationalen Möbelkonzernen haben. Tatsächlich gibt es kaum zwei verschiedenere Charaktere: Oskar, der gemütliche, fast phlegmatische Niederbayer, und der flatterhafte Charmeur Patrick, der sich selbst für einen Weltbürger hält. Eine der wenigen Parallelen bei ihnen ist es wohl, dass sie beide dem Fachbereich Germanistik der Universität Passau angehören.

Dieser Fachbereich wird etwas unsanft aus seinem bequemen Dahindämmern aufgeschreckt. Schuld daran ist in letzter Instanz die bayrische Staatskanzlei. Diese ist trotz der Gebundenheit an ihre konservativ-katholische Wählerschaft bekanntlich stets darum bemüht, aus Bayern ein kluges Land der Forschung und der Wissensproduktion zu machen – naturgemäß nicht in einer freisinnigen Mission der geistigen und kulturellen Aufklärung, sondern aus rein wirtschaftlichen Erwägungen. Die Motoren der Innovation sollten die bayrischen Universitäten sein. Deren Platzierungen beim neuesten Schanghai-Ranking, der weltweiten Rangliste der Universitäten, entsprechen aber leider nicht den Erwartungen der Staatskanzlei, obwohl man ohnedies SPICY (Shanghai Person Involve College Yardstick) verwendet, die schmackhaft gewürzte und wohlwollende Version des Schanghaier Evaluierungssystems, die zu zwei Drittel auf der persönlichen Selbstbewertung durch die Hochschulangehörigen aufbaut. Das griffige Akronym SPICY wurde – wie ersichtlich – mittels einiger chinesischer Freiheiten mit der englischen Sprache erzwungen. SPICY ist ein Segen für Leute wie Patrick, deren Selbstüberschätzung nur durch ihre Unbedarftheit übertroffen wird – und dieser Menschentyp kommt ja in Bayern nicht gerade selten vor. Die bayrischen Hochschulen treten in der SPICY-Rangliste trotzdem seit Jahren auf der Stelle, denn die Selbstüberschätzung grassiert nicht nur im Freistaat Bayern.

In einem neuen Anlauf greift die bayrische Regierung nun in die wirtschaftsliberale Trickkiste: Effizienz, optimale Ausbeutung der Ressourcen und Senkung der Personalkosten finden sich darin als Rezepte. Eine entsprechende Verordnung läuft durch die akademische Befehlskette, vom Münchner Ministerium über das Rektorat und das geisteswissenschaftliche Dekanat in Passau, bis das Edikt schließlich bei Professor Kletzner, dem Leiter des Fachbereichs Germanistik, wie ein Blitz einschlägt.

Kletzner will die geforderten Straffungen dienstbeflissen durchziehen, obwohl er ideologisch dem Neoliberalismus abhold ist. Die Diskussionen in den Fachbereichs- und Kommissionssitzungen konzentrieren sich sehr bald auf Oskar, der in gewisser Art einen Fremdkörper am Institut darstellt. Sein Arbeitsgebiet ist das niederbayrische Kabarett in der Zwischenkriegszeit des 20. Jahrhunderts unter besonderer Berücksichtigung der sogenannten Passauer Schule, die sich begreiflicherweise in entscheidenden Aspekten von der konkurrierenden Deggendorfer Schule abhebt. Die anderen Fachbereichsmitglieder betreiben herkömmliche Germanistik im Sinne der Beschäftigung mit edler Literatur. Oskars Forschungsthema hat selbstverständlich enorme lokale Relevanz, und darum wurde seine Ernennung vom damaligen Rektor toleriert, wenn auch von vornherein klar war, dass Oskar mit dieser Ausrichtung eine singuläre Erscheinung am Institut bleiben würde. In einem anderen Kontext hätte man ihn im Zuge von Restrukturierungsmaßnahmen freisetzen können, aber er erfreut sich an der Universität Passau einer gesicherten Dauerstelle. Trotzdem gibt es Druckmittel, denn der Fachbereich könnte zum Beispiel Oskars Lehrdeputat drastisch erhöhen.

Da taucht die rettende Idee auf, Oskar durch ein noch zu definierendes gemeinsames Forschungsprojekt besser in den Fachbereich einzubinden. Das wird begeistert aufgenommen und wirft in der Folge die Frage auf, wer sein Kooperationspartner sein sollte. Da sich niemand vordrängt, richtet man dazu eine Sonderkommission ein, die dreimal wöchentlich tagt und letztlich nach heftigem Ringen Patrick zwangsverpflichtet, mit dem profunden Kenner des Passauer Kabaretts zusammenzuarbeiten. Diese weise Entscheidung fundiert auf der plausiblen Begründung, dass Oskar sich ausschließlich mit bayrischer Wortkunst auseinandersetzt und daher für ihn nur ein Forschungspartner zumutbar erscheint, der wissenschaftlich gleichfalls Bayern zugewandt ist. Damit bleibt Patrick als einzige Wahl. Bert Brecht hätte sich dagegen verwahrt, als bayrischer Schriftsteller klassifiziert zu werden, aber er ist nachweislich in Augsburg geboren, ein bayrischer Bezug musste her, und Patrick ist der Brecht-Experte im Fachbereich.

Mit der Achse Oskar-Patrick hat man geschickt zwei Schwachstellen im Fachbereich zusammengeschweißt. Patricks Defizit, neben dem der mangelnden Forschungstätigkeit, ist die unabweisbare Tatsache, dass seine fortgeschrittenen Lehrveranstaltungen kaum inskribiert werden und damit nach den ersten Wochen im Semester dem Rotstift zum Opfer fallen. Die Studierenden, vom Ratzinger-Katholizismus verbildet, zeigen eben nur geringes Interesse am Marxisten Brecht, obwohl Patrick sich durch Proseminare über Themen wie „Mackie Messer in der Popkultur" anzubiedern versucht. In Summe ist sein Anteil am Lehrangebot daher zu gering, was in der Kollegenschaft euphemistisch als unsolidarisch bezeichnet wird und viel böses Blut macht.

Von einem abstrakten Standpunkt aus betrachtet wäre der Problemkomplex Oskar und Patrick jetzt gelöst, aber wie soll man dieses ungleiche Paar, den Phlegmatiker und den Sanguiniker, den Kabarett-Experten und den Brecht-Forscher, den Heimattreuen und den Kosmopoliten, konkret zusammenführen? Ein wohlmeinender Kollege schlägt einen gemeinsamen Urlaub der beiden germanistischen Minderleister vor, in dessen entspanntem Rahmen ein Kooperationsprojekt identifiziert werden könnte. Aber deren Geschmack bei möglichen Destinationen ist, wie anfangs schon angedeutet, zu verschieden: Oskar zieht es nur von Niederbayern nach Oberbayern, bei Patrick hingegen muss es Korsika, Barcelona oder Bhutan sein. Auch fehlt die homoerotische Komponente bei ihnen, die den Ferienaufenthalt miteinander zumindest zu einem sexuell prickelnden Erlebnis hätte machen können.

Auf alle Fälle hat ein erstes Treffen zum gegenseitigen näheren Beschnuppern stattzufinden. Klarerweise kennen sich die beiden vom Sehen, wie man sagt, es wäre ja auch unmöglich, sich an dem kleinen Institut ständig aus dem Weg zu gehen, selbst wenn man es darauf anlegte. Ihr bisheriges Verhältnis zueinander war aber einfach nur von Gleichgültigkeit geprägt, keineswegs von Feindseligkeit, doch zum Zwecke einer gedeihlichen Kooperation sollten sie etwas vertraulicher zusammenrücken. Professor Kletzner regt an, dass die beiden die Logistik der ersten Zusammenkunft per Mail vereinbaren, was alsbald in Angriff genommen wird.

Es gibt für solche Anlässe zwei Parameter zu klären: Die Zeit und den Ort. In früheren Epochen hätte man sich auch über Fragen wie die passende und standesgemäße Kleidung einigen müssen, aber das fällt in unserer gegenwärtigen klassenlosen Gesellschaft glücklicherweise weg. Oskar erfüllt seine gesamten universitären Verpflichtungen immer mittwochs und Patrick stets dienstags: Da klafft schon ein Zwiespalt auf. Dienstag und Mittwoch fallen unbedingt weg, denn die Einigung auf einen dieser Tage hätte einem der Partner von vornherein die Dominanz zugestanden. Montag und Freitag sind untragbar, denn sie ruinieren ein langes Wochenende. Daher bleibt nur der Donnerstag; zwar bedeutet das einen zweiten Wochentag mit Arbeitstermin, aber wenn sich der Donnerstag in der Folge einspielt, hat man immerhin die Chance auf ausfallende Termine dank mancher katholischer Feiertage. Der Treffpunkt ist schnell festgelegt, denn es muss neutraler Boden sein, und da kommt eigentlich nur das Domcafé in Frage, wo es die besten Mehlspeisen der Stadt gibt und die Tradition der niederbayrischen Kaffeekultur noch hochgehalten wird.

Oskar findet sich als Erster beim Gipfeltreffen im Domcafé ein und wählt einen Tisch mit Fauteuils, in die man tief hineinsinkt und damit vermeint, darin auch tief sinnieren zu können. Ein paar Minuten später schlendert Patrick lässig herein. Nachdem die dralle Bajuwarin von Kellnerin ihre Bestellungen aufgenommen hat, rüsten sich die beiden Germanisten für das erste Abtasten wie zu Beginn eines Boxkampfes. Da spürt Patrick an seinem rechten Hosenbein eine nicht nur metaphorische, sondern *tatsächliche* Beschnüffelung und stellt beim Hinunterschauen fest, dass Oskar seinen Retrievermischling quasi zum Nachmittagsausgang mitgebracht hat. Das war in der Abmachung nicht vorgesehen und kommt für Patrick einem Vertragsbruch gleich. Statt über Literatur wird daher anfangs über die unter dem Tisch liegende Tessie diskutiert. Da Patrick seinen Ruf als weltoffener und toleranter Mann unbedingt aufrechterhalten will, muss er die Anwesenheit des Hundes schließlich in Kauf nehmen. Die wechselseitige Antipathie zwischen Patrick und Tessie ist jedenfalls besiegelt, denn auch der sensible Hund begreift, wovon der Diskurs der Geisteswissenschaftler gerade handelte.

Um dem Gespräch eine konstruktive Wendung zu geben, beginnt Oskar von seinem letzten Aufsatz zu erzählen, den er vor etwa drei Jahren über den Begründer der Passauer Schule Michi Aurenhammer schrieb. Dieser ist durch den Spruch „Jå mei, då fährst ei" nach jeder Pointe legendär geworden, der immer noch in Passau zu hören ist. Die Abhandlung war der Frage gewidmet, ob Aurenhammer als Kabarettist oder doch nur als Bierzeltkomiker zu werten sei. Oskar erklärt, dass er von der Hypothese der Begriffsinflation ausging, nach der heutzutage schon jeder Frühschoppenpossenreißer als Kabarettist angesehen wird. Mittels einer tiefschürfenden Analyse kam er zu der Conclusio, dass Aurenhammer als *veritabler* Kabarettist auf *eine* Stufe mit den großen Wiener und Berliner Vertretern der Kleinkunst in der Zwischenkriegszeit zu stellen ist. Nach mehreren Ablehnungen durch literaturwissenschaftliche Zeitschriften erschien Oskars Artikel über Aurenhammer wenigstens in der Wochenendbeilage der „Passauer Neuen Presse".

Nun ist Patrick am Zug. Da sich der Brecht-Kenner seiner letzten gezielten Forschungsaktivität gar nicht mehr richtig entsinnen kann, berichtet er von einer Studentin, die er dank seiner maskulinen Ausstrahlung, wie er annimmt, geködert hat, bei ihm eine Diplomarbeit über Bert Brecht zu verfassen. Diese erfinderische junge Dame entwickelte dazu ein System, für das sie selbst den Ausdruck „Methode des Durchwebens" prägte. Im Falle der Germanistik ist eine gute Voraussetzung für das erfolgreiche Durchweben die Beherrschung einer Fremdsprache, wobei Patrick anmerkt, dass sich das Durchweben mit leichten Abwandlungen auch in anderen geisteswissenschaftlichen Disziplinen einsetzen lässt. Patricks Studentin hatte hervorragende Englischkenntnisse und besorgte sich aus dem Internet einige *Master's Theses* über Brecht von obskuren Universitäten in Regionen wie North Dakota, Neufundland und Tasmanien. Dabei war es hilfreich, dass Brecht im angelsächsischen Kulturkreis viel mehr Achtung genießt als im deutschen Sprachraum und damit eine ausreichende Anzahl von *Theses* zur Verfügung stand. Nun begann für die einfallsreiche Studentin das eigentliche Durchweben, das heißt, es wurden nach einem festen Schema vergleichbar einem Webmuster abwechselnd Absätze aus ausgewählten Vorlagen in eingedeutschter Form abgeschrieben. Das Gelingen des germanistischen Durchwebens basiert auf der berechtigten Hoffnung, dass der Professor zum gestellten Thema nur deutschsprachige Arbeiten und höchstens noch Literatur von ausländischen Spitzenuniversitäten kennt. All das erfuhr Patrick erst nach der Sponsion der Studentin von ihr selbst. Sie revanchierte sich mit dieser hämischen Aufdeckung des Schwindels für einige unwillkommene sexuelle Annäherungsversuche von Seiten ihres Betreuers.

Endlich bringt die Kellnerin Kaffee und Kuchen herbei. Tessie, durch das Spannungsverhältnis mit Patrick schon etwas gereizt, schnappt nach den Quasten ihrer Trachtenschuhe, und sie schimpft das Tier in authentischem Bayrisch „Du Hundsviech, du verrecktes", denn der überraschende Angriff auf ihr Schuhwerk hat sie beim Servieren beinahe aus dem Gleichgewicht gebracht.

Patrick greift sofort das Hölzchen auf, das ihm geworfen wurde, und platzt heraus, dass der Hund nicht ihm gehöre, dass er finde, dass man in gehobene Lokale wie dem Domcafé keine Hunde mitnehme, dass aber sein Kollege uneinsichtig sei, und überhaupt wären sie eh nur da, weil sie von ihrem Chef dazu gezwungen wurden. Oskar fühlt sich bemüßigt, als Tessies Halter auch etwas hinzuzufügen. Er verfolgt die von Patrick geschickt vorgezeichnete Ablenkungsspur und beginnt über den ungeheuren Druck zu lamentieren, dem man heutzutage an deutschen Universitäten ausgesetzt sei, und dass es an bayrischen Universitäten besonders schlimm zugehe. „Die Doppelbelastung durch die unzumutbare Lehrverpflichtung und den brutalen Publikationszwang bringt einen um", wie Oskar sich ausdrückt. Was waren das doch für goldene Zeiten, als ein Hochschulprofessor gegen Mittag zu Pferd an sein Institut kam, seine einstündige Vorlesung hielt, dann zum Kaffeehaus weiter ritt, um sich schließlich am Nachmittag wieder in seine Villa im Grünbezirk der Stadt zurückzuziehen, und das alles in einem Umfeld, in dem das Schlagwort *publish or perish* noch gänzlich unbekannt war. Die Kellnerin, im Kern eine gutherzige Frau (angesichts ihres Dirndldekolletés würden manche sagen, auch eine offenherzige Frau), bekundet Sympathie mit Oskar und Patrick, wobei jeder der beiden glaubt, dass sie sich betont verständnisvoll nur an ihn gewandt hat.

Nach diesem Intermezzo widmet man sich zunächst einmal den Köstlichkeiten auf dem Tisch. Das Gespräch läuft nur stockend wieder an. Germanisten als Menschen, die von der Sprache leben, haben selbstredend immer einige Plattitüden zur Verfügung, aber eigentlich steht Kletzners Vorgabe im Raum, ein gemeinsames Forschungsthema aufzuspüren. Beide spielen die Möglichkeiten in Gedanken schnell durch: Klarerweise muss ein Konnex zwischen Aurenhammer und Brecht gefunden werden. Da es keine berühmte Kooperation von Aurenhammer und Brecht gab, wie bei Hofmannsthal und Strauss, Gilbert und Sullivan oder Laurel und Hardy, kann es nur um eine Beeinflussung in der einen oder anderen Richtung gehen. Die Annahme, dass Brecht unter dem Einfluss von Aurenhammer stand, ist als absurd von der Hand zu weisen. Daher kommen Oskar und Patrick unabhängig voneinander zu dem Schluss, dass eine Einwirkung Brechts auf Aurenhammer zu suchen ist. Oskar steuert verbal die Kurzbiographie Aurenhammers bei, und damit wird offenkundig, dass Aurenhammer bestenfalls in den Zwanzigerjahren des vorigen Jahrhunderts im Banne Brechts stehen konnte, also bloß das Frühwerk dieses Dichters im Hinblick auf eine Wirkung auf Aurenhammer abzuklopfen ist.

Oskar kennt Brecht, wie jeder gebildete Mensch, als den Schöpfer der „Dreigroschenoper", hat sich aber nie intensiver mit ihm auseinandergesetzt. Daher ist Patrick dazu aufgerufen, die erste Schaffensperiode Brechts Revue passieren zu lassen. Er argumentiert zunächst, dass „Baal" und „Im Dickicht der Städte" wohl zu anarchistisch und zynisch sind, um bei Aurenhammer Gefallen gefunden zu haben. Dann kommt Patrick auf die „Hauspostille" zu sprechen. Bei sich vermutet Oskar dahinter Bauernkalenderpoesie – warum sollte jemand aus Augsburg nicht für einen Bauernkalender schreiben? –, und als ihm Patrick einige Gedichttitel wie „Von der Freundlichkeit der Welt", „Vom Klettern in Bäumen" und „Vom Schwimmen in Seen und Flüssen" nennt, empfindet Oskar seine Vermutung als erhärtet. Patrick steigert sich in eine helle Begeisterung, wahrscheinlich beflügelt durch die Erinnerung an seine Studentenzeit, als er die „Hauspostille" zum ersten Mal las, und er legt in souveräner Philologenmanier hermeneutisch dar, welch eine antibourgeoise und dadaistische Provokation dieser Lyrikband eigentlich darstellte. Oskar ist heilfroh, dass er seine Mutmaßung nicht aussprach, er hätte sich damit nur unsterblich blamiert, aber er macht das Beste aus seinem Irrtum, indem er ihn auf Aurenhammer projiziert.

Sobald Patrick mit dem Dozieren fertig ist, rückt Oskar mit seinem Vorschlag heraus: Wir legen die Hypothese zugrunde, dass Aurenhammer von einer „Hauspostille" eines Augsburger Schriftstellers hörte, dahinter Literatur für sein, Aurenhammers, Zielpublikum von Agrariern erahnte und das Werk las. Damit ist der Bogen zu Brecht gespannt! Naturgemäß verstand der einfach gestrickte Mann den Sinn der Gedichte nicht, aber etwas rieb und wetzte sich vielleicht doch ab, und so können wir uns auf die Suche nach Spuren der „Hauspostille" in den Kabarettnummern Aurenhammers begeben. Mit etwas Findigkeit, gut dosiertem Zeilenfüllen und dem in den Geisteswissenschaften üblichen Zurückblicken bis zu den alten Griechen sollten sich zumindest zehn Zeitschriftenseiten zu diesem Thema ausgehen. Patrick glaubt gleichfalls, dass der Tag damit gerettet sei, und ist sichtlich erleichtert, weil man vielleicht ohne übermäßige Anstrengung die kletzner'sche Auflage erfüllen kann. Man feiert mit einer zweiten Runde Kaffee und Kuchen, wobei Oskar seinen Hund im Zaum hält, um einen weiteren Eklat mit der Kellnerin zu vermeiden.

Da er redegewandter ist als Oskar, berichtet Patrick am nächsten Dienstag dem Fachbereichsleiter in wohlgesetzten Worten über das Gespräch im Domcafé. Professor Kletzner dreht fast durch. Er verwendet das eines Germanisten unwürdige Wort „Verarschung", besinnt sich aber dann seiner angeborenen verfeinerten Ausdrucksweise und spricht mit etwas kontrollierterer Wut von insubordinaten Injurien imponderabler Imperative der Philologie. Sein Hang zum Stabreim ist durch Kletzners Beschäftigung mit altgermanischer Literatur erklärbar. Sodann erinnert er Patrick daran, dass in den Geisteswissenschaften nur ein Buch Bedeutung bringt. Patrick wird beim Wort „Buch" ganz bange ums Herz, denn das suggeriert jahrelange Fronarbeit und eventuell sogar den Verzicht auf das liebgewordene Wochenprogramm mit Dienstagsdienst und Sport und Spaß an allen anderen Tagen. Er hört nur noch wie durch eine Lärmschutzwand, dass Kletzner etwas von EU-Projekten und digitalen Geisteswissenschaften faselt und ihn mit dem Auftrag wegschickt, schleunigst Oskar für ein neuerliches Brainstorming zu treffen.

Kletzner diagnostiziert den seelischen Zustand Patricks richtig und sendet sicherheitshalber eine elektronische Nachricht an Oskar. Dieser kann mit dem Begriff „digitale Geisteswissenschaften" nicht viel anfangen – denn was haben die Geisteswissenschaften mit Fingern zu tun? –, und so macht er sich darüber im Internet kundig. Seine erste Erkenntnis ist, dass man sie auch „computergestützte Geisteswissenschaften" nennt, und das erhellt die Sache schon ziemlich. Es geht also darum, mit Hilfe von Rechenmaschinen Forschungsprobleme in den Geisteswissenschaften zu lösen. Man legt etwa Datenbanken für literarische Sparten an und lässt dann den Computer nach Querverbindungen zwischen den erfassten Werken suchen, oder er wird eingesetzt, um die Datierung verschiedener Fassungen eines Werkes zu erleichtern. Kriminalistisch geneigte Philologen verwenden ihn auch zum Nachweis von Plagiaten. Im primitivsten Verfahren der digitalen Geisteswissenschaften zählt der Computer stupid Wörter in Texten, wie es ein leidlich bekannter Wiener Germanist für „Die Fackel" von Karl Kraus vorexerzierte. Aus der Statistik, der zufolge in diesem Periodikum beispielsweise „und" häufiger vorkommt als „wundersam", wurden Rückschlüsse auf die Weltanschauung von Karl Kraus gezogen, etwa dass er die Völkerverständigung über die Heilsversprechen der Religionen stellte.

Bei Oskar ruft diese Praxis des Wörterzählens Erinnerungen an sein Studium bei Lobmayr in München wach. Lobmayr, ein Professor der alten Schule, legte gewisse minimale Qualitätsstandards fest, nach denen etwa eine Seminararbeit mindestens so und so viele, Oskar hat vergessen wie viele, Wörter haben musste. Da saß also Oskar in seiner Studentenbude und zählte von Anfang bis Ende die Wörter in seinem Traktat, wobei ihm seine Freundin Susi dabei half. Er hätte wohl auch die Zahl der Wörter auf einer typischen Seite feststellen und mit der Zahl der Seiten multiplizieren können. Wäre er aber mathematisch so findig gewesen, hätte ja ein zweiter Gauß aus ihm werden können. Jedenfalls bedingten diese ineffizienten Prozeduren den angenehmen Nebeneffekt, mit Susi länger als notwendig eine traute Zweisamkeit genießen zu dürfen. Bei der Dissertation machte Lobmayr das Zählen einfacher, denn er schrieb einen Mindestseitenumfang vor. Zu dieser Zeit hatte sich Susi schon wieder von Oskar getrennt, sodass der Erotik des gemeinsamen Zählens ohnedies ein Ende bereitet war. Aber auf so heimelige Art wie mit Susi lockte die Liebe für Oskar seither nie mehr.

Eine faszinierende Erkenntnis der Internet-Recherche ist es für Oskar, dass sich die banale, für ihn jedoch amourös aufgeladene, Methode des Wörterzählens unter das trendige Schlagwort „digitale Geisteswissenschaften" subsumieren lässt. Diese Verbalarithmetik muss er jetzt noch Patrick schmackhaft machen! Um diesen zu überzeugen, hat man ihm erst einmal zu gewährleisten, dass ein entsprechendes Forschungsprojekt mit relativ geringem *eigenem* Aufwand durchgezogen werden kann. Hilfreich wäre also einschlägige *open source software,* wie man sagt, also kostenlos verfügbare Software für das Wörterzählen aus dem Internet. Google sei Dank war diese bald aufzufinden; einige selbstlose Germanisten haben ihre Programme auf Universitätswebseiten gestellt.

Oskar ist daher für das nächste Gespräch mit Patrick am kommenden Donnerstag ganz passabel vorbereitet. Das Szenario ist unverändert: Tisch mit Fauteuils im Domcafé und Tessie unter dem Tisch. Oskar erläutert, was er alles eruierte, doch sein Kollege reagiert zögerlich, denn er hat sich noch nicht vollends damit abgefunden, dass der Fachbereichsleiter ihnen ein Buch abverlangt. Vielleicht ist es gar nicht so gemeint, dass man *selbst* ein Buch schreiben muss. Kletzner sprach doch davon, dass nur ein Buch Bedeutung bringt, aber das kann ein gelernter Germanist auch elliptisch interpretieren, also als Auslassungssatz. Mit anderen Worten, der Fachbereichsleiter wollte es auch freistellen, dass man nur *über* Bücher schreibt und folglich Rezensionen verfasst. Außerdem ist es theoretisch möglich, dass Kletzner die Phrase inhaltsleer und nur wegen des Stabreims von sich gab.

Oskar lächelt nachsichtig über die verzweifelten Versuche seines Gesprächspartners, sich selbst zu belügen, und geht zur Frage über, welche Forschungsprojekte sich anbieten. Patrick empfindet die zur Schau gestellte Langmut Oskars als Herablassung, und diese kann er von einem Kollegen, dessen akademischer Horizont durch die Geschichte des Passauer Kabaretts definiert ist, nicht vertragen. Er reagiert daher erbost und stellt unwirsch fest, dass unabhängig davon, welches Projekt ausgewählt wird, ohnehin alles an ihm hänge, denn was könne Oskar mit seinen begrenzten Kenntnissen zu einer anspruchsvollen Forschungstätigkeit schon beitragen? Dieser geht gleich einmal in die Defensive und erklärt beflissen, dass er selbstverständlich alle EDV-Agenden übernehmen werde, also die Internet-Suchanfragen, die Beschäftigung mit der Software und die Textverarbeitung. Zur weiteren Besänftigung der Stimmung täuscht er Interesse am wissenschaftlichen Werdegang seines Gegenübers vor und erkundigt sich, wie dieser eigentlich den Weg zu Brecht fand. Insgeheim wunderte sich Oskar ja immer schon, wie der oberflächliche Patrick zum engagierten Schriftsteller *par excellence* Bert Brecht passt.

Patrick ergreift freudig die Gelegenheit, über sich zu erzählen. Er holt weit aus, geht bis zu seinen Teenagerjahren zurück und erwähnt, dass er damals von einer Frankfurter Schule um Adorno, Marcuse und Habermas hörte, die in den bewegten Sechziger- und Siebzigerjahren angeblich großen Einfluss besaß. Es erschien ihm daher verlockend, in Frankfurt zu studieren. Da sich aber einige Abiturkameraden für die Universität Tübingen entschieden, zog er mit ihnen in das schwäbische Oxford, das ja auch ein Hort linksliberalen Gedankenguts war. Er schildert dann verschiedene Etappen seiner Suche nach Interessensgebieten, wobei er die ganze deutschsprachige literarische Landschaft von Grimmelshausen bis Böll durchstreifte. Letzten Endes, wie so oft bei Patrick, war eine Frau im Spiel. Eine Studienkollegin, die er sehr verehrte, schrieb eine Dissertation über Brecht, und folglich musste er sich für diesen Autor interessieren, um sie in längere Gespräche verwickeln zu können. Irgendwie blieb er dann bei Brecht hängen und dissertierte beim selben Professor wie die Kommilitonin, die in der Zwischenzeit schon bei einer Consultingfirma arbeitete. Die Auseinandersetzung mit Brecht schärft unweigerlich die dialektischen Fähigkeiten, die in dieser Branche sehr geschätzt werden, und so war sie als nebenbei bemerkt ideologiefreie Person dort sehr gut aufgehoben.

Nach diesem Exkurs beruhigt sich die atmosphärische Lage wieder und Oskar kann mit einer vorsichtigen Paraphrase versuchen, das Problem Forschungsprojekt erneut anzuschneiden. Er hat aber selbst nur nebulose Vorstellungen einer Realisierung. Da bleibt man ganz allgemein, wie es bei Brecht so schön heißt, und nach dieser Devise verfährt Oskar mangels konkreter Themenvorschläge. Zum Abschluss seiner kurzen Ausführungen merkt er zaghaft an, dass man vorerst einmal damit beginnen könnte, alles verfügbare schriftliche Material der Passauer Schule zu digitalisieren, und vielleicht wäre Analoges auch für Brecht möglich. Der Fachmann Patrick hält fest, dass man dafür die 30-bändige sogenannte „Große kommentierte Berliner und Frankfurter Ausgabe" des Gesamtwerks von Brecht zugrunde legen kann, und er fügt noch hinzu, dass er nie und nimmer mit diesem Computerzeug, wie er es nennt, etwas zu tun haben will. Er verleiht dieser kategorischen Aussage durch eine heftige Fußbewegung Nachdruck, wobei er Tessie versehentlich auf den buschigen Schwanz tritt. Der Retrievermischling jault schmerzgepeinigt auf, rast wütend im Gastraum herum, bringt dabei die Mehlspeisenvitrine mit den Tagesspezialitäten zum Kippen und frisst gleich mit dem typischen Opportunismus eines Hundes drei Kardinalschnitten auf, die herausgefallen sind. Die Besitzerin des Domcafés besteht auf einer sofortigen Vergütung des Schadens, eskortiert dann Oskar und Patrick zur Tür und spricht ein unwiderrufliches Lokalverbot aus. Die Kunde von diesem Hinauswurf verbreitet sich schnell in der kleinen Stadt, und so können sich die beiden Germanisten auch in den wenigen anderen Kaffeehäusern Passaus nicht mehr blicken lassen.

Nun ist guter Rat teuer. Zunächst ist allerdings klar, dass man Kletzner nicht über das Domcafédesaster berichten kann und ihn hinhalten muss. Oskar und Patrick teilen ihm also nur knapp per Mail mit, dass sie derzeit mit Hintergrundrecherchen für eine Pilotstudie befasst sind. Doch erneut türmt sich das monumentale Problem vor ihnen auf, wo und wann sie zusammenkommen sollen. Diese Frage hat sich ja schon ganz am Anfang des Projektes gestellt; man ist also wieder beim Nullpunkt angelangt. Es erscheint unausweichlich, dass man sich einen gewaltigen Ruck geben und irgendwelche bitteren Pillen schlucken muss. Erst nach einem längeren Tauziehen wird die naheliegende salomonische Lösung erzielt, nämlich sich am Dienstag in Patricks Büro und in der darauf folgenden Woche am Mittwoch in Oskars Büro zu treffen.

Beim ersten Arbeitsgespräch im neuen Format haken sich die beiden zur Kooperation Verdammten an dem Streitpunkt fest, wer eigentlich der erstgenannte Autor des geplanten Buches sein soll. Der eitle Patrick hätte sich naturgemäß gerne als solcher gesehen. Bei Zitaten wird ja häufig nur der Erstautor angeführt und die anderen sind die *et altera,* Patrick will jedoch nicht unter den *et altera* verschwinden. Die Groteske, dass noch gar kein konkretes Konzept des Buches existiert und trotzdem schon über die Reihenfolge der Autoren gezankt wird, ist ihnen gar nicht bewusst. Tessie ist Zeuge dieser Auseinandersetzung, denn Hunde sind zwar in Hochschulgebäuden nicht erlaubt, aber Oskar setzt sich in einem für ihn seltenen anarchistischen Zug über dieses Verbot hinweg. Die Animositäten der beiden Gesprächspartner belasten Tessie seelisch, was sich wie oft bei Hunden durch fortwährendes Knurren äußert. Patrick wird seinerseits durch das Knurren zermürbt und bricht die Diskussion letzten Endes entnervt ab. Erst beim nächsten Treffen siegt die Vernunft. Da beide Autoren etwa gleichrangig sind, gilt die alphabetische Reihenfolge nach den Familiennamen, und da ist Oskar voran.

Es dauert folglich einige Wochen, bis überhaupt ernsthaft über den Inhalt des Buches diskutiert wird. Der Königsweg soll in diesem Fall der *bequemste* Weg sein, das steht von vornherein fest, und der Sklave Computer darf den Löwenanteil der Arbeit leisten. Über diese unstrittigen Punkte hinaus geraten die Debatten hingegen immer wieder ins Stocken. Da hilft nur ein Ortswechsel, denn das banale Ambiente am Fachbereich unterdrückt offensichtlich jedwede Kreativität, und überdies wird Patrick durch die andauernde Anwesenheit des Hundes bei den Treffen aus dem psychischen Gleichgewicht geworfen. Der Brecht-Experte regt an, eine gemeinsame Radtour den Inn entlang – ohne Hund – zu unternehmen. Oskar ist das zu anstrengend, aber einen Ausflug mit dem Auto akzeptiert er. Tessie kann er für den Tag bei einem befreundeten Hundebesitzer unterbringen.

Die Bayern aus der Grenzregion reisen zur Erbauung immer nach Österreich, wo die Landschaft viel reizvoller ist: Die Rosenheimer nach Kufstein, die Freilassinger nach Salzburg, die Laufener nach Oberndorf und die Neuhauser und Passauer nach Schärding. Die beiden unter Druck geratenen Germanisten kommen überein, zunächst auf der bayrischen Seite bis Neuhaus zu fahren und dann nach einem Besuch von Schärding den Rückweg auf der österreichischen Seite zu nehmen. So hat man die Höhepunkte des Ausflugs die längste Zeit noch vor sich.

Anfangs bietet der Blick aus dem Wagenfenster gleichförmige Agrarflächen, die hauptsächlich der Maismonokultur dienen, und triste Dörfer, deren einzige Infrastruktur aus einer Lagerhalle zu bestehen scheint, die sich aber bei der allmählichen Annäherung als Supermarkt der niedrigsten Preiskategorie entpuppt. Oskar und Patrick kämpfen beherzt gegen das Einnicken aus Langeweile. Auf der Neuhauser Innbrücke werden sie schließlich für ihre Ausdauer mit einem sehenswerten Panorama der Stadt Schärding belohnt. Einmal dort angekommen, lädt die Innpromenade zu einem Spaziergang ein.

Viele Geistesmenschen haben schon beobachtet, dass das Gehen eine ungemein anregende Wirkung auf das Denken ausübt, was medizinisch dadurch erklärbar ist, dass die rhythmische Bewegung der Beine zu einer gleichmäßig verstärkten Gehirndurchblutung führt. Auch Oskar und Patrick spüren diesen Effekt, als sie von Schärding in Richtung St. Florian marschieren. Außerdem lenkt der in diesem Abschnitt breit und gemächlich dahinfließende Inn die Sinne nicht zu sehr ab, wodurch noch *mehr* förderliche Blutströme für die geistige Schaltzentrale frei bleiben. Die beiden Wanderer führen nur ein karges Gespräch; dafür läuft die Denkmaschinerie im Hintergrund umso betriebsamer. Auf dem Rückweg kommen sie durch den Schärdinger Kurpark mit seiner Orangerie im Schönbrunner Stil, und sie schließen messerscharf, dass es dann auch ein Kurhaus geben muss. Dieses ist schnell hinter einem alten Baumbestand zu finden. Da das Kurzentrum öffentlich zugänglich ist, betreten sie es und landen gleich in einem einladenden Café. Als sie sich niederlassen, fallen ihre Blicke auf eine Mehlspeisenvitrine, die ihnen einen gewaltigen Schrecken einjagt, ehe sie sich vergegenwärtigen, dass ja das Kardinalschnittenmonster Tessie gar nicht dabei ist. Obwohl sie im Ausland sind, gibt es mit der Kellnerin keine Verständigungsschwierigkeiten, denn sie stammt von der bayrischen Seite des Flusses.

Bald sitzen sie also bei Marmorgugelhupf und Kaffee und alles ist sonnenklar. Zuerst wird der Computer die Wörter in den Texten Brechts und der Passauer Schule sammeln und ordnen. Das Buch kann dann zu einem Gutteil aus der Wörterstatistik bestehen. Die beiden Co-Autoren brauchen dann nur mehr dieses Datenmaterial philologisch zu kommentieren und den literaturgeschichtlichen Hintergrund beizusteuern. Die intensiven Denkvorgänge während des ausgedehnten Promenadenspaziergangs haben Oskar und Patrick demnach zu einer seltenen Einmütigkeit gebracht.

Animiert und mit sich selbst zufrieden beschließen sie daraufhin, die Rückfahrt nach Passau touristisch auszugestalten, wofür sie sich bei der Kurhausrezeption Ratschläge holen. Gleich in der Nähe liegt Maria Brunnenthal, verziert mit dem kleinen Juwel einer kuscheligen Barockkirche, und dann folgt man der mäandernden Route zum Dorf Schardenberg, das wie auf einer Aussichtswarte über der mit Wäldern wogenden Landschaft thront. Kulturbeflissene müssen selbstverständlich auch dem Kubinhaus in Zwickledt einen Besuch abstatten. Besonders Patrick findet die dort ausgestellten surrealen und spukhaften Graphiken ziemlich deprimierend, und so zieht man rasch weiter in das hübsche Wernstein am Inn mit seiner Burg, der originellen, elastisch schwingenden Innbrücke und dem Blick auf das romantische Schloss Neuburg. Eigentlich sollte man auch Kubins Grab an der Außenmauer der Pfarrkirche von Wernstein aufsuchen, aber dann gehen die beiden Passauer Germanisten doch lieber in den Biergarten, in dem schon dieser nervige Künstler gerne gesessen ist und versucht hat, mit Hilfe einer rustikalen Brotzeit seine beklemmenden Ängste zu verdrängen. Mit einer ebensolchen Stärkung wird seinem Angedenken in bayrischer Manier gehuldigt.

Der durch die gelungene Ausfahrt gewonnene Schwung muss nun mitgenommen werden. Es ist eine stillschweigende Übereinkunft, dass alle Computerangelegenheiten in Oskars Ressort fallen, denn das hat er in einem Moment der Schwäche angeboten – und so liegt es wohl an ihm, die entsprechenden Initiativen zu ergreifen. Die trockene Knochenarbeit ist seine Sache nicht, und als Geisteswissenschaftler ist er ja nicht gerade der geborene EDV-Experte. Aber was sein muss, muss eben sein. Er meistert die Tücken des Computers und der Software und überwindet sporadische Rückschläge. Periodisch informiert er Patrick, der Interesse an den Details heuchelt, aber eigentlich nur wissen will, ob die Sache *grosso modo* vorwärts schreitet. Gleichermaßen wird Professor Kletzner auf dem Laufenden gehalten. Dieser hat ja freundlicherweise die studentische Hilfskraft bewilligt, welche die gewählten Texte mühselig einscannt.

Nach Monaten ist endlich der gewünschte Wörterkatalog für die Passauer Kabarettschule und Bert Brecht fertig. Auch Patrick war in der Zwischenzeit nicht müßig. Er machte und macht nach wie vor einer Schauspielerin den Hof, die gerade am Passauer Stadttheater als Irma la Douce Triumphe feiert. Leider gab es da und gibt es vielleicht noch immer Rivalen, so genau weiß man das bei einer vom Publikum angehimmelten Musicalprimadonna nicht. Jedenfalls waren und sind von Seiten des Verehrers enorme Anstrengungen erforderlich: Der Besuch von Vorstellungen, das Warten am Bühnenausgang, gemeinsame Soupers, der Kauf von Blumen, das Aussuchen geeigneter Geschenke, das Planen und Durchführen von Freizeitunternehmungen mit der Dame, und nicht zu vergessen die intellektuelle Dimension, nämlich das Stopfen von Bildungslücken in der Musicalgeschichte und das Studium der komparatistischen Forschung, die sich im Laufe der Jahrzehnte über das aufgeführte Musical und den gleichnamigen Film entwickelt hat. All das kostet Zeit und nochmals Zeit, doch Irma – so wie viele Bühnenkünstlerinnen, die in ihrer Rolle ganz aufgehen, lässt sie sich während der Aufführungsdauer nach der Bühnenfigur nennen – ist den Aufwand absolut wert. Ihr Sex-Appeal ist für Patrick eine Provokation und ihr Charisma unwiderstehlich. Wie weit seine Avancen echte Gefühle in Irma hervorrufen, bleibt ihm zwar verborgen, zu einem ermutigenden Lächeln hat sie sich jedoch gelegentlich schon herabgelassen. Patrick ist also kurz gesagt in eine Affäre verwickelt, die eigentlich noch gar nicht als solche bezeichnet werden kann.

Oskars Empathie für Patricks Liebesmühen ist sehr begrenzt und er will darauf drängen, dass Patrick endlich etwas zum gemeinsamen Projekt beisteuert oder sich zumindest einmal überlegt, wie er seinen Beitrag zum Buch anzulegen gedenkt. Die nächste Besprechung findet in Patricks Büro statt, und Oskar plant, sich diesmal sogar im fremden Territorium aus seiner gewohnten Defensive herauszuwagen. Nach dem üblichen trivialen Geplänkel zum Auftakt eines Gespräches von Kollegen versucht es Oskar mit Dramatik. Er zieht ein Paket von Computerausdrucken aus seinem Rucksack und platziert es, so theatralisch er es vermag, auf Patricks Schreibtisch. Gerade will er ansetzen zu sagen, dass dieser Wörterkatalog nach literaturwissenschaftlichen Kommentaren heischt, als das Telefon läutet. Mit einem entschuldigenden Achselzucken hebt Patrick ab, und bald hört man ihn in einem Sprachgemenge parlieren, das von Ausdrücken wie *chérie, ma douce, d'accord* und *écoutez* durchsetzt ist. Eine konkrete Entscheidung oder Vereinbarung scheinen die Gesprächspartner nicht zu erzielen. Patrick legt etwas gestresst auf und murmelt im Zuge eines Erklärungsversuches, dass Irma auf der frankophilen Welle reitet und er daher seine spärlichen Französischkenntnisse zusammenkratzt, um bei ihr zu punkten. Oskars kalkulierte Dramaturgie ist durch den störenden Anruf in ärgerlicher Weise geplatzt. Der Kabarett-Experte unternimmt einen neuen Anlauf, hat aber irgendwie den Faden verloren. Patricks leeres Geplapper hat ihn aus dem Tritt gebracht. Der Wörterkatalog liegt vorwurfsvoll auf dem Schreibtisch und versucht, für sich zu sprechen, aber ein Paket Papier hat eben nur eine eingeschränkte Eloquenz. Oskar schnappt seinen Rucksack und sucht frustriert das Weite.

Der Rhythmus der Treffen führt die beiden Autoren nächstens in Oskars Büro zusammen. Er erwartet eine unbehelligte Sitzung, doch diese Hoffnung erweist sich als trügerisch. Nach etwa fünf Minuten Geplauder klingelt das Telefon. Oskar hört eine weibliche Stimme, die mit affektiertem französischen Akzent spricht und *mon chéri* verlangt. Er vermutet, dass nicht die bekannte Pralinensorte gemeint ist, und übergibt an seinen Kollegen. Wieder folgt ein lächerliches und nutzloses Gespräch, nur dass sich Patricks Wortschatz nun um Ausdrücke wie *je vous en prie* erweitert hat. Oskar hat sich schon lange nicht mehr so wütend gefühlt und attackiert Patrick vehement, weil dieser Oskars Telefonnummer an Irma weitergegeben hat. Patrick verlässt daraufhin grußlos das Büro.

Oskar empfindet nun, dass er an zwei Fronten kämpft, gegen Kletzner und gegen Patrick. Wann immer er dem Fachbereichsleiter in den Gängen des Instituts begegnet, hastet Oskar atemlos vorbei, um Hyperaktivität vorzutäuschen. Stellt ihn Kletzner trotzdem zur Rede, so stößt Oskar etwas von Pilotprojekt hervor. Wie er mit seinem Co-Autor verfahren soll, ist viel schwieriger. Fest steht, dass er den Anblick von Patricks Gesicht jetzt für eine Woche partout nicht ertragen kann.

Nach einigen Tagen sendet Oskar eine Mail an seinen Kollegen mit der Aufforderung, dass dieser sich gefälligst einmal den Computerausdrucken auf seinem Schreibtisch zuwenden sollte. Darauf erhält er aber keine Antwort. Weitere acht Tage verstreichen, und dann setzt Oskar einfach unilateral per Mail ein Treffen im Seminarraum 305 an. Er hatte sich vergewissert, dass der Raum 305 kein Telefon enthält und zur gewählten Tageszeit leer ist. Zudem verordnet er in seiner Mail an Patrick ein striktes Handyverbot bei dieser Besprechung.

Patrick erscheint tatsächlich zur verordneten Zeit und wirkt etwas gehetzt. Bevor Oskar den eigentlichen Zweck der Zusammenkunft ansprechen kann, berichtet der Brecht-Kenner in hektischer Manier, dass die Dame seines Herzens dank ihres grandiosen Erfolges als Irma la Douce die Titelrolle in „Hello, Dolly!" bekommen hat und die Proben dafür im Passauer Stadttheater schon angelaufen sind. Das habe für ihn, Patrick, zwei schwerwiegende Konsequenzen. Erstens muss er Dolly – vormals Irma – zu den Proben bringen und sie wieder abholen, und da man nie weiß, wann die einzelnen Proben zu Ende sein werden, ist er praktisch in ständigem Bereitschaftsdienst. Zweitens arbeitet er jetzt daran, sein Englisch in Schwung zu bringen, denn Dolly spickt ihre Reden nun mit englischen Phrasen. Obwohl er die Antwort vorhersagen kann, fragt Oskar pro forma, wie weit Patricks literaturwissenschaftliche Kommentare schon gediehen

sind. Dieser erwidert nervös, dass seine Gedanken andauernd beim Buch sind, aber dass sein Privatleben jetzt zu zeitraubend sei, um Gelegenheiten für das Niederschreiben der Ideen zu finden. Daraufhin verliert Oskar komplett die Fassung und schreit:
„So schmier doch endlich was zusammen, damit ich es so richtig zerpflücken kann!"
Patrick brüllt zurück:
„Du jämmerlicher Reservekabarettist, lass verdammt nochmal die Finger von meinen Texten!"

Eine absonderliche Ermahnung, da es gar keine Texte Patricks für Oskars Finger gibt. Oskar schleudert seinem Kollegen Ausdrücke wie „Du Hampelmann der Irma-Dolly" entgegen und dieser kontert mit „Du Karikatur eines Wissenschaftlers" und ähnlichen Koseformen. Der Insultierungswettkampf eskaliert durch mehrere Intensitätsstufen und geht als das „Duell im 305er" in die Geschichte des Fachbereichs ein, vergleichbar dem „High Noon" zwischen Gary Cooper und Ian MacDonald.

Als die Kunde von diesem Vorfall Professor Kletzner erreicht, sieht dieser sich als Fachbereichsleiter zum Einschreiten gezwungen. Er vergattert die beiden Streithähne in sein Büro. Sie machen einen geknickten Eindruck, reagieren auf Kletzners Vorhaltungen mit fahrigen Handbewegungen und können sich kaum artikulieren, verständlicherweise ein absolut besorgniserregendes Symptom bei Geisteswissenschaftlern. Konkretes gibt es ohnedies nicht zu berichten, außer dass der Computer seine Arbeit geleistet hat. Doch als Philologe von altem Schrot und Korn ist Kletzner von EDV-Anwendungen nicht sonderlich beeindruckt. „Computer killen die Kultur", pflegt er mit einem nicht ganz lupenreinen Stabreim zu sagen. Oskar und Patrick blicken sich an und kommen stillschweigend überein, dass Letzterer derzeit dafür prädestiniert ist, den Part des Jammerers und Wehklagenden zu übernehmen. Patrick hebt also mit einer Jeremiade über die dunkle Phase an, die er gegenwärtig durchmacht, selbstredend ohne Details über Irma und Dolly zu erwähnen. Sehr wohl bezieht er jedoch die Schwierigkeiten mit Oskar ein, die er der schlechten Chemie zwischen ihnen und den unüberlegten Forderungen Oskars zuschreibt. Dieser protestiert überaus emotionell, und die ungewohnte Vehemenz dieses Aufbegehrens verdeutlicht Kletzner, dass in diesem Autorenteam tatsächlich ernsthafte Probleme vorliegen.

Nun kann man in einer Krisensituation entweder aufschieben oder gleich entscheiden; Kletzner wählt den Mittelweg, nämlich einerseits aufzuschieben und anderseits eine nicht zu gravierende Entscheidung an Ort und Stelle zu fällen. Die Arbeit am Buch wird vorläufig zurückgestellt, so empfiehlt er, und dekretiert danach, dass Oskar und Patrick gemeinsam, und er betont *gemeinsam*, einen Psychologen konsultieren sollen. Kletzner kennt in Passau einen Experten für Zweierbeziehungen, der wird an diesem Fall sicherlich lebhaft interessiert sein. Das betroffene Paar zieht ohne weitere Umstände ab – es hätte schlimmer kommen können.

Zurück in seinem Büro wird Oskar bewusst, dass der Aufschub des Buchprojektes eher lästig für ihn ist; doch nun hat er den kletzner'schen Direktiven schon zugestimmt. Wenn sich nämlich die Sache mit dem Buch jetzt noch weiter verzögert, so könnte sich ein Konflikt mit seinem bereits gebuchten Sommerurlaub in Ruhpolding ergeben. Weiters hat er sich schon viele kleine Spitzen überlegt, die er im Buch mit Patrick anbringen würde und die nun brachliegen. Oskar lernte bei Lobmayr den verschwenderischen Gebrauch von Fußnoten und wollte sich bei diesem Buch richtiggehend genussvoll austoben. Als Pikanterien würde er etwa Fußnoten der folgenden Art einstreuen: „Der Erstautor distanziert sich von dieser Meinung des Zweitautors und hält im Gegensatz dazu fest, dass …" Diese Form der Satisfaktion ist jetzt leider auf Eis gelegt.

Patrick hätte von seinem angeborenen frohsinnigen Naturell her nie einen Psychologen gebraucht und Oskar ist zu bequem, um einen solchen aus eigenem Antrieb aufzusuchen. Nun wurden beide zu diesem Schritt verdonnert. Wie ein Ehepaar auf dem Scheidungspfad sitzen sie also beim Beziehungsmoderator, wie er sich nennt, und lassen einen Schwall indiskreter Fragen über sich ergehen. Glücklicherweise ist der Psychologe kein Anhänger Freuds, und so bleiben wenigstens ihre frühe Kindheit und ihre WC-Gewohnheiten von der Analyse verschont. Dafür müssen sie Szenen vorspielen, die der Moderator erfindet, um ihre sogenannte relationale Befindlichkeit auszuloten. Eine Aufgabe besteht zum Beispiel darin, über eine Speisekarte zu diskutieren und sich bei Vorspeise, Hauptspeise und Nachspeise jeweils auf ein- und dasselbe Gericht zu einigen, sodass ein gemeinsames Menü entsteht. Bei diesem Test, wie bei vielen anderen, fällt das Paar kläglich durch. Der Beziehungsmoderator führt das nicht so sehr auf die relationale Konstellation der beiden Klienten, sondern auf ihre individuellen psychischen Probleme zurück. Er konstatiert bei Patrick einen akuten Fall von Burnout und bei Oskar hysterische Reizbarkeit und mangelnde Kontaktfähigkeit, und er verschreibt eine gemeinsame Kur zum Zweck der Meditation und des Kalmierens der Nerven.

Den Präferenzen der Allgemeinen Ortskrankenkasse folgend will der Psychologe seine beiden Schützlinge in das bayrische Bad Füssing schicken. Sie sehen sich Prospekte dieses Kurorts an und finden ihn öde und banal. Tatsächlich wurden dort gesichtslose moderne Bauten schnell und artifiziell zwischen Mais- und Weizenfelder hineingeklotzt, ohne Rücksichtnahme auf ästhetische Kriterien. Da erinnern sich Oskar und Patrick an das Kurhaus in Schärding mit seinem historischen Flair und dem sympathischen Café, und die Entscheidung ist gefallen.

Sie finden in dieser Kuranstalt all das vor, was ihrem desolaten psychischen Zustand Abhilfe verschaffen kann – außer dass Oskar seinen Hund nicht mitbringen darf. Sie wählen Hatha-Yoga und ayurvedische Ernährung. Bei der ersten Mahlzeit fällt ihnen im Speisesaal ein ziemlich beleibter Herr auf, um den herum sich eine Sphäre der Ehrfurcht gebildet hat. Man raunt, dass es sich bei ihm um den berühmtesten Kulturphilosophen Österreichs handelt. Er sitzt mit einem Buch und einem Glas Wasser an seinem Tisch, blättert das Buch hastig durch, hält plötzlich inne, liest zwei oder drei Seiten konzentriert, macht sich Notizen, blättert rasch weiter, liest wieder kurz und intensiv, notiert sich etwas, und so fort für eine Viertelstunde. Oskar und Patrick spekulieren, dass sie vielleicht eine in Schärding entwickelte Abmagerungskur beobachten, die sie für sich die aleatorische Lesediät nennen. Doch drei Tage später sehen sie in einer der im Kurhaus aufliegenden österreichischen Zeitungen eine pointierte und brillant formulierte Buchrezension von der Hand dieses Kulturphilosophen. Wenn sie schon sonst nichts von diesem Kuraufenthalt mit nach Hause nehmen sollten, dann wenigstens die effiziente Methode des aleatorischen Rezensierens, so reflektieren sie.

Ganz entscheidend im Hatha-Yoga ist die Atmungsmeditation Pranayama, und selbstverständlich nehmen Oskar und Patrick daran teil. Die Yogajünger liegen dabei auf Pritschen in einem Gymnastiksaal, und ein Guru mit bayrischem Akzent leiert sanft und monoton:

„Denken wir nur daran, dass wir hier liegen, denken wir nur an uns, wir liegen ganz ruhig, aaatmen, aaatmen, loslassen, … Draußen vor den Fenstern unser Park, der grüne Park, eine leise Brise streicht durch die Bäume, die Blätter wiegen sich ganz ruhig, aaatmen, aaatmen, loslassen, … Hinter dem Park der Inn, der breite stille Fluss, wir sind vollkommen entspannt, wir sind nur bei uns, der Fluss fließt ganz ruhig, aaatmen, aaatmen, loslassen."

Der Meditationsleiter spricht die Formeln mit unendlicher Behutsamkeit und Geduld, und eine angenehme Trägheit schwebt im Saal. Plötzlich lässt sich ein unbekümmertes Schnarchen vernehmen. Der bayrische Guru gleitet auf leisen Sohlen zum Störenfried und rüttelt ihn sachte wach, wobei der Leiter etwas von zu tiefer Meditation murmelt. Solche Vorfälle passieren mehrmals während der Meditationsstunde, aber die beiden Passauer Germanisten lassen sich dadurch nicht beirren und bleiben dem Pranayama treu.

Zwei Wochen vergehen mit Atmen, Loslassen, ayurvedischem Essen und Spazierengehen am Inn. Oskar und Patrick spüren, wie sich eine Leichtigkeit in ihnen ausdehnt, beinahe eine Schwerelosigkeit, alles entkrampft sich, alles relativiert sich, das überirdische Lächeln des berühmten sitzenden Buddhas im Wat Benchamabophit macht sich auf ihren Gesichtern breit, der transzendente Gleichmut stellt sich ein. Ihre Gespräche kreisen um Pilgerreisen nach Thailand und Myanmar, um den Rückzug in einen Ashram, um tibetische Tantras. Der Kurarzt klassifiziert ihren Aufenthalt in Schärding bei der Abschlussuntersuchung als vollen Erfolg.

Zurück in Passau versucht die Realität sie anzustarren, aber sie erwidern den kalten Blick gelassen. Trotzdem kommen sie an Professor Kletzner nicht vorbei, denn dieser kontaktiert sie von sich aus und zitiert sie zum Rapport in sein Büro. Die einleitende Frage nach dem Befinden löst Glücksgefühle bei ihnen aus und sie verkündigen einhellig, dass sie höchst zufrieden seien. Kletzner, ohnedies schon irritiert durch die Tatsache, dass während des Semesters zwei Lehrkräfte vierzehn Tage lang fehlten, stößt mit deutlich aggressivem Unterton nach und will wissen, worauf sich ihre Zufriedenheit denn gründe. Patrick antwortet, dass er das seelische Gleichgewicht wiedererlangt und seine privaten Probleme als nichtig erkannt habe, und Oskar fügt lächelnd hinzu, dass er durch Pranayama zu seiner eigentlichen Bestimmung zurückgefunden habe, nämlich sich im Universum wie entkörperlicht treiben zu lassen. Der Fachbereichsleiter bleibt hartnäckig und stellt die Fangfrage, worüber sie denn in Schärding die ganze Zeit gesprochen hätten. Sie tappen in die Falle, verstehen nicht, dass nun das Buchprojekt aufs Tapet gebracht werden sollte, und erzählen animiert von ihren Plänen, die heiligsten Stupas und Tempel in Thailand und Myanmar zu besuchen. Kletzner täuscht zunächst Interesse vor, erkundigt sich nach Details, fährt sie aber dann unvermittelt und mit erhöhter Lautstärke an, ob sie denn vergessen hätten, dass sie diesem Fachbereich angehörten und damit gewisse Verpflichtungen einhergingen. Warum regt sich denn dieser Mensch vor uns so unnötig auf, fragen sich die Angesprochenen. Warum rezitiert er nicht ein Mantra, um sich zu beruhigen? Sie lassen ihren Vorgesetzten in die Leere laufen und gestehen ganz sanftmütig ein, dass sie sich schon noch als Germanisten fühlten, wenn auch erst in zweiter Linie. Vorrangig seien sie jedoch Buddhisten.

Kletzner erfasst, dass er bei diesen beiden Wandlern in Traumwelten nur mehr mit brutaler Direktheit weiterkommt, und er lässt bei der gezielten Frage nach dem Buchprojekt seinen erheblichen Unmut spüren. Oskar und Patrick haben gerade noch so viel Verständnis der Situation, dass sie nicht spontan aussprechen, was sie sich denken, nämlich dass dieses Buch im Weltgefüge komplett irrelevant ist. Sie flüchten sich stattdessen in Plattitüden, dass man schauen wird und dann wird man schon sehen, es wird sich schon etwas ergeben und Ähnliches.

Der Fachbereichsleiter kann plötzlich den Anblick der ihn maßlos irritierenden Gestalten vor ihm nicht mehr verkraften. Er richtet seinen Drehstuhl quer zu ihnen aus und brüllt in das Bücherregal, dass sie verdammte vertrottelte Versager und blödsinnige bescheuerte Buddhisten seien, dass Steuergeld für ihre Kur verschwendet wurde, dass seine Geduld ein Ende habe, dass das so nicht weitergehe, dass er ein Ultimatum stellen würde.

Nun verlieren auch die beiden Co-Autoren die Contenance. Sie offenbaren jetzt, was sie sich insgeheim über das Buch dachten, eben dessen vollständige Belanglosigkeit, und Patrick facht das Feuer weiter an, indem er hämisch anmerkt, dass Kletzners altgermanische Forschung gleichfalls eklatant überflüssig sei. Da schreit Kletzner unvermittelt auf, greift sich an die Brust und stürzt von seinem Sitzmöbel. Fassungslos starren Oskar und Patrick auf den verkrümmten Körper auf dem Fußboden, während der Drehstuhl noch sinnlos weiterrotiert. Dann knien sie sich zu dem leise Stöhnenden nieder und massieren sein Herz mit hilflosen Bewegungen. Er röchelt noch „Gott gewähre Gnade" – und das war sein letzter Stabreim. Oskar und Patrick sehen sich entsetzt an und beschließen im selben Augenblick, dass sie nie mehr wieder etwas miteinander zu tun haben wollen.

Nichts verbindet enger als gemeinsam Urlaub zu machen, miteinander eine *Paella Valenciana* zuzubereiten oder in Teamarbeit Ikea-Regale zusammenzuschrauben. Aber die Kooperation an einem Buch muss man von dieser Regel unbedingt ausnehmen.

Das Konzert der Nächstenliebe

Der Goldene Saal des Musikvereins präsentiert sich wie immer in stilvollem Prunk und wundervoller Grandiosität, heute durchstrahlt ihn jedoch noch dazu eine nachgerade extravagante Noblesse, eine exaltierte Feierlichkeit. Liegt es vielleicht am besonders außergewöhnlichen Anlass an diesem Tag? Es steht ja schließlich ein Höhepunkt des Musikkalenders, *Das Konzert der Nächstenliebe*, auf dem Programm. Die Spannung über den leider eher selten gewordenen Auftritt des beim Publikum so überaus beliebten Maestro und die Leistung, die er in seinem Alter noch aus den meist auch schon in die Jahre gekommenen und etwas müden, aber immerhin äußerst erfahrenen Orchestermitgliedern herausholen würde, knistert mit den edlen Roben der Damen um die Wette. Wie jedes Jahr um diese Zeit hat auch diesmal wieder *tout Vienne* schon seit Wochen diesem singulären Ereignis entgegengefiebert, ist es doch das einzige Konzert im ansonsten massiv subventionierten Musikleben der Stadt, ja, eigentlich des gesamten Landes, das ausschließlich durch private Sponsoren finanziert wird und dabei obendrein noch einen ansehnlichen Gewinn abwirft.

Alle Namen der Gönner, exakt gestaffelt nach der Höhe des geleisteten Beitrages, scheinen im heutigen Programmheft auf, und das sogar an prominenter Stelle noch *vor* der Liste der musikalischen Darbietungen! So sieht man die Mitglieder der feinen Gesellschaft von Wien, gleich nachdem sie ihre Überkleider bei der Garderobe abgelegt haben, die kostenlos verteilte, aufwändig gestaltete Farbdruckbroschüre studieren; aber nicht die zu erwartenden Kunstgenüsse interessieren am meisten, sondern die größte Aufmerksamkeit gilt dem langen Verzeichnis der gebefreudigen Förderer dieser Veranstaltung. Naturgemäß leuchten da ganz vorne und unübersehbar die üblichen Namen der zahlungskräftigen Firmen und Banken, die jede taugliche Gelegenheit zur

Aufwertung ihres Renommees ausschlachten. Deren Aufsichtsräte, Vorstände, Direktoren und Senior Executives, flankiert von ihren aufgeputzten Gattinnen, Lebensabschnittspartnern und ab und zu auch einer heiratsfähigen Tochter, für die man eventuell auch hier um einen geeigneten Ehemann Ausschau halten könnte, plustern sich im Foyer auf, obwohl sie nur das Geld ihrer Unternehmen gespendet haben. Jovial begrüßen sie Geschäftspartner, Bekannte und Freunde, sonnen sich im Rampenlicht der sogenannten oberen Zehntausend und fühlen sich wohl in ihren Rollen als Schirmherren von Kultur und Nächstenliebe.

Im Gegensatz zur eher bescheiden anmutenden Wandelhalle des traditionsreichen und illustren Konzerthauses prunkt der weltberühmte Große Musikvereinssaal atemberaubend schön. Die Stuckaturen in sanftem Weiß und die eleganten Karyatiden im Parterre kontrastieren in geschmackvoller Weise gegenüber dem vorwiegenden Goldton der Wände und der azurblauen Grundfarbe der Deckengemälde mit dem Gott Apollo und seinen neun Musen. All dieses Gepränge machte anscheinend keinen Eindruck auf den gefürchteten Kritiker Eduard Hanslick, der anlässlich des ersten Konzertes im Großen Musikvereinssaal im Jänner 1870 die Frage aufwarf, ob dieser Saal „nicht zu glänzend und prachtvoll sei für einen Concertsaal". Hingegen behaupten unzählige Musikfreunde bis heute, der splendide Goldene Saal sei keinesfalls Ablenkung, sondern vielmehr Hinlenkung zur Musik, oder besser gesagt, er sei selbst Musik.

Die erlauchte Gesellschaft der Musikfreunde in Wien besitzt hier nicht nur eine der ästhetischsten, ja, prachtvollsten, sondern auch akustisch großartigsten Konzerthallen der Welt, und der Verein ist sich dessen naturgemäß voll bewusst. Zum weiteren gedeihlichen Nutzen wollte man daher vor einigen Jahren zusätzlich zum Neujahrskonzert mit den Wiener Philharmonikern eine neue Art von denkwürdigem Musikereignis ins Leben rufen. Man plante gleichfalls eine jährliche Veranstaltung, welche wiederum in alle Erdteile ausgestrahlt werden sollte, um der gesamten Menschheit das erhabene Niveau der Wiener Kulturpflege vor Augen zu führen. Dabei schwebte dem Präsidenten der Gesellschaft ein Event mit universell verbindender Bedeutung vor, der Gäste aus aller Herren Länder anziehen würde: Musik unter Gleichgesinnten auf höchstem Niveau zu erleben, was eben gerade die geheiligte und einzigartige Mission der Gesellschaft der Musikfreunde ausmacht. Die generelle Idee war, Einigkeit und Harmonie zwischen den Menschen zu fördern und nebenbei auch die Kassen der Gesellschaft zu füllen. Mehr als zweitausend Personen sollten im perfekten Ambiente des wahrhaft grandiosen Goldenen Saales jedes Jahr den weltumspannenden Kulturhumanismus im weihevollen Rahmen eines Klassikkonzertes gemeinsam verspüren dürfen – mit den dazu passenden gehobenen Preisen, selbstredend!

Da hatte ein lang gedientes Mitglied der Musikfreunde den Geistesblitz, ein jährlich wiederkehrendes musikalisches Ereignis mit dem Etikett *Das Konzert der Nächstenliebe* zu offerieren, denn gegenwärtig sei doch die Menschheit alles andere als von Nächstenliebe geprägt, so sein Argument. Hierfür könnte man einen distinguierten Maestro engagieren, der mit den über alle Grenzen hinaus berühmten Wiener Philharmonikern und einem leicht verdaulichen Programm, wie sich der hoch verdiente Herr ausdrückte – damit meinte er natürlich nur ja nichts Modernes –, ein zahlungskräftiges Publikum anlocken würde. Es bedurfte nicht allzu großer Überzeugungskraft, und *Das Konzert der Nächstenliebe* ward geboren und *Der Tag der Nächstenliebe* ausgerufen.

Nun ist dieser Tag endlich wieder einmal gekommen! Die goldene Umrahmung der Orgel an der Stirnseite des festlich dekorierten Saales funkelt verheißungsvoll im gleißenden Schein der hell erleuchteten Kristallüster. Üppige Blumenarrangements in Rosa, Rot und Orange hängen zu geschmackvollen Bouquets gebunden von den Balustraden, die drei Teile der Orgel werden von breiten Girlanden aus roten und weißen Nelken getrennt, während eine lange Reihe gelber Rosen, unterbrochen durch exotisches Grün, das Podium schmückt, wo die Stühle bereits sorgfältig vergattert der Musiker harren.

„Sehr edel, die Wiener Gärtner haben wieder ganze Arbeit geleistet", bemerkt die Dame, die schon seit Jahren bei Konzerten im Musikverein denselben Sitzplatz neben mir einnimmt.

Nach wie vor strömen fein herausgeputzte Damen und Herren in den Goldenen Saal und suchen auffällig lange ihre Sitze, obwohl sie eigentlich schon mit verbundenen Augen ihre Stammplätze finden könnten. Wieder und wieder winkt man Freunden und Bekannten zu, die bereits ihre Sitze eingenommen haben, schickt vereinzelt auch Kusshändchen in die hinteren Reihen – wahrscheinlich will man ganz sicher sein, gesehen zu werden, auf sich aufmerksam machen und so kundtun, dass man mit dabei sei, dass man dazugehöre. Dann lehnt man sich behaglich in den Sessel zurück und wartet entspannt auf das Kommende. Ganz allmählich beruhigt sich das aufgeregte Summen und Surren der Stimmen, der wichtigste Tratsch ist für den Augenblick ausgetauscht. Schließlich kommt ja auch noch die Pause, in der man sich mitteilen kann!

Als die Musiker artig mit ihren Instrumenten einmarschieren, beginnt das Publikum bereits zu applaudieren. Höflich klatsche ich mit, während mein Mann sich weigert, auch nur *einen* Finger zu rühren.

„Noch haben sie nichts geleistet", murmelt der Beifallsmuffel und legt seine Hände demonstrativ auf die Armlehnen.

Nachdem die Orchestermitglieder durch wiederholtes Hin- und Herrücken ihrer Stühle endlich akzeptable Stellungen gefunden und sodann ihre Noten glatt gestrichen haben, folgt das nervöse Zupfen einiger Geigensaiten, das Blasen von willkürlichen Klarinettentönen und das angestrengte Abhorchen der Pauken durch den Perkussionisten. Doch dann wird es mucksmäuschenstill. Unter begeistertem Applaus betritt nun hoch erhobenen Hauptes und gemessenen Schrittes der Konzertmeister das Podium. Eingebildet wie ein Gockel, der auf dem Hühnerhof einherstolziert, um sein Federvieh zu überwachen, mustert er zunächst streng, gleichzeitig aber auch mit einem gewissen herablassenden Wohlwollen, die Runde der versammelten Musiker und hebt dann beinahe beschwörend seine Violine. Er gibt den Kammerton vor und das allseits bekannte Ritual des Stimmens der verschiedenen Instrumente wird mit flirrender Geschäftigkeit zelebriert.

„Das hätten sie doch schon draußen erledigen können. Warum verschwenden sie denn damit unsere Zeit?", brummelt mein Gatte.
Nun sind alle bereit, das Orchester hat sich abgestimmt, die Zuhörerschaft hat sich ausgeräuspert, und es erscheint die höchste Instanz des heutigen Abends: Maestro Klaus Harwilong. Ehrlich bewundernder Beifall brandet auf, als der angesehene, aber durch sein Alter und, wie man hört, immer wieder diverse Unpässlichkeiten gezeichnete, Dirigent versucht, sich wippenden Ganges, ja, beinahe in gemäßigtem Laufschritt, durch die Reihen des Orchesters zu schlängeln. Dabei verfangen sich seine Frackschöße im Notenständer eines Bassgeigers, und nur mit Müh und Not wird der Ständer, bevor er zu Boden kracht, von einem alerten Musiker aufgefangen. Die Partitur, die sich kunterbunt auf dem Boden aufblätterte, sammelt der plötzlich notenlos Gewordene gemeinsam mit einem Kollegen raschest auf, sortiert sie und wartet dann gefasst auf seinen Einsatz. Ich kann mich jedoch des Eindruckes nicht erwehren, dass der Bassgeiger ein etwas süffisantes Lächeln auf den Lippen trägt, so als würde er dem Dirigenten andeuten wollen: Ab einem gewissen Alter sollte man vielleicht vorsichtiger sein und nicht Jugend und Elan vortäuschen. Im Saal wird trotz dieser Peinlichkeit eifrig weitergeklatscht, denn schließlich handelt es sich bei diesem Orchesterchef – wie könnte es in Wien bei einem Künstler mit so vielen Dienstjahren auch anders sein – um einen Publikumsliebling. Am Dirigentenpult angekommen, verneigt sich Maestro Harwilong kurz, und zur Verblüffung der Zuhörer beginnt er, anstatt seinen Taktstock zu heben und zu dirigieren, mit einem Vortrag.

In wohlgesetzten Worten erklärt er den erstaunt lauschenden Besuchern geduldig, dass sie die musikalischen Werke in diesem *Konzert der Nächstenliebe* gänzlich neu erleben werden. Seine Stimme klingt ein bisschen wie verzweifeltes Krächzen – hat ihn der Vorfall bei seinem Auftritt doch etwas mitgenommen oder ist er nur verkühlt? –, aber unbeirrt doziert er:

„Ich gehe davon aus, dass die musikverständigen Zuhörerinnen und Zuhörer unter Ihnen, und einige solche wird es hier in Wien wohl geben, mit den von mir ausgewählten musikalischen

Leckerbissen von Joseph Haydn, Vater und Sohn Mozart sowie Ludwig van Beethoven vertraut sind. Ich versichere Ihnen jedoch, dass Sie durch meine Interpretation mit einem komplett neuen Hörerlebnis beglückt werden. Ich habe diese Werke auf die penibelste Art und Weise studiert und dabei bislang gänzlich unentdeckte Erkenntnisse und Einblicke gewonnen. Bei der Analyse dieser unvergänglichen Meisterwerke überkam mich, das will ich freimütig gestehen, eine solch einzigartige Euphorie, wie ich sie vorher in solcher Intensität noch nie verspürt hatte und die ich unbedingt mit dem geschätzten Publikum teilen möchte. Ich finde, dass gerade das heutige *Konzert der Nächstenliebe* der perfekt gewählte Zeitpunkt dafür ist, dieses Hochgefühl der vollkommen andersartigen, aber endlich einmal – wie ich meine – korrekten Deutungen darzubieten, und das gesamte Orchester freut sich mit mir, die bei minutiösesten Proben erarbeiteten Auslegungen präsentieren zu dürfen."

„Meiner Auffassung nach sind diese Kompositionen bis jetzt ja meist viel zu schnell gespielt, zu hastig vorgetragen worden. Und die Pausen", fährt er dann anklagend fort, „die Pausen fallen außerdem ohne Ausnahme immer viel zu kurz aus. Auch ob Wolfgang Amadeus Mozart sein Neuntes Klavierkonzert wirklich in Es-Dur schreiben wollte, ist meines Erachtens grundsätzlich zu hinterfragen. Nach einer eingehenden Diskussion mit dem ausgezeichneten, aber noch etwas jungen, Pianisten bin ich mit diesem übereingekommen, das Konzert in Fis-Moll umzunotieren. Die geneigte Zuhörerschaft wird das altvertraute Werk in seinem neuen Klangmantel wie ein Eureka erleben, so unvergleichlich wird es durch unseren grandiosen Saal tönen und schwingen. Für die heutige Weltpremiere meiner Bearbeitung habe ich obendrein noch einen Kunstpfeifer engagiert, für den ich ein kurzes Intermezzo nach dem zweiten Satz, dem Andantino, selbst komponierte."

„Dieser Pfeifer", erklärt uns der Maestro, ein schwaches Lächeln in sein Greisengesicht skizzierend, „ist einer der besten seines Faches, und ich wollte das Können dieses hoch talentierten Künstlers dem werten Publikum auf keinen Fall vorenthalten. Darum führte ich ihn letztendlich auch ein."

„Bei Mozart hat Harwilong gefälligst nicht drein zu pfuschen", faucht mein Mann indiskret und durch das Geschwätz vom Podium schon etwas genervt. „Mozart gehört so gespielt, wie es in der Partitur steht, und nicht anders, basta. Wenn ein Dirigent in einem Stück so massive Änderungen vornimmt, noch dazu mir nichts, dir nichts einen Pfeifer einsetzt, dann soll er doch gleich selbst Komponist werden, anstatt ein begnadetes Werk zu verunstalten."

„In Leopold Mozarts Jagdsymphonie in G-Dur wird man heute nicht auf das Schießen mit der Kugelbüchse und auf das Originalgebell von Jagdhunden verzichten müssen", ereifert sich nun der Dirigent über seine eigenen Worte, bei denen er sich Halt suchend am Pult festklammern muss.

„Zwar bedurfte es hartnäckiger Überzeugungsarbeit, nicht nur gegenüber dem geschätzten Musikverein, der partout weder das Schießen und schon überhaupt keine Hunde im Haus dulden wollte, auch einige Orchestermitglieder meldeten gewisse Bedenken an, doch mein Argument, dass diese akustische Begleitung einen wesentlichen Teil der Musik ausmache und daher unabdingbar sei, setzte sich zu guter Letzt durch. Ohne das Büchsenschießen auf der Bühne und die Teilnahme der Hunde hätte ich dieses Konzert keinesfalls geleitet, das stellte ich allseits klar. Eine elektronische Einspielung dieser Klangelemente lehnte ich kategorisch ab – und ich behielt bei dieser Auseinandersetzung die Oberhand. Deshalb werden heute ein mir persönlich bekannter Jäger und seine zwei gut abgerichteten Irish Red Setters bei der Aufführung von Leopold Mozarts Jagdsymphonie mitwirken", meint der Maestro mit einem stolzen Blitzen in seinen Augen.

Jetzt wird aber nicht nur mein Mann unruhig, auch andere Konzertbesucher beginnen rastlos auf ihren Sitzen zu wetzen; schließlich freut man sich doch schon so auf den Champagner und die Lachsbrötchen in der Pause. Außerdem will man noch die zugegebenermaßen wirklich eleganten Roben sowie den teuren Schmuck begutachten, diese Kostbarkeiten, die eigentlich der festlichen Stimmung erst so richtig den gebührenden Glanz und Aufputz verleihen. Dieses Protzen mit der Auftakelung ist ja ein unverzichtbarer Teil der Veranstaltung, man kommt doch nicht bloß wegen der Musik, die man ohnehin bereits über lange Passagen auswendig mitsummen könnte, so oft hat man sie schon gehört.

Maestro Klaus Harwilong dürfte spüren, dass das Publikum nicht mehr wie zu Anbeginn gebannt an seinen Lippen hängt, und spart sich daher detaillierte Erläuterungen hinsichtlich der Vierten Pariser Symphonie von Joseph Haydn und Ludwig van Beethovens Eroica.

„Die geschätzten Zuhörerinnen und Zuhörer werden meine Interpretation dieser beiden Symphonien gewiss als brillant und ewig gültig empfinden, und deshalb bedarf es bezüglich dieser unvergänglichen Klassiker des Repertoires kaum weiterer Erklärungen. Jedenfalls gewähren die heute zur Aufführung kommenden Meisterwerke so gut wie unvergleichliche Offenbarungen und zugleich Verklärungen, besonders wenn sie hier in Wien und noch dazu am *Tag der Nächstenliebe* dargeboten werden. Es gibt ja gewöhnliche Tage und dann gibt es Feiertage. Wird man dazu eingeladen, in dieser Weltstadt der Musik zu dirigieren, so hat man das Gefühl, dass es sich auf jeden Fall um einen hohen Festtag handelt", so schmeichelt sich der Maestro wieder beim Publikum ein.

Endlich, endlich wendet sich das Schwatzmaul von einem Dirigenten dem Orchester zu und hebt den Taktstock in seiner zittrigen rechten Hand. *Das Konzert der Nächstenliebe* nimmt seinen sehnlichst erwarteten Anfang. Der Maestro sticht mit seinem Stäbchen einmal nach links, dann nach rechts, beugt sich weit nach vorne, bewegt die Finger seiner linken Hand wellenartig hin und her, so als wolle er Lockerungsübungen praktizieren, dann werden die Handbewegungen etwas flatterig und er legt ab und zu den Zeigefinger der freien Hand auf die Lippen, denn die Musiker scheinen ihm zu laut. Alsbald beginnt er fast wurmartige Bewegungen zu vollführen, die Streicher spielen ihm zu vehement und er versucht sie mit allen möglichen Ausdrucksformen seines Körpers zu zügeln. Anstatt mit eindringlichen Gesten probiert es der Dirigent jetzt mit Zurückhaltung und kleinen, beinahe beschwichtigenden Handzeichen. Der Orchesterchef leitet den großen Klangkörper mit profundem Engagement und auch Einfühlsamkeit, das muss man ihm zubilligen. Die Musiker spielen himmlisch, sie folgen devot dem nicht zu Unrecht weltberühmten Maestro, der nun mit leisen, aber desto bestimmteren, Anweisungen das ganze Orchester fest im Griff zu haben scheint. Man gewinnt den Eindruck, dass jeder einzelne Ton vom Dirigenten gefordert und dann von den Musikern mustergültig geformt wird. Und erst die Geigen! Sie singen wie die Nachtigallen, so gefühlvoll und subtil werden die Instrumente gestrichen – oder sollte man besser sagen, geradezu gestreichelt? Die Damen im Publikum, behangen mit ihren edlen Colliers und Perlenketten, schmelzen dahin. Diese Musik ist es wert, dass man jedes Jahr aufs Neue das Schweizer Konto anzapft, um das seit Generationen im Familienbesitz befindliche Abonnement für diesen wahrlich grandiosen Konzertsaal finanziell bestreiten zu können.

Nach der Vierten Pariser Symphonie folgt die mit großer Spannung erwartete Jagdsymphonie von Leopold Mozart. Beim Betreten des Podiums merkt man dem Jägerfreund des Dirigenten doch eine gewisse Nervosität an. Wird er seine Hunde bändigen können? Werden sie zum richtigen Zeitpunkt bellen, hoffentlich nicht zu viele Takte lang, und wird er den Einsatz für das Abschießen seiner Jagdflinte nicht verpassen? Ruhig und souverän treten hingegen die Tiere an der kurzen Leine neben dem Jäger auf, so als wäre es das Selbstverständlichste für sie, im Rampenlicht zu stehen; ihr Fell glänzt im gleißenden Licht der Lüster, intelligent und ihrer edlen Rasse bewusst blicken sie in den Saal. Beim Blasen der Hörner beginnen sie sich noch wohler zu fühlen, sie werden beinahe übermütig, wollen bei den forschen Klängen loshetzen. Endlich geht es auf die Jagd! Schon beim ersten Schuss sind sie nicht mehr zu halten, sie rennen los, während ihr Herrchen mit der altmodischen Flinte beschäftigt ist. Das aufgeregte Herumtollen und Bellen der Setter ist einfach nicht zu stoppen. Erst nach einer Weile können sie nur mit größter Mühe von einem auf die Bühne eilenden Assistenten mit einer

Handvoll Hundekekse einigermaßen beruhigt und sodann mit vereinten Kräften vom Podium gezerrt werden. Die etwas konfuse Szene – einige der Bläser können kaum das Lachen unterdrücken, was sich beim Klang der Jagdhörner nicht gerade positiv auswirkt – belustigt die Mehrheit der Zuschauer, auch mich und meinen Mann. Einmal etwas ganz Neues im altehrwürdigen Haus: Mitwirkende Hunde und Schüsse im Musikvereinssaal, eine großartige Idee, obzwar einige Besucher doch etwas indigniert reagieren. Der Orchesterchef wischt sich nach diesem Stück den Schweiß von der Stirn und verlässt ziemlich erschöpft das Dirigentenpult, wobei er beinahe auf eine Verneigung vergisst; sie kann bestenfalls als Andeutung angesehen werden. Diese viertelstündige Darbietung hat ihn offensichtlich sehr angestrengt, auch weil sich in diesem Fall die Musiker mehr schlecht als recht an seine Vorgaben hielten. Seine Gesten, die andeuteten *lento, lento*, ignorierten die Philharmoniker geflissentlich und spielten munter drauf los; sie wussten ja auch ohne ihn, wie diese Symphonie zu interpretieren ist.

Nun wird auf der Bühne für das Jeunehomme-Klavierkonzert von Wolfgang Amadeus Mozart umgestellt. Der Bösendorferflügel wird links nächst dem Dirigentenpult platziert. Nach der kurzen Umbauphase kehrt Maestro Harwilong, begleitet vom Kunstpfeifer, unter dem huldvollen Empfang der Zuschauer auf das Podium zurück. Der letzte Teil des Konzertes vor der Pause kann in Angriff genommen werden.

„Jetzt darf ich wohl bereits beginnen, mich seelisch auf den Büffetbesuch vorzubereiten", kommentiert mein Mann lakonisch – es verlangt ihn schon so sehr nach Kaffee und Mehlspeise!

Nachdem sich das kleine, spindeldürre Männchen von Kunstpfeifer bescheiden unter die Holzbläser eingereiht hat, tritt nach einigen Augenblicken voller Spannung der junge chinesische Pianist mit einem strahlenden Siegerlächeln auf und bis an die Rampe vor. Da er nur schütteren Applaus erntet, wendet er sich dem greisen Dirigenten zu, schüttelt dessen rechten Arm eine Minute lang kräftig durch und nimmt nach langwierigem Vor- und Zurückrollen des Klavierhockers endlich am Flügel Platz.

Theatralisch hebt der *shooting star* am Piano, wie er von den Medien apostrophiert wird, die Hände und lässt sie dann bei seinem ersten Einsatz wie Beutevögel auf die Tasten niedersausen. Seine Darbietung ist gelinde gesagt gewöhnungsbedürftig, denn er hopst auf und ab wie ein überzüchtetes Schoßhündchen, das aufgeregt um ein Leckerli bettelt. Es sieht auch so aus, als würde er ständig nach Luft japsen, da er seinen Mund im Takt der Musik lautlos auf und zu bewegt, etwa wie ein Fisch, der gerade aus dem Wasser gezogen wurde. Ich vermute, dass dieses stimmlose Mitsingen als Eselsbrücke dient, um sich die Noten leichter zu merken. Seine langen schlanken Finger fliegen mühelos über die Klaviatur, und gleichzeitig bearbeiten seine lackbeschuhten Zehenspitzen die Pedale des Pianos, um einen bestimmten Ton dramatisch nachklingen zu lassen. Bei manchen Passagen beugt er sich bis fast zu den Tasten vor – etwas übertrieben, wie ich finde, oder ist er etwa kurzsichtig? – und lehnt sich alsdann mit geschlossenen Augen rückwärts, so als wolle er ausdrücken, wie ergriffen er von seiner eigenen Interpretation ist. Am Schluss des Klavierkonzertes wirft er seine Arme mit einem derartigen Schwung hoch, dass er beinahe aus dem Gleichgewicht gerät und vom Hocker zu stürzen droht. Doch der junge Pianist fängt sich gerade noch rechtzeitig, springt wie ein Gummiball auf und verneigt sich gespielt demütig, um den bewundernden Beifall der Zuhörer entgegenzunehmen. Im Gegenzug applaudiert auch *er*, zuerst dem Publikum, dann dem Orchester, und abschließend bedankt er sich noch unterwürfig beim ziemlich abgehetzt wirkenden Maestro.

Diese affektierte Vorstellung hatte etwas Irritierendes. Zwar kann man dem chinesischen Tastentiger sein perfektes technisches Können nicht absprechen, doch dem Klavierspiel fehlte jedwede Seele, jedwedes Gefühl, es war reine Show. Ob er seinen Part wie vom Dirigenten angekündigt wirklich in Fis-Moll anlegte, war für mich als Laien leider nicht erkennbar; ich weiß nur, dass ich zwischen ihm und dem Orchester keinerlei Dissonanzen feststellen konnte. Vielleicht hat aber der Kunstpfeifer das Intermezzo nach dem zweiten Satz in Fis-Moll gepfiffen und das Publikum bemerkte es gar nicht! Jedenfalls erhält er von den Zuhörern höflichen Applaus, denn er bemühte sich ja redlich, obwohl er wirklich nicht in das Werk des begnadeten Wolfgang Amadé passte. Einige vereinzelte schwache Buhrufe gehen im allgemein gehaltenen Beifall unter. Bei diesem Orchester unter der Leitung von Maestro Harwilong sind zu laute Missfallenskundgebungen einfach undenkbar!

Pause! Bereits inständig herbeigewünscht. Endlich, endlich geht es zum Büffet. Viele Besucher haben sich schon in weiser Voraussicht ein Tischchen reservieren lassen, und dort warten nun die vorbestellten Getränke, Mehlspeisen und Brötchen. Nun ist zudem die Gelegenheit gekommen, bei der die Damen der Wiener *high society* ihre Garderobe und die wertvollen, aber teilweise auch altmodischen, Schmuckstücke wie auf dem Laufsteg paradieren können. Etliche dieser Kleinode wären vielleicht im Dorotheum besser aufgehoben gewesen. Sie unterstreichen nämlich die in so manchen Fällen doch recht faltigen Dekolletés noch zusätzlich!

Die elegante Gesellschaft labt sich bei Kaffee und Kuchen, Fingerfood, Wein oder Sekt, plaudert angeregt über dieses und jenes: Über den letzten Urlaub – es sollten doch auch die anderen wissen, wo man diesen verbrachte und von dem Erlebten erfahren –, die hohen Immobilienpreise in Wien und die Probleme mit den bosnischen Putzfrauen. Naturgemäß werden auch die Kleider taxiert: Dass dieses für den heutigen Anlass eigentlich deplaciert sei, ob jenes wirklich zur Trägerin passe, ob so ein Modell überhaupt noch in Mode sei und dass es besser nur von Jüngeren getragen werden sollte. Zeigte Frau Sektionschef Cozowicz diese hellblaue Robe nicht bereits beim vorigen *Konzert der Nächstenliebe*?

„Aber das Blau harmoniert jedenfalls wunderbar mit der Farbe auf den Deckengemälden", kommentiert Frau Professor Trautenstein mit einem feinsinnigen Lächeln.

Auch über die musikalische Darbietung diskutieren die Damen, denn es ist unerlässlich, sich in diesen Kreisen als aufgeschlossen gegenüber ungewöhnlichen Interpretationen zu präsentieren, selbst wenn man das Gespielte nur noch als Hintergrundmusik wahrnahm, weil man es schon hunderte Male in den verschiedensten Auslegungen gehört hat. Während man vorgab, der Musik zu lauschen, wanderte so mancher Gedanke dabei ab. Man dachte an die letzte Damenrunde beim Bridge und wie Frau Direktor Schneller den frühen Gewinn binnen Kurzem wieder verlor, wie man das üble Geschwätz über die Tochter und ihren neuesten Liebhaber parieren könnte, oder ganz banal an den Menüplan für die nächsten Tage; notfalls wartete man schlichtweg darauf, dass die Zeit verging. Insgesamt fordert die Musik einfach nicht die gesamte Gehirnmasse, die schönen Klänge fungieren eben meist nur als angenehme Untermalung abzweigender Geistesschleifen, so meine ich – einige wenige Sternstunden des Musiklebens ausgenommen, Arturo Benedetti Michelangeli zum Beispiel, vollkommen mit Debussy eins werdend.

Die Herren sprechen entweder über ihre Arbeit oder ereifern sich über den aktuellen Sport. Nur Hofrat Reichel zeigt sich wagemutig, indem er moniert, dass Maestro Harwilong sich vielleicht doch mehr an den Partituren der Komponisten orientieren sollte.

„Man will ja nicht als Kulturbanause abgestempelt werden", so der Herr Hofrat. „Aber das Herumexperimentieren bei diesen Meistern der Musik, und überhaupt den Einschub des Kunstpfeifers als etwas ganz Besonderes hinzustellen, erscheint absolut unangebracht. Und dann diese langen Pausen, so als wolle sich der Dirigent ausruhen …"

Diese Meinung wird mit einer von stummen Vorwürfen geschwängerten Stille quittiert. Der würdige Herr schweigt daraufhin gleichfalls, freilich vor Betretenheit. Um doch noch sein Gesicht zu wahren, erwähnt er nach einer Weile, dass er bereits *vor* dem Konzertbeginn die höchst lehrreichen Programmnotizen studiert habe, die der Schwiegersohn des ihm wohlbekannten Honorarkonsuls Nowotny verfasst hat.

„Wussten Sie, dass der große Joseph Haydn auch einen komponierenden jüngeren Bruder hatte?", so der Hofrat überlegen.

Wieder strafendes Schweigen, diesmal wegen Reichels Klugschwätzerei. Für den Rest der Pause widmet er sich seinem Sektglas und den Lachsbrötchen, um nicht noch einmal mit einer unbedachten Äußerung anzuecken.

Zufrieden und gestärkt durch den Büffetbesuch sieht man mit Freude der heroischen Eroica entgegen. Nun hat der Maestro ja bei der Einführung zum Konzert das Publikum aufgeklärt, dass bisher viele gängige Werke des Repertoires komplett falsch dirigiert wurden, nämlich meist viel zu schnell, auch zu pompös und zu effekthascherisch. Deshalb ist zu erwarten, dass er die fulminante Dritte Symphonie von Beethoven eher gemächlich und getragen spielen lassen würde.

Und so geschieht es dann auch. Der Begleiter meiner Sitznachbarin nickt von Zeit zu Zeit sanft ein und sinkt dabei ein bisschen in sich zusammen. Die vom genialen Tonsetzer als aufwühlend konzipierte Musik plätschert in dieser Interpretation nun einmal zu geruhsam, zu gedämpft, zu belanglos, aber vor allem viel zu langsam dahin. Bei einer allzu ausgedehnten Pause im Allegro con brio schreckt er plötzlich auf, öffnet die Augen, setzt sich jäh auf und beginnt frenetisch zu klatschen. Seine Frau legt behutsam ihre Hand auf seinen Arm, so als wolle sie ihn beruhigen, und er lächelt peinlich berührt. Nun versucht er angestrengt wach zu bleiben, indem er seinen Kopf mit dem abgewinkelten Arm stützt und so in einer Denkerpose verharrt. Auch mein Mann lauscht nicht mehr hundertprozentig der Musik. Er beginnt sich in die Paare weiblicher Figuren mit ihren femininen Formen, die lässig-elegant über die Giebelvorsprünge der Balkontüren und der Orgel hingegossen sind, zu vertiefen, während ich mich auf die Marmorbüsten berühmter Komponisten der Vergangenheit in den Nischen konzentriere.

Urplötzlich, in dem beinahe zu zartfühlend vorgetragenen Adagio assai, ein schmerzerfüllter Aufschrei in den Reihen der Musiker … Für einige Sekunden hält der Maestro schockiert mit dem Dirigieren inne, nur um dann mit vorgetäuschtem Gleichmut weiterspielen zu lassen. Das nervöse Raunen im Saal beruhigt sich auch umgehend und man wendet sich gedanklich schon dem Souper zu. Bloß so nebenbei bemerkt man, dass eine Geigerin in den hinteren Reihen ihr Taschentuch gegen das linke Ohr presst.

Klaus Harwilong ist ja mit allen Mitgliedern des Orchesters bestens vertraut, und so kennt er selbstverständlich auch den Geiger, der einerseits dank seines außerordentlich subtilen Spiels renommiert, andererseits aber auch wegen seiner ungehemmten Beißwut gefürchtet ist. Da kam es doch vor zirka einem halben Jahr zu einem Aufruhr im Orchestergraben, als sich während einer Vorstellung in der Staatsoper ein skandalöser Zwischenfall ereignete. Besagter Musiker biss damals dem neben ihm sitzenden Violinisten glatt das Ohr ab, weil dieser angeblich den Bogen nicht sensibel genug über die Saiten strich. Die Psychiaterin des Beißwütigen führte dies auf ein Kindheitstrauma zurück. Sie erklärte, der Mann habe viel zu ausgeprägte Kauwerkzeuge und wurde gerade wegen dieses Pferdegebisses in der Schule andauernd gehänselt. So fühlt er sich nachgerade dazu gedrängt, seine auffallend kräftigen Zähne als Waffen zu verwenden, mit denen er sich an der Menschheit rächen kann – ein in der Psychologie durchaus bekanntes und als Kompensationsmechanismus klassifiziertes Verhalten. Nach mehrmonatiger Behandlung bestätigte die Seelenärztin dann, dass der begnadete Geigenvirtuose nun seine Psychose soweit im Griff habe, dass er zumindest bei Aufführungen des Orchesters nicht mehr von seinem Trauma verfolgt werde. Offenkundig erlebt der Musiker mit der Beißmanie leider gerade wieder einen Rückfall, denn er hat kräftig nach dem süßen Öhrchen der Geigerin neben ihm geschnappt. Nein, es sei kein *relapse*, behauptet er bei seiner Befragung nach dem Konzert, dieses Mal handle es sich um eine zwar ungewöhnliche, aber immerhin, Liebeserklärung – es sei doch heute der *Tag der Nächstenliebe*!

Ich muss *noch* zwei Sätze dieser mühselig vorexerzierten Symphonie überstehen! Nachdem ich dreimal die Nischenkomponisten mit begleitenden Rekapitulationen derer Hauptwerke durchgegangen bin, konzentriere ich mich jetzt auf die Haartrachten in der Sitzreihe vor mir. Doch die ungepflegt wirkenden, sich kräuselnden, Nackenhaare der Herren und die Unmengen an Spray auf den Frisuren der Damen irritieren mich auf die Dauer. So schweifen meine herumflatternden Gedanken zu den morgigen Terminen ab: Das Treffen mit den aufgebrachten Mietern in der Währinger Straße, die von ihrem Hausherren hinausgeekelt werden, die Sitzung des Stiftungsrates am Nachmittag mit all den aufgeblasenen reichen Schnöseln, die mich als unselbständige Rechtsanwältin wie eine arme Schluckerin behandeln, zu guter Letzt das eilige Verfassen der einschlägigen Protokolle für den Kanzleivorstand, der mit seiner Ungeduld wie ein böser Kobold auf meinen Schultern hockt. Was für ein Tag! Lieber die Denkmaschine ganz abschalten.

Ich wäre gewiss eingedöst, wenn nicht Maestro Harwilong in der Pause nach dem Allegro vivace, das alles andere als leicht und lebendig war, in überraschender Weise wieder das Wort ergriffen hätte. Mit verkniffener Miene wendet er sich uns zu und spricht voll hinterhältigem Sarkasmus:

„Für diejenigen, die gerade aufgewacht sind, zur Erinnerung: Das ist immer noch die Eroica von Beethoven. Aber nur durchhalten! Es kommt bloß noch *ein* Satz!"

Mit seiner durch viele Jahrzehnte erworbenen Intuition für die Stimmung des Publikums hat Klaus Harwilong selbstverständlich die generelle Lähmung im Saal gespürt. Alle finden die Bemerkung treffend und witzig, doch niemand traut sich zu lachen. Nach dem Ausklingen des letzten Taktes der Symphonie brandet umso tosenderer Beifall auf, ein Ausdruck der Verlegenheit, aber naturgemäß auch der Erleichterung, nun endlich alle Programmpunkte absolviert zu haben.

Gerade als wir Zuhörer uns zum Verlassen des Goldenen Saales anschicken, bedenkt uns der Dirigent mit einer weiteren Kostprobe seiner bissigen Ironie:

„Die einzigartige und vollends ungeteilte Aufmerksamkeit des hoch geschätzten Publikums beim heutigen Festkonzert gehört meiner Meinung nach durch ein Geschenk belohnt. Auf dem Heimweg sollen Sie das allseits beliebte Wanderlied von Schubert im Ohr haben, wir spielen es daher für Sie als Zugabe in der von mir selbst instrumentierten Orchesterfassung. Einen Sänger habe ich für diese Erstaufführung nicht engagiert, stattdessen werden die Wiener Philharmoniker den Text des Liedes durch Herumwandern auf dem Podium illustrieren."

In der Tat beginnen jetzt die Streicher und die Bläser samt ihren Instrumenten herumzumarschieren und die bekannte Melodie zu intonieren. Selbst der Maestro schreitet im Rhythmus der Musik mit und schwingt dazu seinen Taktstock mit übertrieben zackigen Gesten. Anfänglich wirkt das Wandern auf der Bühne geordnet, doch bald bilden sich Menschenknäuel, Instrumente verkeilen sich ineinander und so manche zierliche Violine fällt zu Boden. Jazzartige Dissonanzen entstehen in der Folge, ich denke unwillkürlich an New Orleans mit seinen Dixieland Marching Bands. Klaus Harwilong geht im Trubel unter, nur gelegentlich sieht man seinen Dirigentenstab hilflos in der Luft herumzucken.

Im Auditorium setzen einige Laiensänger mit der ersten Strophe des Liedes ein: „Das Wandern ist des Müllers Lust, das Wandern ist des Müllers Lust, das Wa-an-dern", erschallt es alsbald vielstimmig im Goldenen Saal des Musikvereins. Die Klänge dieses munteren Gesangsstückes schießen in die Beine. Alle Konzertbesucher springen auf und marschieren im Takt zu den Ausgängen. Unversehens bricht die Musik ab – das Durcheinander auf dem Podium ist einfach zu groß geworden. Doch das Publikum hat den Schwung des Wanderliedes bereits aufgenommen und singt nun alle fünf Strophen mit vereinten Stimmen und a cappella, während es in erhebender und beseligender Harmonie den Saal verlässt.

Somit ist *Das Konzert der Nächstenliebe* erneut ein triumphaler Erfolg und erfüllt auch heuer wieder in geradezu berührender Weise seinen ureigensten Zweck, nämlich die Solidarität der Menschen untereinander und die allgemeine Verbundenheit auf diesem Planeten zu fördern.

Die Künschtlerei

„Stellen Sie sich Muhdorf vor, mein Herr. Ich sollte genauer sagen, Muhdorf an der Trübach, denn es gibt ja viele Muhdörfer in unserem dorfreichen Land. Mir fallen da auf Anhieb Muhdorf am Kreisverkehr, Muhdorf ob der Tiefgarage, Muhdorf bei der Talstation und Muhdorf am Beschneiungsteich ein. Ich glaube, ich habe sogar einmal von einem Muhdorf im Regenloch gehört, aber ganz sicher bin ich mir da nicht mehr. Vielleicht heißt es auch Muhdorf im Schlammloch. … Stellen Sie sich also Muhdorf an der Trübach vor, junger Mann. Ich darf Sie wohl *junger Mann* nennen, denn Sie sind gewiss einige Jahrzehnte jünger als ich. Muhdorf an der Trübach, wie gesagt. Im Zentrum die schmucke Dorfkirche, die mehr den Fotoanlässen als den heiligen Messen, mehr der Festgelegenheit als der frommen Christenheit, mehr der Folklore als dem Kirchenchore dient. Daneben das schmucke Dorfwirtshaus mit seinen begonienbehängten Balkonen, das mittags und abends aufdringliche Gerüche von Rindsuppe, Schweinsbraten, Geselchtem, Blutwürsten und Sauerkraut ausspeit. Der wöchentliche Ruhetag am Dienstag ist eine Wohltat für jede feinfühlige Nase. … Vor dem Gasthaus der schmucke Dorfplatz. Eigentlich der Dorf-*park*-platz für die wenigen Touristen und die vielen gehfaulen Einheimischen. Sie wissen ja, junger Mann, dass die Landbewohner durch die Bank *alle* Autonarren sind. Die Umwelt ist denen sooo etwas von egal! Und den Klimaschutz erachten sie ohnehin als eine widernatürliche, mitunter sogar existenzbedrohende Erfindung der Städter. Der Neuasphaltierung des Dorfparkplatzes vor kurzer Zeit ist leider die schmucke alte Dorflinde zum Opfer gefallen. Sie ist zum Zwecke der ästhetischen Ausgewogenheit durch schmucke Betontröge mit fleißigen Lieschen ersetzt worden. Die Blumen verdorrten aber nach wenigen Wochen wegen mangelnder Pflege. Schade, nicht wahr? Die Schuld trugen die Kompetenzstreitigkeiten zwischen Bund, Land, Bezirk und Gemeinde. Wie bei den meisten öffentlichen Angelegenheiten in unserem kompetenzreichen Staat. Sie wissen ja, wie das hierzulande läuft. Am Ende hielt sich eben niemand für das Blumengießen zuständig. Es ist ja auch verfassungsrechtlich nicht geregelt. ... Sie kennen jetzt schon *eine* Seite des Dorfparkplatzes, mein Herr, die nördliche. Nun kommen Sie mit mir auf die gegenüberliegende Seite. Dort spielt sich nämlich meine Geschichte vornehmlich ab. Vornehmlich ist ein unpassendes Wort, könnte man einwenden, denn weder das Dorf noch seine Bewohner sind vornehm. Sagen wir meinetwegen meistenteils oder hauptsächlich oder überwiegend oder in erster Linie oder vorrangig oder zu 80 Prozent oder zu 99 Prozent. ... Nach dem kurzweiligen Synonymspielchen sind wir also an der Südseite des Dorfparkplatzes angelangt. Hier steht das schmucke Gemeindeamt mit seinen begonienbehängten Balkonen, in welchem der stets leutselige Bürgermeister die Geschicke des Dorfes mit seiner allseits bekannten Umsicht lenkt. Und nun stellen Sie sich neben dem schmucken Gemeindeamt mit seinen begonienbehängten Balkonen noch ein *weiteres* schmuckes Haus mit begonienbehängten Balkonen vor! Auf einem groben, gefirnissten Lärchenbrett über dem Eingang prangt die Aufschrift *Die Künschtlerei* in weißer Ölfarbe, weiß wie ein Edelweiß. Verfügen Sie über so viel Phantasie, junger Mann, um all diese Niedlichkeit und Putzigkeit vor Ihrem geistigen Auge zu erschauen? *Die Künschtlerei* – beachten Sie bitte das heimatverbundene *sch* – ist dem braven, biederen und bodenständigen Handwerk gewidmet. Genauso brav, bieder und bodenständig wie die löbliche Lebkuchenbäckerei, die wundersame Wachskerzenzieherei, die meisterhafte Murmeltierausstopferei und die dankenswerte Dirndlkleiderschneiderei. Und was ist das Handwerk der *Künschtlerei*? Was glauben Sie, mein Herr? Ich *ver*-rate es Ihnen, weil Sie es wahrscheinlich nicht *er*-raten werden. Das Handwerk der *Künschtlerei* ist nämlich bunt und vielfältig. Das Schnitzen von Perchtenmasken, zum Beispiel, das Kränzeflechten für Almabtriebe, das Bastknüpfen für die Aperschnalzerei und das Errichten von Heuskulpturen. ... Verfallen Sie nicht in den Irrtum, mein Herr, dass

Die Künschtlerei etwas mit *Kunst* zu tun habe. Diesem fatalen Irrtum bin *ich* aufgesessen. Damit habe ich Ihnen eigentlich schon das Ende meiner Geschichte preisgegeben. Aber zwischen dem Anfang und dem Ende der Geschichte hat sich allerhand ereignet: Empörendes und Erregendes, Amüsantes und Aberwitziges, Peinsames und Peinliches. … Bestellen Sie sich doch noch einen doppelten Espresso, junger Mann. Der Kaffee ist ausgezeichnet in diesem traditionsreichen Lokal. So können Sie wenigstens ein anregendes Getränk genießen, sollte Sie meine Geschichte nicht ausreichend anregen. Aber jedenfalls werden Sie daraus etwas lernen, vor allem über den sogenannten *Kulturbetrieb* in unserem kulturreichen Land. … Sie haben sicherlich schon vermutet, dass ich Schriftsteller bin. Mein Faible für Stabreime, Synonyme, Aufzählungen und rhythmische Wortwiederholungen deutet wohl darauf hin. Ja, in der Tat, ich bin Literat! Ich liebe es, mit Wörtern und Bedeutungen zu spielen, aber auch mit Figuren, mit Dramaturgien, mit Erzählperspektiven. Ich kann der *Autor* sein, der erzählt. Ich kann die *Figur* sein, die ihre Geschichte erzählt. Ich kann die Figur sein, die einer *anderen* Figur die Geschichte einer *dritten* Figur erzählt. Ich kann der Autor sein, der erzählt, wie er einen *zweiten* Autor trifft, der ihm wiederum *dessen* Roman erzählt, in dem erzählt wird, wie der *erste* Autor wiederum *seinen* Roman niederschreibt – wenn Sie wissen, was ich meine. Es klingt etwas konstruiert, ich gebe es zu. Aber die Kritiker schätzen solche verworrenen Konstruktionen. Eine kunstreiche Reflexion über den schwierigen Akt des Schreibens nennen sie das. Wenn man das Schreiben so schwierig findet, dann soll man es besser bleiben lassen, das ist *meine* Meinung. Kaum sitze *ich* an meinem Laptop, so fliegt mir schon die Inspiration wie auf Engelsschwingen zu. Gottgegebenes Talent eben, nicht mühselig in einer Schreibwerkstatt erworbene Fertigkeit. … Sie fragen, welche Art von Romanen ich verfasse? Nun, ich liebe die Veränderung, die Abwechslung, das Spontane. Nicht umsonst bin ich im Sternzeichen Zwilling geboren. Also behandle ich eine große Palette von Themen. Ich habe Biografien geschrieben, Beziehungsgeschichten, Romane über aktuelle soziale und politische Belange. Vor allem geht es mir aber darum, packende und originelle *Geschichten* zu erzählen und mich nicht in *Stilübungen* zu verlieren. Da bin ich sehr von der angelsächsischen Literatur beeinflusst, von Joseph Conrad, Graham Greene und V.S. Naipaul zum Beispiel. Diese Namen sagen Ihnen hoffentlich etwas, mein Herr. Bei den Vertretern *Ihrer* Generation kann man ja nicht mehr davon ausgehen, dass sie belesen sind. … Sie wollen also wissen, welches Werk ich zuletzt veröffentlicht habe? Gewinne ich etwa Ihr Interesse? Beißen Sie an meinem Angelhaken an? Nun, vor einem Jahr brachte ich den Roman *Das Grab in Lothringen* heraus. Eigentlich sind es *drei* Romane in *einem*. Ein tolles Schnäppchen für die Leser. Sie erhalten für ihr gutes Geld einen Lebensroman der Woodstockgeneration, eine lesbische Liebesgeschichte *und* zudem noch ein jüdisches Schicksalsdrama aus dem Zweiten Weltkrieg. Vielleicht wollen Sie sich diesen Roman einmal zu Gemüte führen, allein schon wegen der erotischen Passagen darin. Sie schmunzeln, junger Mann. Heiße Sexszenen liest man doch immer wieder gern, nicht wahr? Besonders wenn sie so anschaulich beschrieben sind wie in diesem Buch. Jedenfalls kann ich Ihnen diese Lektüre wärmstens empfehlen. … Dieser Roman ist übrigens ein passender Aufhänger für meine Geschichte. Wir wollen ja Muhdorf an der Trübach nicht aus den Augen verlieren, mit all meinen literarischen Abschweifungen. Muhdorf an der Trübach, das kulturreichste Muhdorf unseres kulturreichen Landes. Und ich Narr bildete mir ein, in dieses Dorf mit seinen begonienbehängten Balkonen *noch mehr* Kultur tragen zu müssen! … Wissen Sie, was eine Lesereise ist, mein Herr? … Was sagten Sie? … Wenn man einen Stapel Bücher auf eine Kreuzfahrt mitnimmt? Sehr schlagfertig. Für mich als Autor hingegen bedeutet es die seltsame Gepflogenheit, dass man *vor*-lesend durch die Lande zieht. So als ob die werten Bücherfreunde alle Analphabeten wären und die Werke nicht *selbst* lesen könnten. Noch dazu sind die meisten Schriftsteller für das Vorlesen vollkommen unbegabt und schädigen damit nur ihren Ruf und ihre Verkaufszahlen. Bei mir ist das anders. Ich verstehe es, die Zuhörer mit meinen Texten zu fesseln. Ich war wie Thomas

Bernhard auf einem Schauspielseminar. ... Sie werden es nicht glauben, junger Mann, wie anstrengend so eine Lesereise ist. Auch wenn man nur ein *einziges* Buch mit dabei hat, wie in meinem Fall *Das Grab in Lothringen*. Die auf der x-ten Lesereise schon sterbenslangweilige Dahinzockelei von Stadt zu Stadt. Das nervtötende Einüben der Leseproben im Zug. Die hitzigen Auseinandersetzungen mit anderen Fahrgästen, die sich dadurch belästigt fühlen, die Kulturverweigerer. Das Absteigen nur für eine Nacht immer in einem anderen mittelmäßigen Hotel, aber immer mit der gleichen Einrichtung, so als ob man sich überhaupt nicht weiterbewegt hätte. Immer dieselben Ausreden, warum nur so wenige Leute zur Lesung kommen: Dieser Fernsehkrimi, jenes Fußballspiel. Trotzdem ziehe ich meine Show profimäßig ab. Nachdem sich in der Diskussion alle ausgequatscht haben und die Literaturkenntnisse aus dritter Hand spazieren geführt wurden, signiere ich zwei Bücher. Dann der nimmer enden wollende Ausklang des Events mit den Veranstaltern in einer auf Trostlosigkeit und Lichtsparen eingestimmten Weinbar. Zu einer anständigen Essenseinladung schwingen sie sich ja nie auf, die sparsamen Stadtbibliotheksdamen, die knauserigen Literaturhausherren. Um Mitternacht kann ich dann die jämmerlich bestückte Minibar im Hotelzimmer plündern. Bier- und Coladosen, aber kaum etwas Essbares. Kartoffelchips oder Goldfischli, Salzbrezeln oder Soletti, wenn es hoch kommt. Eine gesunde, nahrhafte Auswahl. ... Meinen Verlag kümmert das alles nicht. Lieber Dichter, du sollst nicht nur schreiben, schreiben, schreiben, du musst auch lesen, lesen, lesen, sagt die Leiterin andauernd. Wir brauchen *publicity*, *publicity*, *publicity*, dein Name muss zu einem gängigen Begriff werden, wie eine Waschmittelmarke, Persil oder so. Kürzlich hatte sie den Geistesblitz, dass wir auch den ländlichen Kulturraum erobern sollten, wie sie sich ausdrückte. Und damit begann die Tortur. ... Herr Ober, bringen Sie uns bitte zwei Achterl Zweigelt. ... Sie mögen doch Rotwein, oder? ... Gut. Diese Geschichte verkrafte ich nämlich nur mit Alkohol. ... Die Eroberung des ländlichen Kulturraums stand also auf der Agenda. Ein Unterfangen, das mindestens so kühn ist wie die

Eroberung des Weltraums. Nur hatte der Verlag keinerlei Kontakte zu diesem Raum, zu dieser *terra incognita*. Ich war also ziemlich auf mich alleine gestellt. Versuch es doch einmal mit Muhdorf an der Trübach, so sprach mir der Marketingmensch des Verlags Mut zu. Sein Ansatz war seltsam. *If you can make it there, you can make it anywhere*, so heißt es von New York City, sagte er mir. Zuerst Manhattan und dann die Welt. Genauso ist es bei uns. Hast du erst einmal Muhdorf an der Trübach gewonnen, dann ist der lange Marsch durch die Dörfer nicht mehr aufzuhalten. Das fand ich klarerweise *höchst* plausibel. ... Ich weiß nicht, wie er auf dieses Kaff kam. Vielleicht stammt eine seiner Großmütter von dort. Manchmal kehrt er ja etwas Rustikales hervor, zum Beispiel wenn ich mich über den dürftigen Absatz meiner Bücher beschwere. Scher dich zum Teufel, du Erbsenzähler, meint er dann verächtlich. Wir leben hier doch alle für die Kunst, für nichts als die Kunst. Nur *du* denkst bloß an den Zaster und störst unseren geheiligten Opferdienst an der Literatur mit deiner verdammten Kleingeistigkeit. Er hat leicht reden. Er bezieht ein regelmäßiges Monatsgehalt samt Urlaubsgeld, Weihnachtsgeld und Kinderbeihilfe. Ich hingegen muss mir ständig Sorgen machen, wie ich meine Wohnungsmiete und so weiter und so fort bestreite. Sie wissen ja selbst, was so an Kosten anfällt, das Leben ist kostenreich heutzutage. Ich möchte Sie daher nicht mit einer detaillierten Aufzählung langweilen. Ich unterdrücke meine lustvolle Liebe zur Listenrezitation für dieses Mal. ... Danke, Herr Ober! ... Prost! Auf unser Wohl! ... Er ist etwas auf der trockenen Seite, der Wein, finden Sie nicht? ... Ihnen schmeckt er. Nun, es bleibt Ihnen eigentlich nichts anderes übrig. Ich zahle ihn ja, ich habe ihn bestellt. ... Was ist das für ein Terrain, Muhdorf an der Trübach?, fragte ich den Marketingmenschen. Alpin, antwortete er. Aber eigentlich wollte ich ja wissen, ob es der Kultur aufgeschlossen, ob der Boden dort schon bestellt, für meine anspruchsvollen Werke bereits aufnahmefähig ist. ... Ich sollte demnach in den *alpinen* Regionen unseres berg- und talreichen Landes neue Leser gewinnen. Doch ich stand nun da wie der Ochs vor dem Berg, wie das Huhn vor dem Torero, wie der Pekinese vor dem Fuchsbau. Wenn er ratlos ist, dann wendet sich der heutige Mensch ans Internet. Und so fand ich heraus, dass Muhdorf an der Trübach dank seiner begonienbehängten Balkone einmal zur Gemeinde mit dem schönsten Blumenschmuck des ganzen Bezirks gewählt wurde und dass sein Bürgermeister Benedikt Kaffhuber heißt. Die angegebene Telefonnummer führte mich zum Anrufbeantworter der Gemeindestube. Mir gfrein uns üba dein Ånruf, mir san oiwei fir eich då, Åmtsstundn Montåg bis Dunnerståg von elfi bis zwölfi, verlautete dieser fröhlich. Es war Freitag 9 Uhr. Verstehen Sie übrigens die innergebirglichen Dialekte, junger Mann? … Nur notdürftig, aha. In unserem dialektreichen Land gehört zwar das Erlernen dieser Idiome zur Allgemeinbildung. … Sie sind nicht hier aufgewachsen. Gut, das entschuldigt Sie teilweise. Aber das Wesentliche haben Sie gewiss mitbekommen: Die großzügigen Öffnungszeiten des Gemeindeamts von Muhdorf an der Trübach. … Nun, wo war ich gerade? … Ja, bei meinem ersten Anruf beim Gemeindeamt. Bis zum nächsten Anruf musste ich drei Tage warten. Für das Wochenende standen weder Lesungen noch Medientermine auf dem Programm. Also konnte ich wieder einmal an meinem neuen Roman arbeiten. Eine Familiensaga, die sich über drei Generationen erstreckt. Und ich bin immer noch bei der ersten. Sie können sich gar nicht vorstellen, junger Mann, wie mühselig die Recherchen dafür sind. Oder wissen *Sie* genau, wie man bei uns zum Beginn des 20. Jahrhunderts im Alltag gelebt hat? Bei den sogenannten *einfachen* Leuten, wohlgemerkt, und nicht im Großbürgertum oder in der Aristokratie, wo man das bei Schnitzler nachlesen kann. Ich muss hingegen Werke über Sozialgeschichte studieren, um das Milieu authentisch schildern zu können. Und auf Authentizität lege ich den allergrößten Wert! Eine harte Fronarbeit, so ein historischer Roman, das sage ich Ihnen. … Trinken wir jetzt auf alle Schriftsteller dieser Welt! Sie beschenken die Menschheit mit vollen Händen und aus vollem Herzen, obwohl sie selbst nur spärlich beschenkt werden. … Der Zweigelt wächst an einem, wenn Sie verstehen, was ich meine. Wahrscheinlich hat er vor dem Servieren zu wenig geatmet, er litt unter einem letalen Luftmangel, der Arme. Jetzt lebt er etwas auf, jetzt regt sich sein Körper. … Sie wollen endlich wissen, was am Montag geschah. Entschuldigen Sie, mein Herr, ich bin ein sehr abschweifungsreicher Erzähler. Eine Dichterkrankheit. Viele Literaten sind ja große Schwadronierer, und unter all diesen sticht mein Idol Laurence Sterne besonders markant hervor. Er brauchte immer verdammt lange, bis er zum eigentlichen Punkt kam. Darum machte er auch bei seiner Biografie von Tristram Shandy bloß geringe Fortschritte. Je mehr ich schreibe, desto weiter falle ich zurück, so oder ähnlich drückte er das einmal aus. Möglicherweise ist es bei meinem Erzählen auch so. Nun, das nur nebenbei. … Natürlich kam der besagte Montag, und natürlich rief ich wieder in Muhdorf an der Trübach an. Ich wartete bis Viertel nach elf, damit ich sicherging, dass ich jemanden erreichen würde. Es meldete sich eine gewisse Burgl, frisch und frohgemut und gut ausgeruht. Kein Wunder bei ihren Dienstzeiten. Ich fragte die Burgl nach dem Bürgermeister. Da Sie die Muhdorfer Mundart nicht verstehen, übersetze ich sie in der Folge ins Hochdeutsche. Demgemäß antwortete also die Gemeindestubenmaid, dass der Benni nicht da sei. Wo ist er denn? Am Hof. Auf welchem Hof? Auf *seinem* Hof, das ist doch klar. Die Handynummer rückte die Burgl *nolens volens* heraus, weil ich die Dringlichkeitsstufe Rot einmahnte. Ich klingelte den Benni gleich an. Etwas reagierte, vielleicht eine Dreschmaschine, denn ich hörte ein ohrenbetäubendes Knattern. Herr Bürgermeister, brüllte ich. Es knatterte weiter und ich brüllte weiter, für etwa eine halbe Minute. Dann ging das Knattern in ein stotterndes Tuckern über. Herr Bürgermeister, brüllte ich noch einmal. Ein lang gezogenes Haaa drang aus meinem Handy. Ich erkundigte mich, ob der Herr Bürgermeister einen Kampfpanzer fahre. Nein, einen Traktor, antwortete Kaffhuber trocken. Ich: Könnten Sie dem Traktor den Saft abdrehen? Er: Das geht nicht, ich bin mitten in der Arbeit. Ich: Bitte! Er: Ungern. Ich: Aber ich muss mit Ihnen sprechen! Na schön, lenkte der dieselsüchtige Dorfkaiser schließlich ein und schaltete den Motor aus. Nun stellte ich mich vor und unterbreitete den Vorschlag, in seiner Gemeinde eine

Lesung abzuhalten. Seine Erwiderung verblüffte mich: Du bist ein Witzvogel, wir sind doch kein Weinort! Warum Weinort?, fragte ich verdattert. Er darauf in einem belehrenden Tonfall: Weil man nur in einem Weinort eine Lesung machen kann. Da dämmerte es mir, dass er *Lesung* und *Lese* verwechselte. Ja, Sie haben Recht, Herr Bürgermeister, ich sollte mich besser an Gumpoldskirchen wenden, sagte ich hämisch und beendete das Gespräch. Ich hörte gerade noch, wie der Traktor wieder sein höllisches Rattern begann. … Ich war also auf die Burgl zurückgeworfen. Sie stand noch im Bereitschaftsdienst, als ich anrief. Der Herr Bürgermeister hat sich für unzuständig erklärt, flunkerte ich. Ich wollte ihn nicht vor seiner Angestellten blamieren, denn ich würde womöglich später einmal auf ihn angewiesen sein. Ich wusste ja nicht, wie sich die Sache weiter entwickeln würde. Die Burgl meinte, dass der Benni eh schon mit dem Hof und dem Bürgermeisteramt überlastet sei. Worum geht es denn eigentlich? Um die Kultur, sagte ich. Es wird doch jemand in Muhdorf an der Trübach, umgeben von lauter Kulturlandschaft, für die Kultur verantwortlich sein, fügte ich hinzu. Ja freilich, die Gundi, so die Burgl freudig, die hat das Referat für Müllabfuhr, Recycling und Kultur. Die Wörter *Referat* und *Recycling* sprach sie dabei wie *Rewaratt* und *Rezickling* aus. Ich ersuchte die Burgl, mich gleich mit der Gundi zu verbinden. Die arbeitet nur Teilzeit, vernahm ich in den rauen Muhdorfer Tönen, die kommt erst am Mittwoch wieder ins Büro. Was bedeutet denn Teilzeit in dieser betriebsamen Behörde?, fragte ich mich verwundert. Eine halbe Stunde Arbeit pro Woche? … Haben Sie noch ein bisschen Muße, mein Herr? … Aha, dann sollte ich mich etwas sputen, dann sollte ich etwas straffer erzählen. Ich springe also gleich zu dem Mittwoch, an dem ich die Gundi kontaktieren wollte. Deren Handynummer hatte ich der Burgl entlockt. Ich musste eine runde Minute warten, bis ich etwas anderes als Gundis Klingelton hörte. Aber dieses Andere war nicht Gundis Meldung, sondern das Schnauben eines Ackergauls. Hallo, schrie ich mindestens viermal, bis das Schnauben zu einem stoßenden Keuchen und schließlich zur völlig ermatteten Ansage Gundis abklang. Sind

Sie wohlauf?, fragte ich besorgt. Sie darauf mit schwacher Stimme: Schon, aber ich kann jetzt nicht reden. Ich: Warum denn nicht? Sie: Weil ich gerade einen Berglauf mache. Ich bot an, später anzurufen. Sie ging jedoch in die Defensive: Heute ist ein schlechter Tag, am Vormittag laufe ich und am Nachmittag bin ich am Hof. Haben Sie auch einen Bauernhof, so wie der Herr Bürgermeister? Sie erstaunt: Wieso Bauernhof? Ich bin am Rezicklinghof. Darauf ich Scherzbold: Entsorgen Sie dort verrottete Kunst? Sie verständnislos: Wie kommst du *darauf*? Ich: Weil Sie ja auch das Kulturrewaratt haben. Übrigens, darf ich Ihnen schildern, worum es geht? Sie verärgert: Nein, mein Hirn ist jetzt total leer gepumpt. Und überhaupt, du hältst mich mit deiner blöden Fragerei beim Laufen auf. Ruf morgen an. Dann unterbrach sie die Verbindung. ... Am nächsten Tag hatte ich noch weniger Glück mit der Gundi. Sie reagierte einfach nicht auf meine Telefonate. Gewiss klang meine Diktion zu sehr nach Städter, zu sehr nach hoher Kultur. Für die Mülltrennung interessiert sich die Gundi wahrscheinlich eher. Wer weiß, vielleicht ist sie die Grüne in der Dorfregierung. In meiner Frustration rief ich wieder die Burgl an, natürlich erst um Viertel nach elf. Seit über zwei Stunden versuche ich, die Gundi telefonisch zu erreichen, klagte ich. Wo steckt sie denn, die Frau Referentin? Die hat sich für heute und morgen krankschreiben lassen, so die Burgl. Wegen völliger Erschöpfung, ergänzte ich. Woher weißt du das?, fragte Bennis Adjutantin. Ich habe da so meine Quellen, bekundete ich kryptisch. ... Jedenfalls gab es zu meinem Leidwesen wieder keinen Fortschritt. Aus Gründen der narrativen Effizienz – wie gefällt Ihnen dieser Begriff? – springe ich unverzüglich zum darauf folgenden Montag. Obwohl über das Wochenende dazwischen auch einiges zu berichten wäre. Zum Beispiel hat mich am Sonntag eine hübsche junge Frau in der U-Bahn für Peter Simonischek gehalten und um ein Autogramm gebeten. Aber lassen wir das. Wenngleich, Sie hätten mich hören sollen, wie gekonnt ich Simonischeks Stimme imitierte. Beste alte Schauspielschule eben. ... Sie möchten das vorgeführt bekommen? Nein, das mache ich nur für attraktive Damen, die ich aufreißen will. … Zu meiner Überraschung war die Gundi am Montag immer noch erschöpft und damit für mich unerreichbar. Vielleicht ist sie über das Wochenende nach Zermatt gefahren und im Eiltempo auf das Matterhorn hinauf gelaufen, spekulierte ich gegenüber der Burgl. Die konnte jedoch dieser Theorie nichts abgewinnen. Die arme Gundi hat ein Burnout, erklärte die Hüterin der Gemeindestube kategorisch und dezidiert. Da blieb nicht einmal eine Haaresbreite für Widerspruch. Allmählich empfand die Burgl, die gute Haut, aber Mitleid mit mir. Es geht dir doch um die Kultur, oder?, fragte sie. Ich bestätigte das hoffnungsreich. Sie versprach, nachzudenken und sich vielleicht auch im Ort umzuhören. … Tatsächlich, am übernächsten Tag erhielt ich einen Rückruf von der Burgl. Sie verlangte zunächst eine Klarstellung: Die Kultur ist nicht dasselbe wie die Kunst, oder? Ich hätte also mit der Burgl einen semantischen, philologischen, kulturkritischen und was auch immer für einen hochfliegenden Diskurs über die Differenzierung zwischen Kultur und Kunst beginnen können. Immerhin deutete ihre Äußerung auf eine gewisse zivilisatorische Reife hin. Ich brummte jedoch nur: Ja, und was ergibt sich daraus? Sie darauf klugredend: Dass wir in Muhdorf zwar wenig Kultur, aber dafür viel Kunst betreiben, wie ich herausgefunden habe. Ich zögernd: Wie das? Sie triumphierend: Wir haben nämlich *Die Künschtlerei*! Kennst du die nicht? Klarerweise war die Kunde von der Künstlerei noch nicht bis zu mir gedrungen. Wie sollte sich dieser kleine Dorfverein denn schon bei mir in der Großstadt bemerkbar gemacht haben? Gewähren Sie mir doch das Privileg, die Künstlerei kennenzulernen, und verzeihen Sie mir die Bildungslücke, sagte ich artig. Die Ding, ah … *Die Künschtlerei*, ist eh gleich neben uns, verlautete die Burgl. Und wo genau ist das? Am Dorfplatz. Ich fragte dann, wie ich mit der Künstlerei in Kontakt treten könne. Da wurde die Burgl besorgt wie eine Gluckhenne um ihr Herzkratzerlküken. Der Hubi mag es gar nicht, wenn man ihn anruft, warnte sie mich. Ich ließ sie nicht weiterreden, weil ich zuerst wissen wollte, wer der Hubi sei. Der Finsterwinkler Hubert natürlich, der Chef der *Künschtlerei*, erklärte die Burgl in einem indignierten Tonfall, so als ob ich eine peinlich dumme Frage gestellt hätte. Ich forschte trotzdem nach, warum Herr Finsterwinkler keine Anrufe mag. Der Hubi sagt, die ewige Läuterei der Telefone und Handys stört ihn bei seinem künstlerischen Schaffen, so die Burgl darauf. Dann schärfte sie mir ein, den Hubi ausschließlich mit einer Mail zu kontaktieren, denn sonst wäre ich eh schon unten durch bei ihm. Ich hörte das Rascheln von Papier und einige Flüche wie Herrgottsakrament. Letztlich fand die Gemeindetante die gesuchte Mail-Adresse und buchstabierte sie mir. Es verblieb mir nur mehr, mich gebührend zu bedanken und ihr einen schönen Tag zu wünschen. … Aus der elektronischen Anschrift ersah ich, dass die Institution wirklich *Die Künschtlerei* heißt und nicht *Die Künstlerei*, wie ich vorerst dachte. Die Burgl hatte also mit ihrer alpinen Aussprache Recht. Wie sollte ich den Angriff auf das dörfliche Bollwerk der Kunst anlegen? Vorspiegelung falscher Tatsachen? Mich als gefeierten Bestsellerautor anpreisen? In der Hoffnung, dass der Finsterwinkler Hubi in seinem finsteren Winkel Muhdorf an der Trübach keine Ahnung vom Buchmarkt hat? Oder bei der Wahrheit bleiben? Also der urbane, intellektuelle und wortreiche Schriftsteller sein, der die hohe Literatur in die kulturellen Niederungen der ländlichen Gefilde tragen soll. … Sie wären für die Wahrheit gewesen, mein Herr. Diese edle Gesinnung kommt der Jugend auch zu. *Meinem* Idealismus ist es hingegen aus Altersgründen gestattet, schon etwas verblüht zu sein. Ich entschied mich also für eine Mixtur aus Ehrenhaftigkeit und Berechnung. Auch weil ich schon den heißen Odem des Marketingmenschen ganz nahe hinter mir in meinem Nacken spürte. Ich brauche tangible Resultate und das just in der Zeit, wie er sich bei unserem Treffen am Vortag ausgedrückt hatte. Naturgemäß wieder nur recht und schlecht aus dem Englischen übersetzt, wie er das gerne macht, wenn er angeben will. Dieser blödsinnige Managerjargon verwildert die deutsche Sprache zusehends, finden Sie nicht auch? … Sie stimmen mir zu? Das beweist, dass auch *Sie* eine gewisse zivilisatorische Reife besitzen. … Gut, ich sandte also eine Mail an Herrn Finsterwinkler. Ich war darin der Autor, von dem sich zahlreiche Fans seines Romans *Das Grab in Lothringen* aus der Gegend um Muhdorf sehnlichst eine Lesung im Ort wünschten. Klar, die Veranstaltung müsste subventioniert sein, denn ich sei bekannt genug, um nicht auf eigene Rechnung zu kommen. Aber *Die Künschtlerei*, so wie sie unter seiner, Finsterwinklers, sachkundiger Leitung aufgestellt sei, würde ja gewiss über ausreichende Förderungen verfügen. Ich betone, dass diese Lesung nicht nur die einheimischen Literaturfreunde inspirieren, sondern auch den Touristen in der Gemeinde eine interessante Abwechslung im Abendprogramm bieten würde. Ein Verweis auf die löblichen Auswirkungen auf den Fremdenverkehr ist in unseren Gebirgsregionen unabdingbar, wenn man Events plant. Die Genehmigungen und die Steuermittel fließen dann bedeutend leichter, soviel weiß ich als Bürger unseres touristenreichen Landes. Ich beschloss die elektronische Nachricht mit einem kurzen Abriss meines Romans und akzentuierte dabei dessen brisante Aktualität im Lichte jüngster politischer Debatten. … Ich war sehr zufrieden mit dieser Mail und setzte große Hoffnungen darauf. Umso herber die Enttäuschung, als ich nach einer Woche noch immer keine Antwort erhalten hatte. Nun, der Hubi konnte auf Urlaub sein. Aber gerade mitten im Herbst? Da kommt doch das kulturelle Leben voll in Schwung, da öffnen die Theater, da beginnen die Konzertzyklen, und so weiter. Da müsste doch ein Mann wie Finsterwinkler, der sachkundige Leiter der *Künschtlerei*, wie ich geschmeichelt hatte, auf seinem Posten sein. Es brannte mir unter den Nägeln, *Die Künschtlerei* anzurufen, doch die Burgl hatte mir entschieden davon abgeraten. Mit Disziplinlosigkeit würde ich mein Lesungsprojekt sofort zum Scheitern verdammen. Was also tun? … Sie wären schnurstracks hingefahren? Nur das Ungestüm der Jugend kann zu so einer Unbedachtheit verleiten. Ich für meinen Teil wollte lieber zunächst weiter abwarten und mich in der Zwischenzeit über das Objekt meiner Sehnsüchte, *Die Künschtlerei*, etwas besser informieren. Das erschien *mir* am Klügsten. Im Grunde genommen wusste ich ja gar nichts darüber. Also sah ich einfach einmal nach, ob das Internet mehr Licht in die Sache bringen könnte. Mit der

Eingabe *Die Künschtlerei* bei Google landete ich sogleich in Muhdorf an der Trübach. Zumindest bei der Namensgebung ist diese Dorftruppe also einzigartig. Auf der Webseite der *Künschtlerei* prangte ganz auffällig die Ankündigung: Die Wahl der Erdäpfelkönigin 2018 – Anmeldungen persönlich beim Finsterwinkler Hubi! Selbstverständlich wurden Kriterien für die Kandidatinnen vorgegeben. Die erfolgreiche Bewerberin sollte jung, fröhlich und gesellig sein und gerne Kartoffelknödel und Pommes essen, und vor allem musste ihre Gestalt möglichst der einer Kartoffel gleichen. Models haben da keine Chance, mein Herr. Die sind zu wenig dick und rund in der Mitte. Auf der Webseite kann man eine Fotogalerie anklicken, die zeigt, wie die Erdäpfelkönigin 2017 mit ihrer lieblichen Blumenkrone von den Kartoffelbauern des Dorfes und der örtlichen Blasmusikkapelle durch ganz Muhdorf an der Trübach paradiert wurde. Auf einem Fuhrwerk mit Lagerhaus-Werbung rundherum. Das erwärmt doch das Herz, wenn man sieht, wie lebendig das Brauchtum in unseren ländlichen Breiten noch ist. Ansonsten erwies sich der Internet-Auftritt der *Künschtlerei* als nicht sehr auskunftsreich. Man erfuhr die Öffnungszeiten, Montag und Donnerstag 14 bis 16 Uhr, und las die Erinnerung an die nächste Zusammenkunft der Aperschnalzer von Muhdorf an der Trübach. Für *dieses* kümmerliche Informationsangebot ist die ganze Informationstechnologie eigentlich eine sinnlose Verschwendung, ein vergeudeter Aufwand, meine ich. … Sie hätten an meiner Stelle dort gar nicht vorgelesen? Ein aussichtsloser Fall, *Ihrer* Einschätzung nach. Ich verstehe. Nun, ich selbst hatte mich schon zu tief in diese Affäre hineingewühlt, als dass ich noch aufgeben wollte. Zunächst gedachte ich jedoch, den vorhersehbaren gewaltigen Ansturm auf den Titel der Erdäpfelkönigin 2018 vorbeiziehen zu lassen. Die hoffnungsträchtigen, mehr oder weniger kartoffelförmigen Bewerberinnen würden sicherlich die wenigen Stunden, in denen *Die Künschtlerei* in den nächsten vierzehn Tagen geöffnet war, komplett blockieren. Erst nach drei Wochen schaute ich daher meine Lieblingswebseite wieder an. Ich atmete auf. Die Erdäpfelkönigin 2018 war bereits gewählt worden und es gab eine neue Fotogalerie dazu.

Den Liebreiz der Herrscherin über die Erdäpfel kommentiere ich besser nicht. Ich möchte doch keine Dame herabwürdigen. Jedenfalls setzte ich mich am nächsten Öffnungstag der *Künschtlerei* in meine Karre und fuhr, mit dem *gezähmten* Ungestüm des Alters gewissermaßen, nach Muhdorf an der Trübach. … An sich *ziehe* ich den *Zug* vor – verzeihen Sie das dumme Wortspiel –, doch in dem Kaff gibt es zwar viele Höfe, sogar einen Rezicklinghof, aber leider keinen Bahnhof. … Ich stellte den Wagen auf dem Dorfparkplatz mit den schmucken Betontrögen ab. Den habe ich Ihnen ja bereits beschrieben, und wo sich *Die Künschtlerei* mit ihren begonienbehängten Balkonen befindet, wissen Sie auch schon. … Gleich neben dem Gemeindeamt mit seinen begonienbehängten Balkonen, genau! Auf den letzten Kilometern hatte mein Unterleib zu rumoren begonnen, und so musste ich mich wohl oder übel in der Dorfschenke einer *Zwangsernährung* unterwerfen. So nenne ich das, wenn ich mich außer Haus verköstigen muss. Ich dachte, mit einem Rindsgulasch wäre ich auf der sicheren Seite. Keine schmalzdurchtränkte Panier, keine dicke fette Einbrennsoße, kein schon gärendes Sauerkraut als Beilage. Trotzdem hatte ich falsch gewählt. Das Fleisch war zäh wie die Sohlen von Bergschuhen und die Soße … Meine kulinarischen Abenteuer interessieren Sie nicht. Sie kennen die unverdauliche und geradezu gemeingefährliche Kocherei unserer Landgasthäuser zur Genüge. Ja eben, was soll man in einem solchen Etablissement auch anderes erwarten als Zumutungen an den guten Geschmack? Von der Einrichtung über den Service bis zum Tischgedeck und zum Essen, alles eine einzige Katastrophe! Da dürften wir also einer Meinung sein. Jetzt folgen Sie mir aber rüber zum Herrn Finsterwinkler! Er stellte sich als ein Mann vom Modelltyp 4 x 4 heraus, vierschrötig und mit einem vierkantigen Gesicht, einem Quadratschädel, wie man sagt. Der Vorstand der *Künschtlerei* trug an jenem Tag einen modern durchgestylten Trachtenanzug mit Hirschhornknöpfen. Keinen Filzhut mit Gamsbart hingegen. Finsterwinkler respektierte die Grenzen meiner psychischen Belastbarkeit. Ich merkte auch bald, dass er sowieso auf einer höheren Kulturstufe steht, denn er war der Erste im Dorf, der mich siezte. Ich stellte mich vor und er fragte, wie er mir dienstbar sein könne. Eine nette Formulierung und ein aussichtsreicher Auftakt unseres Gesprächs. Also erinnerte ich an meine Mail und packte erneut mein Angebot aus, in Muhdorf an der Trübach eine Dichterlesung abzuhalten. Ich wählte bewusst das Wort *Dichterlesung*, um präventiv eine abermalige Verwechslung mit einer Weinlese zu verhindern. Tatsächlich verstand der Hubi mich richtig, denn er entgegnete prompt: Wir ham keinen Saal. Was heißt Sie haben keinen Saal, jede Gemeinde hat einen Gemeindesaal, das ist landauf, landab ein unverbrüchlicher Bestandteil einer Gemeinde, antwortete ich entrüstet. Wir net, knurrte der Trachtenträger. Wo werden denn hier die großen Hochzeiten gefeiert?, fragte ich mit einer Hinterabsicht. In der Kirche und im Pfarrsaal, so ging Finsterwinkler in meine Falle. Somit haben Sie also *doch* einen Saal, rief ich siegessicher. Ja, aber der Pfarrer gibt ihn nie und nimmer für die heutige Kunst her, seit er die Jelinek glesen hat. Wieso hat er sich denn ausgerechnet mit der Jelinek eingelassen?, so ich darauf. Weil er seine Aufgschlossenheit gegenüber dem Zeitgeist beweisen wollt. Welches Werk von Elfriede Jelinek hat er eigentlich gelesen? *Lust*, vom Anfang bis zum Ende. Ich schwieg betreten. Viel obszöner als dieser Roman kann die Literatur nicht sein. Nach einer Kunstpause nahm ich einen neuen Anlauf: Vielleicht könnten Sie eine Räumlichkeit hier in der *Künschtlerei* für eine Lesung herrichten. Das geht jetzt net, erklärte der Leiter mit Bestimmtheit, ich brauch den einzigen Raum, den ich dafür hätt, in nächster Zeit für was andres. Für mein Bauernfilmfestival nämlich, wenn Sie's genau wissen wollen. Ich konnte ein Grinsen kaum unterdrücken, als ich erwiderte: Bauernfilmfestival? Das klingt ja hochinteressant. Werden da Filme gezeigt, die von Bauern gedreht wurden? Das ist jetzt net das Thema, herrschte mich der Hubi an, was zählt ist, dass ich ein Zimmer hier für dieses Festival vorbereitet hab, mit Projektor, Leinwand, Verdunklung und dem ganzen Kram, und dass ich's net extra für Sie wieder umbau! Und nun verraten Sie mir endlich einmal, fuhr er unwirsch fort, warum wir eigentlich grad an Ihnen interessiert sein sollen. Waren Sie schon im Fernsehen? Spielen Sie in einer Serie? Wann net, dann kommt mir niemand. ... Ich war schockiert. Was sagen Sie *dazu*, junger Mann? ... Die Banalisierung des Abendlandes. Ja, das trifft es ganz gut. Oder die Medien meucheln die Musen, um es mit einem der von mir so geliebten Stabreime zu formulieren. Also, jedenfalls stehe ich in meiner Geschichte immer noch mit Finsterwinkler in seinem Vereinslokal. Eine Sitzgelegenheit bot er mir ja nicht an. Er hatte sich bei meinem Eintreten mit dem Abstauben einiger Perchtenmasken mit grässlich verzerrten Fratzen beschäftigt und starrte diese nun mürrisch an, während er auf meine Antwort wartete. Ich bin doch ein bekannter Schriftsteller, sagte ich schließlich verlegen und beinahe entschuldigend. Finsterwinklers massige Gestalt und düstere Miene schüchterten mich irgendwie ein. Ich habe viele gute Rezensionen, ergänzte ich, nachdem ich mein Selbstvertrauen wiedererlangt hatte, sogar die *Süddeutsche* hat eines meiner Bücher besprochen. Daraufhin meckerte er: Sie ham es anscheinend noch immer net kapiert. Ich erklär es Ihnen jetzt mit einem Beispiel. Diesen Sommer ist in der Bezirkshauptstadt eine *Tatort*-Kommissarin auftreten. Da ist der Saal überquollen. Ich hab es selbst gsehn. Ich war auch dort. Bei Ihnen könnt ich net einmal ein Besenkammerl füllen. Er ätzte noch nach: Wer sind denn *Sie* im Vergleich zu einer *Tatort*-Kommissarin? Diese neuerliche Beleidigung nahm ich nun schon etwas gelassener hin. Zur momentanen Ablenkung erkundigte ich mich, wie es denn mit Terminen ausschaue. Diese Frage erwies sich aber als genau die falsche, denn der Hubi wurde bitterböse. Ja glaum Sie denn, dass ich nur auf Sie gwartet hab, weil ich ohne Sie nix zu tun hätt, schnauzte er. Sie ham net die geringste Ahnung! Es ist alles blockiert! Das Filmfestival, das sagte ich doch schon. Und dann die Almwanderung mit unsrem beliebten Schlagerstar Hansi Vorderbacher, dem Frauenschwarm, und ich brauch noch Sponsoren. Da kann ich wieder rumrennen von Pontius bis Pilatus, von der Raika bis zur Molkerei. Der Hansi, der Schlawiner, der gibt sich immer so freundlich und kuschelig, aber der lässt sich beinhart alles bezahlen. Und vom Aperschnalzen und von den Perchtenläufen will ich gar net reden. Die fressen mir jede Menge Termine auf! Besprechungen, Übungen, das ganze Pipapo. Finsterwinkler war in Fahrt gekommen. Vorsichtig warf ich ein, dass es ja wieder einen Frühling geben wird, dann braucht man kein Aperschnalzen mehr, dann ist der Schnee längst weg, vielleicht wäre da noch ein Termin frei. Der schwer überarbeitete Manager der *Künschtlerei* fasste das als Sarkasmus auf, eigentlich zu Unrecht, denn es war eher die Verzweiflung, die aus mir gesprochen hatte. Jedenfalls verwies er mich augenblicklich seiner Brauchtumsbude. Du deppertes ausgschamtes Stådtmandl, rief er mir noch nach. Sie primitiver ungewaschener Hinterwäldler, brummte ich in mich hinein. Das beweist es wieder: Die Polarisierung in unserem Land nimmt immer mehr zu, wie ohnedies schon alle Soziologen seit Jahren warnen. … Neugierig wie ich als Schriftsteller nun einmal bin, ließ mir das Bauernfilmfestival keine Ruhe. Was verbirgt sich dahinter wirklich, fragte ich mich. Oder können Sie etwas damit anfangen, mein Herr? … Auch nicht. Außerdem müssen Sie bald gehen, aha, und haben keine Zeit mehr für müßiges Geplänkel. Also, ich warf einen schnellen Blick in den Schaukasten an der Hauswand der *Künschtlerei*. Tatsächlich hing da ein Zettel mit dem Festspielprogramm. Nächste Woche zeigte man *Gesunde Äcker und Wiesen: Die flächendeckende Ausbringung von Pestiziden*. Übernächste Woche *Fröhliches Brennen: Die Herstellung von Vogelbeerschnaps leicht gemacht*. Und unten hieß es: Weitere Dokus nach Anforderung. Flexibler als Cannes, dachte ich, denn dort gibt es *kein* Wunschkonzert. Ich besichtigte noch das Gemeindeamt mit seinen begonienbehängten Balkonen, aber leider nur von außen. Es war ja zu jener Tageszeit geschlossen. Hinter den bäuerlich bestickten Vorhängen konnte ich mir jedoch gut die Burgl vorstellen. … Ihr Glas ist ja leer. Wollen Sie noch einen Zweigelt? Oder einen Grünen Veltliner? … Gewiss, Sie erwähnten es ja schon, Sie müssen jetzt gehen. Aber auf ein paar Minuten wird es doch nicht mehr ankommen. Ein paar Minuten für das Ende der Geschichte. Wenn man die ersten vierzehn Runden eines Boxkampfes gesehen hat, dann schaut man sich auch noch die letzte Runde an, damit man das Ergebnis weiß. Also, ganz kurz und plötzlich, bis zum k.o. sozusagen. Natürlich wollte ich bei meinem Besuch in Muhdorf wenigstens *etwas* erreichen, um die lange Autorallye dorthin vor mir selbst zu rechtfertigen. An sich hasse ich nämlich die Herumfahrerei mit den Stinkkübeln, überhaupt wenn sie nutzlos ist. Ich unternahm einen letzten verzweifelten Versuch. Noch immer ergriffen vom Filmprogramm und noch immer vor der *Künschtlerei* stehend, rief ich den Nebenerwerbsbürgermeister Kaffhuber an. Er saß diesmal nicht auf dem Traktor, sondern wahrscheinlich in seiner Bauernstube, denn es fehlten die motorischen Hintergrundgeräusche. Gleich nachdem ich meinen Namen genannt hatte, überfiel mich der Dorfhäuptling regelrecht. Ich übersetze wieder ins Hochdeutsche: Ich habe gehört, du bist ein Tintenkleckser, oder nicht? Aber bist du auch ein *Dichter*? Ich meine, kannst du Verserl dichten, mit Reimen und so? Es ist nämlich Folgendes: Heute war ich bei einer Sitzung vom Bezirksbauernbund. Wir haben ein ernstes Problem. Der Ding, … also der Bauernkalender für 2019, wird einfach nicht fertig. Wir bringen die Bauernregeln nicht hin. Die alten können die Leute schon auswendig, wir bräuchten halt einmal neue. Willst du das machen? Eh klar, du kriegst ein anständiges Geld dafür. … Einige Atemzüge lang war ich sprachlos. Dann fing ich mich aber schnell und sagte zu. Warum sollte ich die Gelegenheit für ein Zusatzeinkommen auslassen? So dicht sind die Einkünfte aus der erhabenen Literatur ja nicht gesät. Also drechselte ich Bauernregeln, oder eher Parodien auf Bauernregeln. Beim Sprücheklopfen bin ich übrigens durch meine Frau vorbelastet. Die gab während unserer Ehejahre laufend eigenartige gereimte Sentenzen von sich. Wenn die Sonne untergeht, ist's fürs Frühstück schon zu spät, sagte sie zum Beispiel, wenn sie mir bloß nahelegen wollte, dass ich mich etwas beeilen sollte. Sie besaß einen unerschöpflichen Vorrat an solchen Weisheiten in Versen. Auf die Dauer hielt ich dieses Lyrikbombardement freilich *nicht* aus, und wir trennten uns. Vorbei ist's mit der holden Liebe, jetzt bleiben dir die nied'ren Triebe, reimte sie zum Abschied. Und deine hohlen leeren Phrasen, sie platzen wie die

Seifenblasen, hatte *ich* mir für diesen Anlass vorbereitet. ... Drei Kostproben meiner Bauernregeln gefällig? Ist Neujahr im Jänner, nickt wissend der Kenner. Trägt Ostern Badegwandl, dann ist das Klimawandel. Fällt Pfingsten in den März, so ist's ein schlechter Scherz. Ziemlich albern, nicht wahr? Doch der Bezirksbauernbund war begeistert, und der Bauernkalender 2019 konnte noch rechtzeitig vor Weihnachten herauskommen und unter allen Christbäumen des Bezirks liegen. Im Jänner rief mich dann überraschend der Kaffhuber an. Die Leute im Dorf finden den heurigen Bauernkalender ganz super, sagte er, endlich was zum Lachen. Der Feuerwehrhauptmann sei bei ihm gewesen und habe angefragt, ob man den Komiker, der die Bauernregeln geschrieben hat, nicht nach Muhdorf bringen könnte. Wir feiern jedes Jahr im Sommer das große Feuerwehrfest auf der Gemeindewiese, führte der Bürgermeister aus, und im Bierzelt, da spielt die Musik auf, da geht es hoch her, da wird getanzt und gesungen. Und weißt du was?, kam er zum springenden Punkt, du wirst uns diesmal im Bierzelt einige Gstanzln singen. Das passt, oder? Beim Singen brauchst du dir nichts antun, Brummen genügt. Hauptsache die Gstanzln sind lustig und reimen sich. Den Rest erledigt die Kapelle. Falls Sie's nicht wissen, junger Mann: Ein Gstanzl ist so etwas wie ein Bauernrap oder ein Country Rap, wenn Sie so wollen. Jetzt arbeite ich also, wenn ich mit meinem neuen Roman gerade nicht weiterkomme, in der literarischen Sparte Country Rap. Gestern dichtete ich zum Beispiel: Jå mei, dem Sepp, dem Hofa, dem geht es wirkli schlecht, sei Mitzi kauft a Sofa und knutscht drauf mit dem Knecht. Dann das übliche Holaritijo Holareitijo. In der zweiten Strophe heißt es der Hofer, der Sepp, und darauf wird naturgemäß mit Depp gereimt. Da wird sich das bierselige Publikum im Bierzelt zerkugeln, da nehme ich Gift darauf. Aber was genau ich da zusammenkritzle, ist eh nicht so wichtig. Der eigentliche Witz ist ja: Ich habe schließlich und endlich doch noch einen bezahlten Auftritt in Muhdorf an der Trübach eingeheimst! Mein mühsames Martyrium mit meinem merkwürdigen Muhdorf macht mir momentan massenweise Moneten! Ein Stabreim im Dutzend. Das gelingt selbst mir nicht jeden Tag. Die Genugtuung, den Muhdorfern Geld herauszulocken, inspiriert mich wohl. … Sie gratulieren mir, mein Herr, und Sie fanden meine Ausführungen höchst instruktiv. Warum sagen Sie das? … Weil Sie gerne Schriftsteller werden möchten! Man höre und staune! Sie wollen in meine Fußstapfen treten! Dann war meine Geschichte *naturgemäß* bedeutungsreich für Sie. … Sie müssen jetzt wirklich aufbrechen? Dann gebe ich Ihnen einen guten Ratschlag mit auf den Weg, gratis von einem alten Haudegen der Kultur an ein aufkeimendes Talent. Der angehende Schriftsteller benötigt zwei Arten von Mut: Unerschöpfliche Langmut und buddhistischen Gleichmut. Aber bitte keine Demut und keinen Opfermut! Auf Wiedersehen! Vielleicht bei Ihrer ersten Lesung? Hoffentlich eine Stadtlesung und keine Dorflesung!"

Abfahrt Seremban 9:31

Wieder einmal kann ich eine Bemerkung Daniels nicht verstehen, denn die Mensa unserer Universität ist ein Glanzstück der Akustik. Er hat etwas zu Yannick, unserem kantigen Bretonen, so nebenbei hingeworfen, vielleicht dass das dünne *bifteck* nicht ganz *à point* sei. Doch die riesige Betonhalle verwandelt jedes Tischgespräch in eine Kakophonie von Geräuschen und multipliziert sie mit den Kakophonien von den anderen Tischen zu einem infernalischen Lärm. Ich sitze mit einem vorgefertigten *baguette à saucisson sec* aus der Plastiktüte dabei und versuche, das eben Gesagte aus den Gesichtern abzulesen. Jean-Pierre neben mir fasst sich ein Herz und brüllt in den höchsten Tönen, dass die Busfahrer angeblich heute Nachmittag streiken werden. Das bedeutet also, sich baldigst mit der Organisation meines heutigen Rückzugs von der Hochschule nach Hause befassen zu müssen. Gaston, der dank seiner persönlichen Beziehungen zum Rathaus über die politischen und gesellschaftlichen Geschehnisse in unserer Stadt immer bestens informiert ist, tauchte heute noch nicht auf und kann uns daher dieses Gerücht nicht bestätigen. Wahrscheinlich ist er mit einer sich derzeit anbahnenden erotischen Affäre zu sehr beschäftigt.

Die Tetrapackung mit dem Rotwein kreist herum, aber in dieser unleidlichen Atmosphäre kann selbst der Alkohol seine konversationsanregende Wirkung nicht entfalten. Auf Kaffee bei hohem Geräuschpegel hat keiner Lust, und so trotten wir ins Institut zurück. Wir scharen uns um die Kaffeemaschine im Aufenthaltsraum für den Lehrkörper, wobei zunächst einmal in einer ausufernden Diskussion geklärt wird, wer heute die Kaffeekapseln spendiert. Dann muss ich das tägliche Problem lösen, auf den schäbigen Sofas und Stühlen, die anderswo längst ausrangiert wären, einen Platz zu finden, der nicht durch Speisereste und Kaffeeflecken verunziert ist. Die Kollegen haben damit kein

Problem, aber ich als Elsässer bin mit alemannischen Reinlichkeitsgenen bestraft worden.

Ich komme vor einer Ausgabe der *Le Monde* von voriger Woche zu sitzen. Diese niveauvolle Zeitung liegt wohl als Anstrich von Kultur in diesem verlotterten Raum auf. Die Schlagzeile knallt mir das Tagesthema entgegen, nämlich das gerade aufgedeckte riesige Loch im Pensionsfonds für französische Staatsbedienstete. Um die untragbaren Gesprächsbedingungen beim Mittagessen zu kompensieren, greife ich diese Nachricht auf und löse naturgemäß gleich eine intensive Debatte aus, da jeder der Anwesenden von einem Zusammenbruch des Rentensystems betroffen wäre. Daniel spielt sich alsbald in den Vordergrund und beansprucht unsere längerfristige Aufmerksamkeit mit einer versicherungsmathematischen Analyse des Problems. Er zitiert alle amtlichen Daten über mittlere Lebenserwartung, Geburten und Sterblichkeit der letzten 15 Jahre aus dem Gedächtnis und beweist stringent auf der Basis des sogenannten HJM-Zinsmodells, dass der Pensionsfonds genau im Jahr 2031 kollabieren wird. Diese vernichtende, aber unwiderlegbare Schlussfolgerung würgt die weitere Diskussion über das Thema ab, und jeder zieht sich hängenden Kopfes in sein Büro zurück.

Ich klemme mich hinter meinen Computer und merke, dass die Tastatur immer noch nach dem Desinfektionsspray riecht, das ich vor Kurzem bei meinem Einstand großzügig sprühen musste, um sie in einen einigermaßen hygienischen Zustand zu bringen und mich vor Hautinfektionen zu schützen. Gerade will ich in meiner Mailbox nachsehen, als unser schwedischer Gast Lars Nyquist von der Universität Lund eintritt, mit dem ich derzeit mein Büro teile. Mit seiner schlanken, hoch gewachsenen Gestalt und dem dünnen blonden Haar auf dem schmalen Kopf erinnert er mich frappant an Max von Sydow im Film „Die Jungfrauenquelle". Eigentlich sollte ja Lars mit Gaston wissenschaftlich zusammenarbeiten, aber unser Besucher hat ihn bisher kaum zu Gesicht bekommen. Lars drückt mir seine Verwunderung darüber aus, dass Yannick seinen Aufenthalt organisiert, obwohl doch Gaston sein Kooperationspartner und daher auch sein offizieller Gastgeber ist.

Ich versichere meinem Zimmergenossen zunächst, dass Yannick sehr gewissenhaft ist und ihn daher gut betreuen wird. Dann erzähle ich Lars eine Geschichte aus der Chronik des Instituts, die selbst mir als relativem Neuankömmling bereits wie eine alte Legende vertraut ist. Gaston hatte einmal den deutschen Kollegen Pfister für einen ganzen Monat eingeladen. Zur Zeit der Ankunft des Gastes war Gaston jedoch wie so oft anderswo auf wissenschaftlicher Mission unterwegs, wie er das auszudrücken beliebt. Niemand im Institut wusste, ob er für Pfister eine Unterkunft gebucht hatte, und so machte sich dieser selbst in der Stadt auf die Suche nach einer Bleibe. Bei den akzeptablen Hotels fand er nur in einem ziemlich teuren ein Zimmer, und für den langen Aufenthalt wurde ihm nicht einmal ein Tarifnachlass gewährt. Er musste sich außerdem eine Monatskarte für den städtischen Verkehrsverbund kaufen, um zwischen der Stadt und dem Campus einigermaßen preisgünstig pendeln zu können. Als Gaston von seiner Mission zurückkehrte, erkundigte er sich angelegentlich bei seinem Gast, wie ihm das Hotel zusage und ob die Anreise zum Campus nicht zu beschwerlich sei. Aber dann, drei Wochen nach der Rückkehr an seine Heimatuniversität, erhielt Pfister einen Brief von Gaston, in dem dieser sich blumig für Pfisters Ungemach und Mehrkosten und für seine eigene Vergesslichkeit entschuldigte. Er, Gaston, hatte nämlich ein Zimmer im Gästehaus der Hochschule am Campus reserviert, wie ihm jetzt durch eine Mitteilung von dort in Erinnerung gerufen wurde. Diese Nachricht an Gaston enthielt die Vorschreibung von Entschädigungszahlungen für das Nichterscheinen des Gastes Pfister und für die Unterlassung der Stornierung. Als Versöhnungsgeste erklärte sich Gaston in seinem Brief an Pfister bereit, diese Rechnung dem Institut vorzulegen und nicht an Pfister weiterzuleiten. Der deutsche Kollege explodierte begreiflicherweise vor Wut und richtete massive Beschwerdeschreiben an den Institutsvorstand und den Dekan. Seither wurden Gaston alle Agenden der Gästebetreuung entzogen, und Pfister besuchte nie mehr eine französische Universität.

Als er diese Geschichte gehört hat, ist Lars erleichtert, unter Yannicks Gästeregime und nicht dem von Gaston bei uns zu weilen. Dann plaudern wir über den Forschungsschwerpunkt von Lars, die algebraische Geometrie, ein ziemlich abgehobenes Teilgebiet der Mathematik, das aber viele schwierige und daher für einen Wissenschaftler lohnende Probleme bietet.

Ich darf nicht vergessen, Jean-Pierre zu fragen, ob er mich heute Nachmittag bei seiner Fahrt zurück in die Stadt im Auto mitnimmt. Sicherlich werde ich mitfahren dürfen, aber es ist noch die Abfahrtszeit auszumachen. Im Büro von Jean-Pierre fühle ich mich in eine musikalische Devotionalienhandlung versetzt. Eine kleine Gipsbüste Richard Wagners steht auf dem Schreibtisch, und neben dem eingerahmten Titelblatt der Partitur von „Tristan und Isolde" blickt das strenge Antlitz des Komponisten mehrmals von den Wänden. Jean-Pierre nimmt klischeegemäß an, dass ich als Elsässer, also als halber Deutscher, der klassischen Musik zugeneigt bin, und fragt mich ohne Umschweife, welche Konzerte ich hier in Limoges in nächster Zeit besuchen werde. Nun, mein Musikgeschmack ist weiträumig und nicht unbedingt auf die Klassik fokussiert, das wage ich jedoch unter dem wagnerianischen Druck dieses Zimmers nicht zu artikulieren. Also nehme ich die bequeme Ausflucht, dass ich erst zu kurz hier bin, um mich über das Musikleben der Stadt orientiert zu haben.

Jean-Pierre wirft ein, dass man von einem Musikleben in Limoges eigentlich nicht sprechen könne, da es hier nur dem Namen nach ein Opernhaus gibt. Dann beginnt er zu klagen, dass er für passable Opernaufführungen nach Montpellier oder Lyon reisen muss und manchmal sogar bis weit in den Norden nach Nancy. Die Fahrt nach Nancy bezahle er selbstredend nicht aus der eigenen Tasche, die lasse er sich aus dem Reisebudget des Instituts zurück erstatten, unter dem Vorwand, dass er dort mit dem bekannten Mathematiker Michel Cohen zusammenarbeite. Sehr willkommen sei ihm auch das Austauschprogramm unserer Universität mit der für Bodenkultur in Wien, denn das eröffne ihm die Möglichkeit, auf Kosten unserer Institution in eine Musikmetropole zu reisen, in der sein geliebter Wagner hervorragend gepflegt wird. Die genauen Reisetermine hängen klarerweise vom Spielplan der Wiener Staatsoper ab, den er demonstrativ aus einer Schublade zieht.

Ich unterbreche kurz seinen Redefluss, um die Auffälligkeit anzumerken, dass anscheinend Paris auf seiner musikalischen Landkarte überhaupt nicht existiert. Mit dem Stichwort Paris dürfte ich bei Jean-Pierre einen wunden Punkt berührt haben. Er legt sofort los, dass es in Paris keinerlei Musikkultur gibt, das sieht man allein schon daran, dass dort noch nie eine gültige Inszenierung des Rings geboten wurde. Die Pariser sind viel zu oberflächlich und vergnügungssüchtig für ernste Musik, sie betrachten die Darbietungen im Olympia als den Inbegriff der musikalischen Kunst. In den Pariser Opernhäusern trifft sich ohnedies nur das sogenannte *tout Paris*, das ausschließlich aus Kulturbanausen und Pseudointellektuellen besteht, die nur hingehen, um sich von Paparazzi fotografieren zu lassen, so sagt er.

Dann kauen wir die Programme der führenden europäischen Sommerfestspiele für die kommende Saison durch, von Aix-en-Provence über Glyndebourne bis Salzburg, wobei sich die Diskussion naturgemäß letztlich an Bayreuth festkrallt. Dieser Ort hat für Jean-Pierre einen nachgerade kultischen Charakter. Mein Kollege ist ziemlich frustriert, weil er über keine wissenschaftlichen Kontakte zur Universität Bayreuth verfügt, so gesteht er, denn andernfalls könnte er sich eine Reise zu den Bayreuther Festspielen von dieser Hochschule finanzieren lassen – und außerdem eine kostengünstige Unterbringung erwarten. Insgeheim denke ich mir, wie absurd und lächerlich es doch ist, dass der schmächtige, schmalbrüstige Franzose Jean-Pierre sich ausgerechnet strahlende germanische Helden wie Siegfried und Lohengrin als Idole auserkoren hat. Ein geschulter Psychologe würde dahinter aller Voraussicht nach eine Art von Kompensationsbedürfnis oder vielleicht sogar einen Minderwertigkeitskomplex diagnostizieren.

Als Kenner meiner Landsleute durchschaue ich, was in Wahrheit unter der Tirade von Jean-Pierre gegen Paris verborgen liegt. Das Ziel jedes französischen Künstlers und Wissenschaftlers ist es nämlich, in Paris leben und arbeiten zu können, denn nur dort glaubt man den Nährboden vorzufinden, den man für den intellektuellen Reifeprozess unbedingt benötigt. Sitzt man aber in der Provinz fest, die in Frankreich nahezu überall so geistlos und trivial ist, wie schon von Flaubert in „Madame Bovary" geschildert, dann entwickelt sich allmählich ein tiefes, verbittertes Ressentiment gegen die Hauptstadt. Jean-Pierre ist offenbar ein Opfer dieses Anti-Paris-Syndroms. Auch in seinem Fall, wie in dem aller unserer Institutskollegen hier in Limoges, gibt es keine realistische Chance, jemals eine Berufung an eine Pariser Hochschule zu erhalten und somit dem Provinzsumpf zu entkommen.

Mit all dem Geplauder über mangelhafte Musikkultur, die europäische Opernlandschaft und Richard Wagner ist bereits der halbe Nachmittag vergangen. Daher entschließen sich Jean-Pierre und ich, jetzt in die Stadt zurückzufahren. Im Auto erinnere ich an Daniels beeindruckendes Referat beim heutigen Kaffee, vor allem auch daran, wie er alle einschlägigen statistischen Daten auswendig herunterspulte. Jean-Pierre erzählt mir daraufhin einiges über Daniels Werdegang. Er wanderte zwölfjährig als Daniel Kuratowski mit seinen Eltern aus Polen ein. Dank seines phänomenalen Gedächtnisses lernte er binnen Kurzem perfekt Französisch und wurde zum Klassenbesten. Nach dem Baccalauréat wählte er den Namen Daniel Courtois, um sich noch besser zu integrieren. Als Lernmaschine war er prädestiniert für eine *Grande Ecole*. Spielend schaffte er die anspruchsvolle Aufnahmeprüfung und studierte anschließend Mathematik an der Ecole Normale Supérieure in der Rue d'Ulm im fünften Pariser Arrondissement.

Für Ausländer mag es seltsam erscheinen, eine Straße im Zentrum von Paris nach einer süddeutschen Stadt zu benennen, die abgesehen von ihrem Münster und einer kleinformatigen Universität nichts Bemerkenswertes vorzuweisen hat. Für Franzosen hingegen suggeriert Ulm die triumphale Schlacht, in der Napoléon die Österreicher „gemackt" hat, wie es Tolstoi in „Krieg und Frieden" bissig ausdrückte und sich dabei auf die schmachvolle Kapitulation der österreichischen Truppen unter General Mack bezog. In Frankreich gilt die Rue d'Ulm als ein Synonym für die ENS, und man braucht nur zu sagen, man habe in der Rue d'Ulm studiert, und die Leute erblassen vor Ehrfurcht, so legendär ist diese Adresse.

Daniel Courtois wird also nach dem Abschluss seines Studiums zum *normalien* und gehört damit der auserlesenen Kaste von Kaziken an, die Frankreich durch ausgeklügelt komplizierte Regeln und Erlässe erstickt und staatsnahe Betriebe, darunter auch Weltklassefirmen wie Simca und Saint-Gobain, ausgelöscht respektive fast ruiniert haben. Trotzdem berechtigt ein junger *normalien* stets zu den allergrößten Hoffnungen. Daniel setzte seine Laufbahn mit einer Postdocstelle in Besançon fort, wie Jean-Pierre berichtet, und wurde dann nach Rennes und Orléans weitergereicht. Als *normalien* war er selbstverständlich das Aushängeschild des jeweiligen Instituts und ein Objekt der Bewunderung. Nach sechs Postdocjahren ohne signifikante wissenschaftliche Leistungen katalogisierte ihn die zentrale Vergabestelle für französische Universitätsposten unter der Rubrik „verzettelte Talente" und schickte ihn in die intellektuelle Verbannung nach Limoges, wo er zumindest eine Dauerstelle innehat.

Als Jean-Pierre den Abriss von Daniels Lebenslauf beendet hat, erreichen wir gerade die Avenue Georges Dumas im Stadtzentrum, wo ich aussteige und zu Fuß meine Junggesellenbude erreiche. Den ganzen Abend geht mir Daniel durch den Kopf. Dass der exzentrische *normalien* einmal zu einem Gefährten auf einer langen Reise werden wird, kann ich aber noch nicht wissen.

Mein Zimmerkollege Lars entwickelt sich nach und nach zu meinem hauptsächlichen Gesprächspartner. Ich erzähle ihm Institutsinterna wie zum Beispiel die von Jean-Pierre vermittelte Kurzbiographie von Daniel oder auch amüsante Details über Yannick. Als typischer Bretone ist dieser ein passionierter Hochseesegler, kann aber hier in Limoges, fern der Küste, sein Hobby nicht ausleben. Als Ersatz erfindet er für sich und seine Leidensgenossen Computerspiele für Trockensegler. Der lachhafte Wagnerianer Jean-Pierre figuriert naturgemäß ebenfalls in den Plaudereien mit unserem schwedischen Gast.

Auch Lars selbst hat Interessantes anzubieten, etwa Geschichten über den berühmten Mathematiker Alexander Grothendieck, einem Giganten auf dem Gebiet der algebraischen Geometrie. Der Lebenslauf von Grothendieck weist gewisse Parallelen mit dem von Daniel auf, außer dass jener aus Deutschland und nicht aus Polen in Frankreich einwanderte. Nachdem er sein Fachgebiet revolutioniert hatte, verließ Grothendieck die Mathematik und wurde zunächst linksalternativer Aktivist, um schließlich als weltabgewandter Schafzüchter in den Pyrenäen zu enden. Sein Weg war gesät mit Provokationen und Extravaganzen, die laut Lars zu Legenden geworden sind. So benutzte Grothendieck einen Plenarvortrag bei einer großen internationalen Konferenz als Plattform für eine gnadenlose Attacke gegen die französische wissenschaftliche Nomenklatura, die sich seiner Ansicht nach mit fachlich dubiosen Auftragsarbeiten für das Militär bereicherte.

Ein Ersuchen von Lars bietet mir die Gelegenheit, mit Yannick näheren Kontakt aufzunehmen. So wie viele Ausländer stößt Lars auf das unlösbare Problem, in Frankreich ein Bankkonto zu eröffnen. Dazu benötigt man eine Aufenthaltsbewilligung, und für diese ist wiederum ein Bankkonto erforderlich. Als Betreuer unserer Gäste hat Yannick vielleicht einen Ausweg aus diesem Dilemma gefunden, und mir fällt es leichter als Lars, mit Yannick über die Finessen der französischen Bürokratie zu sprechen.

Zunächst kommen Yannick und ich überein, dass diese hinterhältige Ausländerfalle ganz bestimmt von den *énarques* aufgestellt wurde, eine besonders schädliche Abart der Spezies *normaliens,* bestehend aus den Absolventen der ENA, der Ecole Nationale d'Administration, die alle höheren Verwaltungsposten in Frankreich einnehmen. Dann erklärt Yannick, dass die Schlacht nur durch einen Angriff auf die schwächste Stelle, nämlich die koketten Damen in der Bankfiliale in der Nähe des Universitätsgeländes, zu gewinnen sei. Er wird die Offensive selbst starten und vertraut auf seinen maskulinen Charme des Seemanns. Bei unserem Gespräch fällt mir auf, dass er ab und zu mit Ergriffenheit auf eine Ausgabe einer Fachzeitschrift vor ihm blickt. Obwohl das Heft verkehrt zu mir liegt, erspähe ich im Inhaltsverzeichnis auf dem Titelblatt den Namen Yannick Queffelec, also den meines Gegenübers, sowie eine Jahreszahl, die mehrere Jahre zurückliegt. Ich vermute daher, dass diese Zeitschriftennummer Yannicks letzten publizierten Artikel enthält, den er immer wieder selbstverliebt liest.

Ich hüte mich, meine Beobachtung zu erwähnen, und bringe stattdessen Yannicks Computerspiele aufs Tapet. Er gerät sofort in helle Begeisterung und erkundigt sich, ob ich den America's Cup oder das Sydney-Hobart-Rennen vorziehe. Ich stelle mir vor, dass der America's Cup auch alle zugehörigen Qualifikationsrennen inkludieren wird, und das könnte den Rest des Arbeitstages dauern. Daher entscheide ich mich für das Sydney-Hobart-Rennen, das mir unkomplizierter erscheint. Der bretonische Trockensegler instruiert mich kurz: Wie bei einem echten Yachtrennen geht es vor allem darum, selbst den Wind, in diesem Fall den virtuellen Wind, mitzunehmen und den Gegner in eine Flaute zu drängen. Winde und Meeresströmungen werden durch einen Zufallsgenerator erzeugt. Yannick auf seinem Desktopcomputer und ich auf seinem Laptop, wir spielen also den australischen Yachtklassiker.

Nach einiger Zeit wird mir die Sache langweilig, aber ich konstatiere überrascht, dass ich mit meinem Boot kaum noch aus dem Sydney Harbour herausgekommen bin. Als ich Yannick frage, warum meine Seefahrt so schleppend vorangeht, belehrt er mich mit einer gewissen Entrüstung, dass sein Computerspiel selbstverständlich in *real time* abläuft, also das virtuelle Rennen genauso lange dauert wie das wirkliche. Wenn wir uns an den Siegerzeiten der letzten Jahre orientieren, bedeutet das mindestens 42 Stunden. Sollte mich dieses Hochseeduell nicht so komplett faszinieren, könnten wir es in einer Nonstopsitzung hinter uns bringen, wobei kurze Essenspausen erlaubt wären, gesteht Yannick großzügig zu. Selbstredend ist das für mich unannehmbar, doch ich erkläre mich zähneknirschend um der Kollegialität willen bereit, heute vier Stunden lang zu spielen. Das geht in Ordnung, meint Yannick, seine Software sei klarerweise so konzipiert, dass sie bei einer Unterbrechung den Zwischenstand speichert und das Spiel jederzeit von diesem Status aus fortgesetzt werden kann.

Am nächsten Tag beginnen wir schon eher und ich halte sechs Stunden durch, doch am übernächsten Tag will ich Yannick durch Aufgabe den Sieg überlassen. Er bezichtigt mich des mangelnden Sportgeistes und behauptet, dass Kapitulation in diesem

Spiel nicht vorgesehen sei. Man kann ja auch aus einer Pokerrunde nicht einfach aussteigen, nur weil man einmal schlechte Karten hat, so bemüht er einen Vergleich. Am vierten Tag des Spiels lasse ich meine Yacht durch ein idiotisches Manöver absichtlich kentern und bis auf den Meeresgrund versinken, und ich entrinne so dem Schicksal, virtuell bis nach Hobart segeln zu müssen. Ich nehme mir vor, Yannick in Zukunft so gut es geht auszuweichen.

Einige Tage später meldet Lars, dass Yannick das Bankkontoproblem zufriedenstellend gelöst hat. Gewissermaßen als Dank für meine Vermittlerrolle dabei erzählt mir mein Zimmergenosse wieder eine seiner Mathematikeranekdoten, diesmal über zwei bekannte französische Vertreter seines Fachgebietes, die Professoren Brasseur und Mercier. Brasseur, ein gefürchteter Pedant, wirkt schon seit vielen Jahren an der Harvard University. Teils aus Konkurrenzdenken und teils weil er Mercier für einen nachlässigen Wissenschaftler hält, sucht er immer wieder Streit mit ihm. Als Mercier einmal eine Konferenzreise im Nordosten der Vereinigten Staaten unternahm, lud ihn die Harvard University zu einem Besuch ein, und bei diesem Anlass präsentierte er einen Seminarvortrag. Brasseur setzte sich in die erste Reihe unmittelbar vor die Tafel, damit er den Vortrag genauestens verfolgen konnte. Mercier hielt das Referat im klassischen Stil, mit der Kreide an der Tafel. Er begann den Vortrag ganz einfach mit der auch aus der Schulmathematik bekannten Eulerschen Zahl und malte das entsprechende Symbol e groß an die Tafel, was Brasseur bissig kommentierte, dass er das nicht lesen könne. Mercier erklärte geduldig, das sei der Buchstabe e. Provokant ätzte nun Brasseur, dass man diesen Buchstaben nicht so schreibe. Schon etwas gereizt entgegnete daraufhin Mercier auf Französisch – immer wenn die beiden Streithähne aneinander gerieten, wechselten sie automatisch in ihre Muttersprache –, dass man dort, von wo er herkomme, den Buchstaben e sehr wohl so schreibe. Brasseur knurrte vernehmlich, dass auch *er* von dort herkomme, und zog betont auffällig aus dem Seminarraum ab. Es erübrigt sich zu bemerken, so Lars, dass alle anderen Seminarteilnehmer das Mercier'sche *e* einwandfrei lesen konnten. Laut Lars erzählte Brasseur später jedem, der es hören wollte, dass Merciers Vortrag an der Harvard University ein derartiges Desaster war, dass die Zuhörer den Seminarraum reihenweise vorzeitig verließen.

Um als Neuling meine Stellung am Institut zu festigen, sollte ich Kontakte mit den Kollegen knüpfen. Jean-Pierre ist mir durch seinen Wagnerfimmel und Yannick durch seine virtuellen Ozeanrennen verleidet. Ich könnte es ja einmal mit Gaston probieren, doch dazu muss ich mich praktisch auf die Lauer legen, denn er ist, wie bereits gesagt, schwer zu erreichen. Eines Nachmittags spüre ich ihn tatsächlich auf und nehme die Gelegenheit sofort wahr, ihn zu fragen, ob wir uns gelegentlich zu einer Plauderei treffen könnten. Er legt gleich los, dass ein gemeinsames Mittagessen nicht in Frage kommt, weil er die Mensa hasst und er sich mittags lieber von seiner Mutter bekochen lässt. Eine nachmittägliche Zusammenkunft in einem Bistro wäre ihm hingegen ganz genehm, ergänzt er etwas jovialer. Er schätzt da etwa das *Chez Antoine* mit seiner berühmten *tarte aux pommes*. Am besten gehen wir jetzt gleich dorthin, rät er, denn an den restlichen Nachmittagen in dieser Woche muss er bei Büffetempfängen im Rathaus sein, um sein lokales Netzwerk weiter zu pflegen.

Selbstverständlich bestellen wir *café crème* und *tarte aux pommes* im *Chez Antoine*. Mit dem Kaffee gibt es kein Problem, er wird im Nu vom Barista serviert, doch der Wunsch nach einem Apfelkuchen löst beim Kellner Stirnrunzeln aus. Während wir auf die Mehlspeise warten, kann ich Gaston einmal näher begutachten. Mit seinem bronzefarbenen Teint, seinem schwarzen, welligen Haar und den quicklebendigen dunklen Augen, die stets versuchen, den Blick einer attraktiven Frau zu erhaschen, ist er der typische Südfranzose. Er beginnt sofort, vom guten Essen zu schwärmen. Er weiß zum Beispiel, wo in unserer Region die besten Trüffel zu finden sind und in welchen Lokalen man sie am raffiniertesten zubereitet. Ich denke mir, wenn man Gaston als Kollegen hat, braucht man keinen Michelin-Restaurantführer mehr. Er ist auch ein umfassend gebildeter Weinkenner, und als Geheimtipp rühmt er Weine aus Korsika, von wo seine Familie ursprünglich stammt.

Endlich kehrt der Kellner aus der Küche zurück, nur ohne Kuchen, und er meldet, dass es heute keine *tarte aux pommes* gibt. Er empfiehlt stattdessen *tarte aux poires*, das Analogon mit Birnen. Etwas seltsam, reflektiere ich, wo doch jetzt mitten im Winter in allen Supermärkten in Limoges Äpfel angeboten werden. Gaston wendet ein, dass reife Birnen zu feucht für Obstkuchen sind, und unreife sollte man wegen des mangelnden Aromas erst recht nicht verwenden. Der Kellner versichert hingegen, dass der Birnenkuchen ganz korrekt hergestellt wird. Als die *tarte aux poires* auf den Tisch kommt, stellen wir fest, dass Gastons Befürchtungen berechtigt waren. Wo ein mürber Kuchenboden der Mehlspeise Festigkeit geben sollte, ist stattdessen ein unappetitlich nasser Brei am Teller festgeklebt, und der Obstbelag besteht anstelle von dünnen Birnenscheiben aus einem überzuckerten Birnenmus. Wir sind verärgert über das Lokal und ebenso über uns selbst, weil wir dem schlechten Rat des Kellners gefolgt sind.

Ich versuche, die miserable Stimmung zu überwinden, und schneide ein Lieblingsthema von Wissenschaftlern an, nämlich bevorstehende Konferenzreisen in attraktive Städte. Bei mir ist da derzeit nur Caen in der Normandie auf dem Programm. Ich äußere meine Sorge, wie ich von der uninteressanten Provinzstadt Limoges in die weit entfernte und noch uninteressantere Provinzstadt Caen per Bahn fahren soll; das wird gewiss sehr umständlich. Gaston antwortet, erstens ist Caen die berühmte Stadt von Wilhelm dem Eroberer und daher sehenswert, und zweitens haben wir am Institut mit Daniel einen wandelnden Eisenbahnfahrplan. Tatsächlich lernt Daniel jedes Jahr die neu geltenden Fahrpläne aller wichtigen europäischen Länder auswendig, berichtet Gaston. Ich ahne zum jetzigen Zeitpunkt noch nicht, wie schicksalsträchtig Daniels Eisenbahnfanatismus für mich sein wird.

Es folgt Gastons Loblied auf Daniel den *normalien*, das Superhirn und seine mit einem Computer vergleichbare Gedächtniskapazität. Jedoch, wo ist seine Kreativität bei der mathematischen Forschung, frage ich mich, teilweise aus Neidgefühlen heraus. Sobald das Thema Daniel abgehandelt ist, kommen wir auf den neuesten Plan unserer Universitätsverwaltung zu sprechen, das mathematische Institut von der naturwissenschaftlichen Fakultät in die Wirtschaftsfakultät zu transferieren. Das hat sicherlich ein *énarque* ausgeheckt, der irgendwo gelesen hat, dass die höhere Mathematik sogar in der Finanzwelt anwendbar sei, da sind wir uns einig.

Gaston eröffnet mir seine Strategie, wie dieser höchst unangebrachte und unwillkommene Wandel verhindert werden kann. Er kennt naturgemäß alle Damen in der Universitätsverwaltung und daher auch die Dekanin der Wirtschaftsfakultät. Er wird sie zu einem opulenten Abendessen im Sternrestaurant *Amphitryon* in Limoges einladen und ihr bei diesem Anlass mit allen gebotenen Übertreibungen den Eindruck vermitteln, dass das mathematische Institut ein Kuriositätenkabinett voller Spinner und Querulanten sei. Da bist du ja eigentlich gar nicht so weit von der Wahrheit entfernt, mein lieber Gaston, denke ich mir. Er wird dann die Argumentationslinie verfolgen, dass sich die Dekanin mit diesem Institut eine riesengroße lästige Laus in den Pelz setzen würde. Ich bestärke meinen Kollegen bei diesem Vorhaben, eine typische Gaston-Idee wie ich meine, und in dieser hoffnungsvollen Stimmung beschließen wir das Gespräch.

Gerade als wir das Bistro verlassen wollen, trägt der Kellner ein ganzes Tablett mit frisch gebackenen und verlockend duftenden *tartes aux pommes* vorbei und stellt es in eine Vitrine. Bei dieser Provokation und der dadurch wieder wachgerufenen Erinnerung an den kläglichen Birnenkuchen kann Gaston sein korsisches Temperament nicht mehr zügeln. Er stürzt sich auf den Kellner und reißt ihm seine schlappe, lächerliche Fliege vom Kragen. Ich umklammere Gastons Oberkörper von hinten, aber nun versetzt er dem Kellner wuchtige Fußtritte gegen die Schienbeine. Durch das Geschrei des Kellners aus seiner Ruhe aufgeschreckt, erscheint der Eigentümer Antoine höchstpersönlich am Schauplatz des peinlichen Geschehens und droht dem renitenten Gast mit einer Anzeige wegen Körperverletzung. Da ist er jedoch bei Gaston an den Falschen geraten. Der gibt seine intimen politischen Beziehungen ziemlich deutlich zu verstehen und droht seinerseits, dieser elenden Spelunke das städtische Gesundheitsamt mit einer Hygieneinspektion und das Finanzamt mit einer Prüfung der Bücher auf den Hals zu hetzen. Außerdem wird die Ausländerbehörde kommen und nachsehen, ob in der Küche illegale Einwanderer den grässlichen Birnenkuchen produzieren. Damit eilt Gaston, immer noch die Fliege des Kellners mit der geballten Faust umklammernd, aus dem Lokal – und ich hinterher. Nach Jean-Pierre und Yannick wird ab jetzt auch das *Chez Antoine* auf meiner persönlichen schwarzen Liste figurieren.

Der Tag meiner Reise nach Caen rückt näher und ich muss mich um die Details meiner Bahnfahrt kümmern. Ich spreche daher bei der universellen Fahrplanauskunft namens Daniel vor. Ich merke sofort, dass ich bei der richtigen Adresse gelandet bin, denn wo ich ansonsten auf dem Schreibtisch und in den Regalen mathematische Fachliteratur erwartet hätte, sehe ich stapelweise Fahrplanbücher. Bevor ich mein Anliegen vorbringen kann, überfällt mich Daniel mit der brandheißen Neuigkeit, dass Gastons schöner Plan, auf den das ganze Institut baute, ein kompletter Fehlschlag war. Wie alle an der Universität weiß die Dekanin um Gastons Ruf als Don Juan, und als sie seine Einladung ins *Amphitryon* erhält, ist sie folglich auf ein romantisches Rendezvous eingestellt. Das kommt ihr recht gelegen, denn erstens ist Gaston auf seine Art ein attraktiver Mann und zweitens ist sie nach ihrer Scheidung erotisch ziemlich ausgehungert. Sie geht zum Friseur und lässt sich eine blonde Mähne wie die von Brigitte Bardot in „Und ewig lockt das Weib" fabrizieren. Aus ihrer Garderobe wählt sie ein verführerisches Kleid, in das sie sich zwar hineinzwängen muss, das aber dafür ihre reife Figur umso besser zur Geltung bringt. Viel blauer Lidschatten und erdbeerrot geschminkte Lippen werden sie unwiderstehlich machen, so meint sie wohl. Und dann redet dieser Kerl Gaston den ganzen Abend lang von seinem verdammten Institut, das anscheinend aus lauter Psychopathen besteht! Er selbst passt übrigens ebenso perfekt in diese Anstalt, denkt sich die Dekanin. Nach dem Essen setzt er sie in ein Taxi und lässt sie alleine nach Hause fahren. So oder sehr ähnlich weiß die Universitätsfama von diesem Diner zu berichten, erzählt Daniel. Er fügt hinzu, dass die Intensität der Rachegefühle einer verschmähten Frau die legendären Rachegelüste des Grafen von Monte Cristo um ein Vielfaches übersteigt und daher das Schlimmste zu befürchten ist.

Ich überlege mir, dass das angedrohte Schlimmste vor allem Gaston treffen wird und der sich schon zu wehren vermag. Daher kann ich mich getrost auf meine eigenen Angelegenheiten konzentrieren. Ich frage also nun Daniel, wie ich am nächsten Montag von Limoges nach Caen fahren soll, damit ich am frühen Nachmittag dort eintreffe und der zweiten Hälfte des Tagesprogramms noch beiwohnen kann. Es ist sehr schade, antwortet er, dass ich nicht eine schwierigere Verbindung wissen will, denn dieses Problem ist viel zu leicht zu lösen. Und er legt im Schnellzugstempo los: Ab Limoges 7:06, an Paris Gare d'Austerlitz 10:18, städtische Verkehrsmittel von Gare d'Austerlitz zu Gare Saint Lazare, ab Paris Gare Saint Lazare 12:10, an Caen 14:00. Das ist auf alle Fälle der ideale Reiseplan für mich, denn dann bleibt mir in Paris sogar Zeit für ein Mittagessen. Für die Rückfahrt am Freitagnachmittag – ich spritze selbstverständlich die letzte Sitzung der Konferenz – offeriert der Eisenbahnexperte eine ähnlich gute Lösung.

Dann kann sich Daniel nicht zurückhalten und muss vor mir prahlen, dass er die vergangenen Weihnachtsferien damit verbrachte, die ab Mitte Dezember gültigen neuen Bahnfahrpläne auswendig zu lernen. Er schildert etwas mitleidheischend, wie er harte Gehirnarbeit leistete, während die Kollegen die Ferien genossen und sich entspannten. Sein Gedächtnis ist, wie man sagt, ein fotografisches: Er tastet die Seiten visuell wie mit einem Scanner ab und genauso werden sie in seinen Gehirnzellen gespeichert. Das impliziert insbesondere, dass er nicht nur die Abfahrts- und Ankunftszeiten der Züge weiß, sondern auch die Nummern der Seiten im jeweiligen Fahrplanbuch, auf denen diese Daten zu finden sind. Seine Passion ist ihm ins Gesicht geschrieben, wie mir nun bewusst wird. Die bleichen, ausgezehrten Wangen und die tief liegenden und unsteten Augen signalisieren den Fanatiker, nur die dazu inkohärent vollen Lippen lassen einen Hang zur Sinnesfreude vermuten.

Caen ist eine ganz passable Stadt, viel sauberer und geordneter als die meisten anderen französische Städte, was den Elsässer in mir anspricht. Klarerweise hat Wilhelm der Eroberer seine Spuren hinterlassen; die Burg, das sogenannte Herrenkloster und das sogenannte Damenkloster gehen auf seine Gründertätigkeit zurück. Doch leider haben die Kriege in dieser wild umstrittenen Region brutal gewütet, vom Hundertjährigen Krieg bis zum Zweiten Weltkrieg, sodass wenige Baudenkmäler im Originalzustand erhalten geblieben sind.

Über die Tagung lässt sich nicht viel Bedeutsames sagen, denn sie reflektiert einfach die allgemeine Malaise des Fachgebietes. Winzige Fortschritte der sogenannten Spitzenforscher werden als Großtaten gepriesen, nur weil sie durch umständlichste Argumentationen und Rechnungen, die sich über Dutzende oder gar Hunderte von Seiten erstrecken, erzielt wurden. Es sollte aber einleuchten, dass komplizierte und kaum nachvollziehbare Methoden, die nur minimale Verbesserungen von Resultaten bringen, eigentlich Holzwege und Sackgassen sein müssen und weit an der Wahrheit vorbeiführen. Die ewig gleichen Wahnwitzigen, die sich mit immer mehr Aufwand weiter und weiter in Labyrinthen verirren, werden wie Helden verehrt, obwohl sie in Wirklichkeit durchschaubare Problemstellungen in Nebel und Rauch einhüllen und in einem Bombast an Fachjargon derart ersticken, dass sie nur mehr für eine Handvoll von Eingeweihten verständlich sind. Stellt hingegen ein Mathematiker einen einfachen und eleganten Zugang zu einem Problem vor, so wie ich in meinem Vortrag, dann wird das als trivialer Beitrag abgetan. Meine Beobachtungen treffen vielleicht auch auf verwandte Disziplinen wie die theoretische Physik zu, wo zum Beispiel allen Ernstes behauptet wird, dass Gott zuerst einen 24-dimensionalen Raum konstruieren musste, bevor er unsere dreidimensionale Welt erschaffen konnte. In hundert Jahren wird das als ebenso grotesk angesehen werden wie die Modelle des Sonnensystems der alten Griechen.

An meinem ersten Tag zurück im Institut erfasse ich sogleich, dass sich dieses in der Zwischenzeit in einen Hexenkessel verwandelt hat. Überall auf den Korridoren stehen Gruppen von diskutierenden Kollegen, mit Gesichtern von erregt bis betroffen. Ich arbeite mich von Gruppe zu Gruppe durch und schnappe da und dort Fragmente von Informationen auf. Immer wieder höre ich Phrasen wie „die Rache der Dekanin" und „die Retourkutsche der Dekanin". Letztlich steuere ich auf Daniels Büro zu, denn der wird mir gewiss mit filmischer Genauigkeit alles minutiös berichten.

Auf das eigenwillige Büchersortiment in seinem Büro bin ich ja schon gefasst, aber nun fällt mir auf, dass auf seinem Schreibtisch direkt vor ihm neue Arten von Broschüren sowie Computerausdrucke liegen. Zuerst muss die brennende Neugier der Höflichkeit den Vortritt lassen. Ich danke Daniel also für die exzellente Beratung bei meiner Reiseplanung und gebe ihm ein Resümee der Tagung, das ihn jedoch nicht sonderlich zu interessieren scheint, abgesehen von meinen allgemeinen kritischen Beobachtungen über den Zustand der mathematischen Wissenschaft. Dazu breitet er seine Ansicht aus, dass weite Teile der Mathematik komplett irrelevant seien und dass die wenigen Gebiete, die anwendbar sind, innerhalb der Mathematik nur ein geringes Ansehen genössen. Ein Mathematiker, der gesellschaftlich relevant sein will, macht sich die Hände schmutzig, wie das die in der reinen Abstraktion arbeitenden Kollegen gerne ausdrücken. Daniel zieht den Vergleich mit einem Lyriker heran, der für eine Werbeagentur Reklametexte schreibt und dafür von anderen Schriftstellern mit Verachtung bestraft wird.

Nun will ich aber doch wissen, was hinter all der Aufregung am Institut steckt. Ja, das Institut, das es vielleicht bald gar nicht mehr geben wird, bemerkt Daniel düster. Dann lässt er sich doch Konkretes über die Geschehnisse der vergangenen Woche entlocken, obwohl er darüber sichtlich maßlos verärgert ist. Die Wirtschaftsfakultät hat sich per Handstreich das Institut einverleibt, das damit ab dem Beginn des nächsten Semesters, also in etwas mehr als einem Monat, von den Ökonomen dirigiert werden wird. Diese Fakultät spricht in ihrem Jargon stolz von einer geglückten feindlichen Übernahme. Damit nicht genug: Die dominierenden

Neoliberalen in der Fakultät, allen voran die Dekanin, wollen das gekaperte Institut angeblich filetieren, wie das beim *take-over* eines maroden Konzerns üblich ist. Faktisch würde das bedeuten, dass wir Mathematiker auf die Institute der Wirtschaftsfakultät aufgeteilt werden. Dabei will die Dekanin, wie man hört, mit auserlesenem Sadismus vorgehen und die abstrakten und irrelevanten unter den Mathematikern in die besonders praxisbezogenen Institute wie die für Marketing und Controlling stecken. Ob dieser Schreckensmeldung der Verzweiflung nahe, klammere ich mich an den Strohhalm Gaston und erkundige mich, wie dieser auf das skandalöse Vorgehen der Wirtschaftsfakultät reagiert hat. Er ist seit fünf Tagen im Krankenstand, antwortet Daniel trocken. Die Schlacht ist also verloren.

Er selbst benötige jetzt eine Phase, in der er sich sammeln kann, meint der *normalien*. Er plant, in den baldigen Semesterferien erstmals außerhalb von Europa zu reisen, und stellt sich dabei Südostasien vor, etwa von Singapur aus durch Malaysia bis Thailand und vielleicht auch noch darüber hinaus zu fahren, und naturgemäß alles so weit wie möglich mit der Bahn. Er zeigt auf die Broschüren und Computerausdrucke vor ihm und fügt erklärend hinzu, dass es dort wegen der geringen Zahl von Bahnlinien selbstverständlich keine Fahrplanbücher gibt. Das Auswendiglernen der südostasiatischen Fahrpläne war für ihn ein Kinderspiel, und die gedruckte Form hält er nur mehr bereit, um sich selbst hin und wieder stichprobenweise zu kontrollieren, was jedoch im Grunde genommen dank der Unfehlbarkeit seines Gedächtnisses überflüssig wäre, wie er mit der Arroganz der intellektuellen Koryphäe anmerkt. Die Jahreszeit ist jetzt für Reisen in Südostasien günstig, ergänzt er, es ist noch nicht so brütend heiß und die missliche Regenperiode wird erst in einigen Monaten beginnen. Dann täuscht er geheimnisvolle Aktivitäten vor, vielleicht das Ausprobieren neuer Techniken des Gedächtnistrainings, und entlässt mich.

Nach einigen Reflexionen erkenne ich, dass Daniels Plan als der eines Genies *per definitionem* genial ist. Und ebenso brillant wäre es, wenn ich mich an ihn anhängen könnte. In Südostasien gibt es wahrscheinlich auch irgendeine Art von Kultur und so etwas wie Landschaft, doch mir fällt zu diesem geografischen Begriff vor allem Sextourismus ein. Ich weiß nicht, ob auch Daniel daran gedacht hat, aber mir wäre das ganz genehm. Auf dem Campus wimmelt es von Feministinnen mit ihren randlosen Brillen, ihren strähnigen, ungepflegten Haaren und ihren schlottrigen Hosen. Jeden zufälligen Blick auf ihre mageren Brüste interpretieren sie gleich als sexuelle Belästigung. Da wäre es doch traumhaft, einmal zur Abwechslung willige Frauen zu treffen und gleichzeitig dem Narrenhaus Universität Limoges für einige Wochen zu entfliehen. Ich sollte mich Daniel in einer x-beliebigen Nebenrolle andienen, finde ich. In früheren Zeiten reisten Herren entweder mit Butler, Privatsekretär oder Gesellschafter oder mit allen genannten. Ich könnte auch Daniels Sherpa sein, obwohl, wenn ich es recht bedenke, der Himalaya ja gar nicht bis Südostasien reicht. Dann eben gemeiner Gepäckträger oder auch Leibwächter oder rettender Engel bei Unfällen. Jedenfalls muss ich mit Daniel sprechen und ihn von der Notwendigkeit einer Begleitperson überzeugen.

Da die Zeit knapp wird, ist schnell zu handeln. Gleich am nächsten Tag suche ich Daniel wieder auf, und zu meiner Riesenüberraschung renne ich bei ihm offene Türen ein. Er hat sich schon Sorgen gemacht, vertraut er mir an, dass er bei einer Reise durch Südostasien sein geliebtes Französisch wochenlang nicht hören wird. Da lächle ich innerlich, wo er doch in Wirklichkeit Pole ist und daher eher die polnische Muttersprache pflegen und schätzen sollte. Wie dem auch sei, diese ausgeprägte frankophile Ader Daniels kommt mir sehr zupass. Ich ziere mich also nicht lange und erkläre mich bereit, ihm als Konversationspartner bei der Reise zur Verfügung zu stehen.

Wir brauchen nur noch einige wenige logistische Fragen zu klären. Fahrpläne und Landkarten benötigen wir nicht, die sind alle in Daniels fotografischem Gedächtnis gespeichert. Flugpläne wie die von Air France oder Singapore Airlines hat er aber nicht im Repertoire, die studiere ich im Zuge der Arbeitsteilung und nehme die Online-Buchungen vor. Hotelzimmer reservieren wir nur für die ersten zwei Nächte in Singapur, von da an wollen wir ungebunden sein und an Ort und Stelle ein Quartier suchen. Mit viel Gepäck werden wir uns nicht belasten, denn wir planen keine aufwändigen sportlichen Aktivitäten und für das tropische Klima genügt lockere und luftige Kleidung.

Nach der Ankunft in Singapur sind wir völlig erschöpft – man kann geradezu von einer kumulativen Auszehrung sprechen. An den Tagen vor unserer Abreise fand eine Serie von überaus hektischen Institutsversammlungen und Komiteesitzungen statt, die jedoch alle außer Frustration nichts brachten. Die Einverleibung des mathematischen Instituts in die Wirtschaftsfakultät erwies sich als ebenso unabwendbar wie der Sonnenaufgang am nächsten Morgen. Von der letzten nutzlosen Sitzung ging es dann geradewegs auf die etwa zwanzigstündige Reise von Limoges nach Singapur, mit einer durchwachten Nacht auf engen und harten Sitzen in der Economy Class.

Wir beschließen, uns am ersten Tag in Singapur im Hotel gründlich auszuruhen, obwohl das eigentlich gegen die allgemein bekannten Faustregeln zur Vermeidung von Jetlag verstößt. Wir empfinden es als sehr gästefreundlich, dass man hier zu jeder Tages- und Nachtzeit im Hotel einchecken und auschecken kann. Man zahlt dann eben nur den prozentuellen Teil des Tarifs. Schon anhand dieser Flexibilität merken wir, dass wir weit weg von Frankreich sind.

Am zweiten Tag in Singapur wollen wir zunächst das Vordringliche erledigen und unsere Fahrkarten nach Kuala Lumpur im Vorverkauf erwerben. Wir gehen davon aus, dass die Plätze in der 1. Klasse heiß umkämpft sein werden, denn in der 2. Klasse, so nehmen wir Kulturchauvinisten an, reisen die Malaien mit ihren Hühnern, Ziegen und sonstigen Nutztieren. Daher möchten wir sicherheitshalber vorbuchen. Es stellt sich als ziemlich zeitraubend heraus, mit den städtischen Verkehrsmitteln von unserem Hotel in Tanjong Pagar zum Bahnhof in Woodlands zu gelangen. Dort erleben wir die erste der Überraschungen, die uns die malaysische Eisenbahngesellschaft KTM bescheren wird. Es gibt keinen Vorverkauf, erklärt man uns kategorisch, Fahrkarten werden nur für den Tag der Abreise angeboten.

Also ziehen wir unverrichteter Dinge weiter und absolvieren die üblichen Sehenswürdigkeiten in Singapur wie Orchard Road, Singapore Flyer, Esplanade, Merlion und Marina Bay. Dabei lerne ich eine für mich neue Facette Daniels kennen, denn er interessiert sich sehr für die sogenannten *wet markets* und *food courts*. Auf den Märkten fasziniert ihn aus mir unerfindlichen Gründen besonders die Vielfalt an Mangos: Die schmale Chokanan-Mango aus Thailand, die aromatische Bombay-Mango aus Indien, die große, saftige R2E2-Mango aus Australien und so weiter. In den *food courts* probiert er mit Hingabe lokale kulinarische Spezialitäten wie *Laksa, Chili Prawns* und *Hainanese Chicken Rice* aus. Ich denke mir, dass sich Daniel als perfekter Nachäffer in Frankreich zum Gourmet erzogen hat, um so die Assimilation in seinem neuen Heimatland zu vollenden. Die polnische Küche reicht ja nach meinem Kenntnisstand nicht über Klobasa und Borscht hinaus, von dort stammt also sein lukullischer Anspruch sicherlich nicht her.

Bei der Gestaltung des Abendprogramms bin ich eigenmächtig aktiv geworden. Schon in der Frühe fragte ich den Mann an der Hotelrezeption mit Augenzwinkern, wo man sich in Singapur am Abend gut amüsieren kann, und er verwies mich auf das Vergnügungsviertel Geylang. Da ich mit Daniel noch nicht so vertraut bin, will ich mit ihm nicht über die Jagd nach sexuellen Abenteuern reden, aber es gelingt mir ihm weiszumachen, dass Geylang zu den wichtigsten Sehenswürdigkeiten Singapurs zählt. Dort angekommen, finden wir einige schäbige Lokale und Discos mit lächerlichen roten Blinklichtern an den Fassaden. Davor lungern ein paar verloren wirkende europäische und australische Touristen, die wahrscheinlich gleichfalls von ihren Hotelrezeptionen hierher geschickt wurden, und auch einige wenige Einheimische drücken sich verstohlen herum. In den Bars sehen wir statt der erhofften *pole dancers* nur Mittelschülerinnen und Studentinnen, die sich von Männern einen wässrigen *Singapore Sling* bezahlen lassen und züchtig mit ihnen tanzen, um dann vor 10 Uhr nach Hause zu verschwinden. Dagegen ist Limoges an einem Freitagabend noch verrucht. Kurz und gut, Geylang ist eine einzige Enttäuschung.

Am nächsten Tag begeben wir uns einigermaßen ausgeruht auf unsere Abenteuerreise. Den langen Weg zum Bahnhof Woodlands kennen wir schon. Dort erhalten wir die unerwartete Mitteilung, dass heute im Zug nach KL, wie man anscheinend als Insider statt Kuala Lumpur sagt, die 1. Klasse nicht verfügbar ist. Wir müssen uns also mit der 2. Klasse begnügen und hoffen, dass heute nicht zu viele malaiische Viehtransporte unterwegs sein werden. Es fällt uns auf, dass der klapprige Zug, der noch aus der Kolonialzeit stammen dürfte, fast leer aus dem Bahnhof Woodlands in Singapur rollt, während sich nach einigen Kilometern, in der ersten Station Johor Bahru in Malaysia, Menschentrauben in die Waggons drängen. Noch erstaunlicher finden wir es, dass darunter viele Leute aus Singapur sind, die wir unschwer an ihrem Inselpatois *Singlish* erkennen. Der Grund für dieses Phänomen ist sehr einfach und erschließt sich uns bald aus Gesprächen mit anderen Fahrgästen: Geld, Geld und nochmals Geld! Der Fahrpreis von Woodlands nach KL ist um 150 Prozent höher als der von Johor Bahru nach KL, und von Woodlands kann man spottbillig mit einem lokalen Bus zum Bahnhof Johor Bahru fahren. Vielleicht sollte Daniel also nicht nur Fahrpläne auswendig lernen, sondern sich auch für die Tarife interessieren. Wir trösten uns damit, dass an diesem Tag wenigstens keine Stalltiere in den Waggons der 2. Klasse mitreisen.

Etwas später erleben wir eine weitere Überraschung: Auf der Suche nach dem Zugrestaurant kommen wir durch einen gänzlich leeren Waggon der 1. Klasse! Wahrscheinlich will man die schönere Polsterung da schonen und verkauft deshalb keine Fahrkarten für die 1. Klasse. Die Sache erinnert mich in unangenehmer Weise an die Episode mit den *tartes aux pommes* im *Chez Antoine*. Das *Chez Antoine* existiert anscheinend in verschiedenen Inkarnationen rund um den Erdkreis. Ich erzähle Daniel von meiner Boykottliste mit dem aktuellen Zwischenstand Jean-Pierre, Yannick und *Chez Antoine*. Die Eisenbahngesellschaft KTM sollte man zu dieser Liste hinzufügen, schlage ich vor. Mein Reisegefährte hält dagegen, dass wir uns das derzeit nicht erlauben können, denn von Singapur nach KL kommt man per Bahn nur mit der KTM, und für die Weiterfahrt nach Bangkok mit diesem Verkehrsmittel steht gleichfalls nur die KTM zur Verfügung. Es führt also kein Weg an der KTM vorbei, wir werden dieses Unternehmen jedoch von nun an mit erhöhtem Misstrauen beäugen.

Die Auswahl im Zugrestaurant ist kläglich: Einige Gerichte, deren Namen mit *Nasi* beginnen, und das in dieser Region allgegenwärtige *Roti Prata*. Letzterer Ausdruck ist für uns als Franzosen spaßig, denn wir denken dabei an einen Braten, der nach einer Modemarke mit Druckfehler benannt ist. In Wirklichkeit handelt es sich um malaiisches Fastfood und ist nichts anderes als ein gefüllter Pfannkuchen. Beim Anblick der Speisekarte erinnern wir uns mit Wehmut an das reichhaltige Angebot in Singapur, mit der Cuisine aus allen Provinzen Chinas, allen Regionen Indiens, aus Malaysia, Indonesien und dem Westen, und das in authentischer und hochqualitativer Form. Unser *Nasi Goreng Kambing* wird schnell im Mikrowellenherd aufgewärmt und stellt sich als Reis mit einem bräunlichen Soßenbrei und zähen Fleischfasern unbestimmter Herkunft heraus. Beim gelangweilten Kauen blicken wir aus dem Waggonfenster und sind erstaunt über die Eintönigkeit der Landschaft. In Singapur durchstreiften wir ja kurz den Botanischen Garten und erfreuten uns dort an der tropischen Üppigkeit. Wir erwarteten uns in der freien Natur in Malaysia eine mindestens ebenso wuchernde und artenreiche Flora, aber stattdessen sehen wir nur Ölpalmenplantage nach Ölpalmenplantage nach Ölpalmenplantage, höchstens unterbrochen von kleinen Subsistenzfarmen mit einigen Gemüsebeeten und Bananenstauden.

Nachdem die sich offenkundig aufdrängende Diskussion über die Gefahren der Monokultur für die Umwelt abgewickelt ist, reflektieren wir über die allgemeine Befindlichkeit unserer beiden Existenzen. Wir stellen beglückt eine prinzipielle Übereinstimmung fest. Je weiter wir uns von Limoges entfernen, desto mehr gewinnen wir auch emotional und geistig immer mehr Abstand von unserem Institut und von der Mathematik als Wissenschaft. Die skandalöse Behandlung unseres Instituts durch die Universitätsverwaltung, die Tagung in Caen, mein unbeachtet gebliebener Vortrag dort und Daniels Position auf dem Abstellgleis, all das kommt nach mehrfachen innerlichen Verarbeitungsprozessen in virulenterer Ausprägung wieder hoch. Der schärfere Intellekt meines Kollegen kann dabei viel pointierter formulieren als der meine. Die monotone Landschaft zieht am Waggonfenster vorbei, und Daniel spricht von der Arroganz und der maßlosen Selbstüberschätzung der sogenannten führenden Mathematiker, deren Ruhm jedoch auf ihr allerengstes Teilgebiet beschränkt und deren allgemeiner Bekanntheitsgrad gleich Null ist. Die zeitgenössische Mathematik hat es nicht geschafft, etwa ein Pendant zu Stephen Hawking in der Physik hervorzubringen, da sie viel zu abgehoben von der Realität und größtenteils sogar irrwitzig ist. Die bedeutenden wissenschaftlichen Preise, für die Mathematiker qualifiziert sind, wie der Abel-Preis und der König-Faisal-Preis, werden naturgemäß nur an alte Gelehrte vergeben, und dann ist es im Falle der Mathematiker immer ein Wettlauf, ob die Auszeichnung noch vor der Einlieferung des Preisträgers in die Psychiatrie verliehen werden kann, ätzt Daniel sarkastisch. Manchmal geht das Wettrennen auch knapp verloren, was zu peinlichen Verleihungszeremonien in der Anwesenheit norwegischer oder saudi-arabischer Könige führt, so mein Reisegefährte. Über das Image des Angstfaches Mathematik in der Öffentlichkeit braucht man ja gar nicht erst zu diskutieren, fährt er fort. Doch auch innerhalb der Hochschulen rangiert die Mathematik in der Wertschätzung ganz unten, was man schon daraus ersieht, dass das mathematische Institut immer im schäbigsten Gebäude am Campus armselig und beengt untergebracht ist. Das stimmt, pflichte ich ihm bei, denn nach diesem Prinzip fand ich zum Beispiel auf dem mir fremden Universitätsgelände in Caen recht schnell die dort so bezeichnete Einheit für Lehre und Forschung in Mathematik.

Wir entschließen uns spontan, im Bahnhof Kluang auszusteigen. Für mich als etwas Deutsch sprechenden Elsässer hat diese Stadt einen so klangvollen Namen. Klarerweise hätten wir ebenso bis Kuala Lumpur durchfahren können, doch eine beabsichtigte Facette unserer Reise soll es ja auch sein, die strapazierten Nerven zu beruhigen, Tempo aus unserem hektischen Leben herauszunehmen und einfach einmal intuitive statt immer nur rationale Entscheidungen zu fällen. Die Improvisation als Lebensmodus, das ist eine verführerische Alternative zu unserem bisherigen durchstrukturierten Lebensstil, die wir jetzt gerne versuchen wollen.

Nach dem Verlassen des Zuges müssen wir über uns selbst lachen, weil wir der kleinen niedrigen Baracke mit den zwei schmalspurigen Gleisen davor die Bezeichnung Bahnhof zuerkannt haben. Wir schlendern die Hauptstraße von Kluang entlang und sehen bald ein Schild über einem schmalen Treppenaufgang mit der Aufschrift HOTEL REGAL. Das ist sicherlich keine Luxusherberge, denken wir, und steigen die steile Treppe hoch. Im 1. Stock stoßen wir auf die Hotelrezeption, an der eine ältere, schwammig aufgedunsene Chinesin kauert, die uns mit dem Verdacht eines Lächelns grußlos empfängt. Unter ihrem violett gefärbten schütteren Haar schaut die blasse Kopfhaut hervor, die Fingernägel sind in einem schockierenden Giftgrün lackiert. Auch diese Erscheinung lässt auf eine eher günstige Unterkunft schließen. Wir erkundigen uns nach dem Tarif und erfahren vorerst nur, dass dieser von der Aufenthaltsdauer abhängt. Offensichtlich ist das als Auftakt zu längerem Feilschen gedacht, mit dem die Besitzerin ihre Zeit vertreiben will. Wir einigen uns auf vier Übernachtungen mit einem kleinen Abschlag. Hätten wir noch weiter verhandelt, wäre gewiss eine größere Ermäßigung erreichbar gewesen, aber wir wollen ja auf dieser Reise stressbeladene Situationen vermeiden.

Auf den Straßen von Kluang begegnen wir so manchen erstaunten Blicken. Anscheinend kommen nicht viele Touristen hierher. Nach einem Rundgang durch die kleine Stadt wird uns der Grund dafür klar: Es gibt hier absolut nichts Interessantes zu besichtigen. Selbst die Moschee ist bar jedes architektonischen Reizes, ein moderner Zweckbau mit grün gestrichenem Blechdach und einem Minarett, das wie ein etwas zu hoch geratener Kamin aussieht.

Nicht einmal kulinarische Attraktionen hat Kluang zu bieten. In den malaiischen Lokalen werden nur *Roti Prata* und die üblichen *Nasi* offeriert, und die Art, wie diese verzehrt werden, ist unschön anzusehen: Das Gericht wird auf ein Palmblatt geklatscht, dort mit den von der Soße verschmierten Fingern ergriffen und schmatzend verspeist. Bald weichen wir auf die Filialen der westlichen Fastfoodketten aus, wo man zumindest Löffel und Gabel verwenden darf. Vielleicht ist es zu riskant, auch Messer aufzulegen, schließlich kommt ja der Begriff Amoklauf aus dem Malaiischen und das Restaurant will nicht durch die Bereitstellung von Stichwaffen eine Mitschuld bei gefährlichen Auswüchsen dieses Brauchtums auf sich laden. Wir machen also die wichtige Lebenserfahrung, dass man eine Pizza auch mit Löffel und Gabel zerlegen kann.

In einem derartigen Selbstbedienungslokal sehen wir auf einem Besteckkorb ein Schild mit einer malaiischen und darunter der englischen Aufschrift MUSLIM CUTLERY, und daneben einen zweiten Besteckkorb mit dem Schild OTHER CUTLERY in der englischen Version. Wir belustigen uns darüber, dass hierzulande sogar Besteck ein Religionsbekenntnis hat. Die Einheimischen nehmen diese Bestecksegregation hingegen sehr ernst, denn ein junger Mann in der grotesken Aufmachung des Personals, die ihn wie die unfreiwillige Parodie eines türkischen Eunuchen aussehen lässt, überwacht die beiden Besteckkörbe mit Argusaugen und würde bestimmt nie zulassen, dass wir uns an den moslemischen Löffeln und Gabeln vergreifen. Bei der Rückgabe des Bestecks wird selbstverständlich ebenso streng auf die Trennung der Religionen geachtet.

Es fällt uns auf, dass unsere Spaziergänge von Tag zu Tag immer mehr in Richtung Stationsbaracke tendieren. Wir kennen eine Version dieses Phänomens von den maghrebinischen Einwanderern in Limoges, die sich an jedem Wochenende rund um den Bahnhof Bénédictins zusammenfinden. Die Psychologie dahinter ist offenkundig: Der Bahnhof ist der Ort, der die Heimkehr ermöglicht und auf diese Weise der Heimat am nächsten ist. Da die Chinesin im Hotel auf Vorausbezahlung bestand, sind wir an das öde Kluang für den gebuchten Zeitraum gebunden. Unser Zufluchtsort in dieser Zwangslage nennt sich *Rail Coffee*, ein kleines

Lokal in einer Holzbaracke gleich neben der Bahnstation. Hier servieren eifrige junge Männer die malaiische Kaffeevariante *Kopi*, die malzig und mollig schmeckt und wahrscheinlich aus Zichorien hergestellt wird. Dazu offeriert man eine mit Fett triefende, lauwarme Weißbrotscheibe, die auch im Malaiischen *French Toast* heißt, aber in dieser Form in der französischen Küche gänzlich unbekannt ist. Beim zweiten Besuch im *Rail Coffee* können wir *Kopi* und *French Toast* schon in fließendem Malaiisch bestellen.

Unsere Gespräche drehen sich immer wieder auch um Frauen. Dass ich den Hintergedanken Sextourismus bereits in Limoges hatte, kann ich meinem Reisepartner nicht offenbaren, doch bei den Mosleminnen um uns herum mit ihren *Tudung* genannten Kopftüchern und knöchellangen Kleidern sind solche Absichten ohnedies völlig unangebracht. Ansonsten bieten sich im Minderheitenprogramm noch bleistiftdünne Chinesinnen und rustikale Tamilinnen an, die jedoch brav und sittsam wirken und sicherlich kein Freiwild für erotisch interessierte Männer darstellen. Daniel meint, dass er naturgemäß dank seiner umfassenden Allgemeinbildung schon in Frankreich wusste, dass Malaysia ein vorwiegend moslemisches Land ist, aber es überrasche ihn trotzdem, dass die Frauen hier so unter Verschluss gehalten werden, wie er sich ausdrückt. Ich entgegne, das sei noch eine tolerante Form des Islam, denn die Mosleminnen hier tragen im Gegensatz zu den maghrebinischen wenigstens malerisch bunte *Tudung*, die Frauen dürfen sich ohne männliche Begleitung bewegen und die Nichtmosleminnen brauchen sich nicht zu bedecken. In Gedanken füge ich hinzu, dass Malaysia bezüglich heißer Urlaubsaffären dennoch komplett abzuschreiben ist.

Am Abreisetag entscheiden wir, einen Zug zu einer nicht zu frühen Zeit am Vormittag zu nehmen, und Daniels Gedächtnis sagt Abfahrt Kluang 11:02. Dieser Zug verlässt die Stadt mit etwa 30 Minuten Verspätung in Richtung Kuala Lumpur. Manches bei der Fahrt ist uns nun schon vertraut: Die Monokultur der Ölpalmenplantagen, die veralteten und armselig ausgestatteten Waggons der 2. Klasse und der leere Waggon der 1. Klasse. Das Zugrestaurant meiden wir diesmal.

Nach dem Zufallsprinzip steigen wir in Seremban aus und überlassen die Wahl des Hotels einem Taxilenker, wobei wir gleich klarmachen, dass nur ein günstiges in Frage kommt. Er fährt uns zunächst zum Hotel mit der Kürzestbezeichnung *S2*, das uns jedoch beinahe als zu prunkvoll erscheint, und dann setzt er uns vor dem *Time Hotel* ab, das hinreichend frugal aussieht. Vorschnell möchte man glauben, der Name deute auf ein Stundenhotel hin, aber dem ist natürlich nicht so. Vielleicht wurde die Bezeichnung von der englischen Phrase „*to pass a nice time*" inspiriert. Das Hotel wird von einer Chinesin geführt, die wie die ältere Schwester der Besitzerin des *Regal* in Kluang aussieht. Überhaupt dürfte die malaysische Hotelbranche zumindest in den niedrigen Kategorien vom Typus der misstrauischen und unfreundlichen chinesischen Marktfrau monopolisiert sein. Nach den Erfahrungen in Kluang legen wir uns jetzt nur auf einen dreitägigen Aufenthalt fest.

Daniel ist erfreut, beim ersten Erkundungsgang durch die Kluang sehr ähnliche und damit gleichfalls banale Stadt wenigstens einige *food courts* wie in Singapur zu entdecken. Ganz wie gewissenhafte Touristen probieren wir bei einer Garküche die lokale Spezialität, fette gebratene Nudeln mit faserigem Rindfleisch. Die dadurch ausgelöste Magen- und Darminfektion streckt uns für 48 Stunden auf die Hotelbetten nieder. Danach raffen wir uns mühsam auf, wanken noch etwas benommen durch das feuchtheiße Seremban und stellen flüchtige Beobachtungen an. So haben hier die Anhängerinnen Allahs die mehrheitlich weißen Kopftücher noch fester gebunden und tiefer in die Stirn gedrückt. Wir wissen ja jetzt schon etwas mehr über Malaysia und haben gehört, dass es Provinzen mit islamistischer Regierung gibt; vielleicht befinden wir uns in einem solchen Landesteil. Außerdem erfuhren wir, dass Malaysia abgesehen von Kuala Lumpur und den Inseln Penang und Langkawi kaum nennenswerte touristische Destinationen aufweist. Daher liegen auch keine Gründe vor, in Seremban etwas Sehenswertes zu erwarten. Am späten Nachmittag erwischt uns einer der für die Tropen typischen sintflutartigen Wolkenbrüche und wir kehren völlig durchnässt ins Hotel zurück. All das regt uns nicht dazu an, hier länger als geplant zu bleiben.

Daniel ruft seinen im Gehirn gespeicherten Fahrplan ab und meldet Abfahrt Seremban 9:31 in Richtung Kuala Lumpur. Am nächsten Tag stehen wir rechtzeitig auf dem Bahnsteig bereit. Wir sind ganz alleine hier. Hat niemand außer uns heute Lust, nach KL zu reisen? Wir werden uns in Geduld üben und warten, denn schließlich hatten wir bei der Abfahrt von Kluang auch eine halbe Stunde Verspätung. Nach einer Stunde entschließen wir uns, ein Lokal unmittelbar neben dem Bahnhof aufzusuchen. Dort können wir sogar den Zug hören, wenn er einfahren sollte. Zu unserer Überraschung ist die Gaststätte geschlossen, auch andere Cafés und Restaurants in der Nähe sind zu. Als in solchen Dingen leidgeprüfte Franzosen denken wir sofort an einen Streik. Zurück beim Bahnhof ist noch immer alles menschenleer, nicht einmal Bahnangestellte lassen sich blicken, was uns nicht nur in unserer Hypothese bestärkt, sondern in unseren Augen sogar auf einen landesweiten Generalstreik hinweist.

Schon etwas ratlos und weil uns nichts Besseres einfällt, beginnen wir nun, Leute auf der Straße zu fragen, wo denn heute der Zug nach KL steckt. Niemand hat eine Ahnung, denn alle reisen prinzipiell nur mit dem Bus oder dem Auto. Wissen wir denn nicht, dass die KTM höchst unzuverlässig ist? Nach einer Weile geraten wir an einen bärtigen jungen Mann von westlichem Gehabe, der wie die unzulängliche Tragevorrichtung seines riesigen, prall vollgestopften Rucksacks aussieht. Dieser Passant stellt sich als munterer und redseliger australischer Backpacker heraus. Über unsere Streiktheorie kann er nur lachen, denn die Erklärung ist viel einfacher: Heute ist der erste Tag des Fastenmonats Ramadan! Alle Bahn- und Busfahrpläne sind dementsprechend adaptiert worden und die Züge der KTM verkehren nur mehr in der Nacht, denn man kann den Lokführern nicht zumuten, während des Fastens bei Tageslicht, das keinerlei Essen und Trinken gestattet, ihrer schwierigen und verantwortungsvollen Tätigkeit nachzukommen. Wir fallen aus allen Wolken, denn eine solche Eventualität haben wir in unseren Plänen nie berücksichtigt. Besonders Daniel ist extrem verstört, denn alle seine auswendig gelernten malaysischen Eisenbahnfahrpläne sind jetzt null und nichtig geworden.

In dieser Notlage wäre es uns ganz genehm gewesen, den landeskundigen Rucksacktouristen ein Stück des Weges zu begleiten, doch er ist in Richtung Süden nach Singapur unterwegs und wir hingegen in Richtung Norden nach Thailand. Er gibt uns noch den hilfreichen Hinweis, dass Taxis sehr wohl während der Stunden des Fastens fahren dürfen, und trottet mit seiner überdimensionalen Last davon. Die Kunst der Improvisation, auf die wir während der Bahnfahrt ein Loblied gesungen haben, ist nun gefordert. Fest steht, dass wir von Seremban fort müssen, denn diese Stadt hat sich als kein guter Boden für uns erwiesen. Als Eisenbahnfanatiker fand es Daniel stets unter seiner Würde, Busfahrpläne zu lernen, und er will sie auch hier nicht einmal konsultieren. Und mit der KTM ist er ohnehin fertig, er weigert sich kategorisch, die malaysische Eisenbahn weiterhin zu benutzen. Also bleibt uns gegenwärtig nur ein Taxi als Fortbewegungsmittel.

Glücklicherweise hat mein Reisekamerad die Landkarte von Malaysia im Gedächtnis mit abgespeichert, sodass wir uns zumindest orientieren können. Wir wissen daher, dass wir uns etwa 60 Kilometer südlich von Kuala Lumpur und etwa 30 Kilometer von der Westküste Malaysias entfernt befinden. Da die einschlägigen Tarife in Malaysia relativ günstig sind, wie wir hier in Seremban feststellten, wäre es leistbar, mit einer Autodroschke bis zur nächstgelegenen Hafenstadt Port Dickson zu fahren. Für uns aus der Binnenstadt Limoges ist ein maritimes Ambiente auf jeden Fall reizvoll, und vielleicht hat Port Dickson sogar schöne Strände, an denen wir uns entspannen und innerlich wieder aufrichten können.

Unser Taxifahrer ist ein wendiger, flinker Malaie mit einem dünnen schwarzen Kinnbärtchen, einem permanenten Grinsen im sattbraunen Gesicht und einem fesähnlichen runden Käppchen auf dem Kopf. Er deutet stolz auf dieses und erzählt uns, dass er in vier Wochen, nämlich anlässlich der Festlichkeiten zum Ende des Ramadans, eine neue Kopfbedeckung bekommen wird, die seine Frau gerade eigenhändig bunt bestickt. Diese Vorfreude mache ihm den Fastenmonat erträglich, meint er strahlend, und wir nicken gönnerhaft ob so viel Kindlichkeit bei einem erwachsenen Mann. Überdies sei das Fasten ohnehin nicht so schlimm, setzt er fort, denn im Ramadan kocht seine Frau am Abend besonders gut und üppig. Wir lernen allerhand über die malaiischen Ramadanbräuche von ihm, müssen ihn aber immer wieder auch ermahnen, auf die Straße zu achten, so enthusiastisch ist er.

Es zeigt sich, dass er Port Dickson ganz gut kennt, denn es ist dies ein beliebter Ferienort für Leute aus Seremban und Kuala Lumpur, und so hat er oft Taxifahrten dorthin. Er setzt uns im *Bayu Beach Resort* ab und erklärt, das sei das Strandhotel mit der schönsten Lage und den niedrigsten Preisen in Port Dickson. Als logisch denkende Mathematiker erscheint uns das irgendwie als ein Widerspruch, doch wir wollen darüber nicht weiter nachsinnen, denn wir sind froh, zunächst einmal in einem sicheren Hafen gelandet zu sein. Die Freude währt nicht lange, denn im Hotel wird uns unverblümt mitgeteilt, dass Gäste, die ohne Vorbuchung nur so vorbeikommen, einen beträchtlich höheren Tarif bezahlen müssen. Dieser ist derart überzogen, dass wir beschließen, nur eine einzige Nacht zu bleiben.

Des Abends am Pool ist vorerst Selbstreflexion angesagt. Daniel taucht als Erster aus diesem Stadium auf und beginnt, vom Institut und der Universität Limoges sowie vor allem von den jüngsten Wirren dort zu sprechen. Ich ertappe mich mit Verwunderung dabei, dass mir diese Begriffe nahezu fremd geworden sind, es fordert mir tatsächlich eine höchst konzentrierte Anstrengung ab, die Wörter *Institut* und *Universität* noch mit einem für mich bedeutungsvollen Sinn zu erfüllen. Als ich meinem Reisegefährten das frank und frei mitteile, ist auch er ganz offen und gesteht, dass er eigentlich nur meine Reaktion testen wollte, denn für ihn seien diese beiden Institutionen gleichfalls komplett irrelevant geworden. Er schließt daraus mit seinem nüchternen Verstand, dass es daher zwecklos sei, nach Limoges zurückzukehren, denn es ist für uns klarerweise untragbar, unser weiteres Leben der Leere und dem Nichts zu widmen.

Dann entwirft er eine Generallinie für unser neues Leben, unter dem Motto, dass unsere Zukunft zunehmend improvisiert wird. Die kurzfristige Zielsetzung sollte es sein, sich entlang der Westküste Malaysias mit Taxis und Bussen – und er verspricht, seine Abneigung gegen letztere abzulegen – bis nach Thailand durchzuschlagen. Aus Gründen der touristischen Attraktivität könnten wir dabei die Inseln Penang und Langkawi mitnehmen. Bis zur thailändischen Grenze liefert das eine Reiseroute von ungefähr 690 Kilometern, wie seine eigene Berechnung in Sekundenbruchteilen ergibt. Sobald wir Thailand erreicht haben, wären wir in einem Paradies verglichen mit diesem Malaysia, das uns nur Ungemach bringt, so prophezeit es Daniel.

Ich höre meinem Reisepartner aufmerksam zu, aber als sachlicher Intellektueller lasse ich mich nicht so leicht durch Utopien blenden. Ich habe auch gleich praktische Bedenken, was mich wahrscheinlich in Daniels Augen als Kleingeist erscheinen lässt. Erstens, wie lösen wir im hiesigen Fastenmonat das Ernährungsproblem untertags, und zweitens, wie sieht die langfristige Finanzierung unseres Vorhabens aus? Mein Reisekamerad hat seine volle Souveränität wieder gefunden und weiß auf alles eine Antwort. Zum ersten hat ja der malaiische Taxichauffeur angedeutet, dass sich westliche Fastfoodketten und vielleicht auch chinesische Restaurants nicht an die Ramadangebote zu halten brauchen. Wir werden uns daher hauptsächlich von Pizzas und Hamburgers ernähren, unter strikter Verwendung von Besteck aus dem Korb OTHER CUTLERY, wie er spöttisch bemerkt. Wenn wir Glück haben, gibt es zur Abwechslung gelegentlich Wontonsuppe und gebratenen Reis. Wir werden zwei große Thermosflaschen kaufen, damit wir unterwegs stets mit kühlem Trinkwasser versorgt sind, um der Dehydrierung bei diesem schweißtreibenden Klima vorzubeugen. Zu meiner zweiten Frage meint er, wir dürfen uns eben nicht zu weit in den Dschungel vorwagen, sondern müssen immer darauf achten, einen Bankomaten in erreichbarer Nähe vorzufinden. Damit ist sichergestellt, dass wir in Lokalen und Geschäften, die keine Kreditkarten akzeptieren, auch bar bezahlen können.

Nun wendet die anscheinend unausrottbare alemannische Krämerseele in mir ein, dass aber unsere Bankkonten in Frankreich auch weiterhin gefüllt sein sollten, um den steten Zugriff darauf zu ermöglichen. Das entlockt Daniel nur ein überlegenes Lächeln. Ich kenne doch die unsagbare Trägheit der französischen Bürokratie, so beginnt er gelassen meine Sorge zu zerstreuen. Unsere Gehaltsüberweisungen werden gut und gerne zwölf Monate, wahrscheinlich sogar jahrelang weiterlaufen, versichert er mir seelenruhig. Selbst wenn sich einer der Kollegen in Limoges dazu aufraffte, unsere Abgängigkeit zu melden, würde niemand in der Verwaltung darauf reagieren. Jede außerplanmäßige Prozedur beansprucht viel Zeit, die vom Kaffeetrinken und Plaudern abgezweigt werden muss, und überdies wird der damit verbundene zusätzliche Energieaufwand entlohnungsmäßig nicht kompensiert, obwohl die Gewerkschaft jedes Jahr Zulagen für derlei besondere Tätigkeiten fordert. Also lässt man die Meldung in einem Stapel anderer unerledigter, weil unzumutbarer, Sonderaufgaben verkommen, und unsere Konten empfangen weiterhin die Monatsgehälter. Der Missstand wird höchstens bei einer der periodischen Revisionen aufgedeckt werden, die alle fünf oder zehn Jahre stattfinden. Diese Ausführungen meines Reisegefährten klingen sehr überzeugend und zerstreuen meine kleinlichen Bedenken.

Ich male mir zwei Szenarios unserer Zukunft aus, ein schlimmes und ein schönes. Im schlimmen, oder ich sage gleich im schlimmsten Fall, laufen allerhand Dinge schief, was ja aufgrund unserer bisherigen Erfahrungen in Malaysia nicht ganz von der Hand zu weisen ist. Beispielsweise wäre es denkbar, dass Daniels gewissermaßen geistige Landkarte Malaysias zu schematisch und ungenau ist und wir daher immer mehr von der vorgesehenen Reiseroute abkommen. Mangels anderer Möglichkeiten sind wir zu Fuß und per Autostopp unterwegs, boshafte islamisch-fundamentalistische Wagenlenker setzen uns an den falschen Stellen ab, um die Ungläubigen in die Irre zu leiten, wir verlieren uns immer tiefer in die schwül dunstenden und üppig wuchernden Regenwälder Malaysias, fernab von allen Bankomaten, und wir erleiden letzten Endes ein ähnliches Schicksal wie Captain Willard im Film „Apocalypse Now". Mit anderen Worten: Wir geraten in die Fänge eines von den Anthropologen noch nicht entdeckten Urwaldstammes, der von einem geisteskranken amerikanischen Armeeoffizier angeführt wird, wir werden nach alter Stammessitte sadistisch gefoltert und vom wirren Offizier erniedrigt und verhöhnt, und die blutigen Häupter geköpfter Stammesfeinde werden zur Abschreckung in unseren Bambuskäfig geworfen. Doch es ist uns nicht das Hollywood-Happy-End des Films vergönnt, sondern wir vegetieren den erbärmlichen Rest unseres Lebens als Sklaven der Wilden dahin.

Im schönen Szenario setze ich mich endlich über meine Kleinkariertheit hinweg und lerne die Kunst des Lebens. Wir genießen eine Traumreise an der Küste Malaysias mit Badefreuden an idyllischen Palmenstränden, wir erkunden die faszinierenden Inselparadiese Penang und Langkawi, wir schwelgen abends in chinesischen Köstlichkeiten wie *Acht Schätze*, wir tauschen uns mit geistreichen Reisebekanntschaften aus, die uns zu märchenhaften nächtlichen Bootsfahrten mit anschließenden Cocktailpartys in ihren Strandvillen einladen, wir flirten mit lasziven asiatischen Schönheiten in mondänen Hotellobbys und wir haben viele andere wunderbare Erlebnisse. Vollkommen mühelos, und oft von neu gewonnenen Freunden großzügig unterstützt, erreichen wir die Grenze des gelobten Thailands. In einer Limousine lassen wir uns nach Bangkok chauffieren, wo wir sogleich mehrere mandeläugige, sanfte und willige *pole dancers* als Gespielinnen in unser Penthouse holen. Doch nach einer Saison im Elysium letzten Endes übersättigt von unseren maßlosen sexuellen Ausschweifungen, treten wir in die Fußstapfen des großen Alexander Grothendieck, von dem mir Lars erzählte. Wir ziehen uns in eine bukolische Provinz Thailands zurück, wo wir durch das Züchten von Wasserbüffeln fundamentale Beiträge zur Entwicklung des regionalen Reisanbaus leisten und uns durch feste zwischenmenschliche Bindungen in einen großen, warmherzigen Familienverband eingliedern. An beschaulichen Abenden unter einem zauberhaften tropischen Sternenhimmel, erschöpft von der schweren, aber erfüllenden, körperlichen Arbeit, lernt Daniel wegen unseres Eisenbahnboykotts nun thailändische Busfahrpläne auswendig, und ich fungiere als eine Art Quizmaster, der Fahrplananfragen an ihn richtet und damit seine Kenntnisse überprüft. Er hat die intellektuelle Herausforderung, die einem *normalien* zusteht, und ich bin zufrieden als der Adlatus eines Genies.

Das wahre Leben

Ein hellheiterer Tag voll wohliger Wärme, die alles behaglich umhüllt. Um die Weihnachtszeit zeigt sich die Sonne von ihrer besten Seite und glitzert und strahlt im rechten Maß. Bereits am Morgen beginnt sie, die dünnen Dunstschleier der Nacht gründlich aufzulecken, und tagsüber fegt sie den Himmel blank wie eine gute Hausfrau ihren Fußboden. Die Regenbäume mit ihren schirmförmigen, sich leise im Wind wiegenden Baumkronen überdecken unseren Bungalow als wären sie gütig beschützende Riesen, ein Lüftchen spielt launig mit den jungen Bananenstauden im Garten, die Poinsettiabüsche in der Einfahrt prunken in prachtvoller roter Blüte, üppig gedeihende Bougainvilleasträucher schmiegen sich an der Ecke beim Eingang des Hauses an den kalkweiß getünchten Wänden empor. Welch ein Naturparadies rund um unser Domizil!

Wir haben zum Fünfuhrtee geladen und wir sind bereit. Die wenigen Möbel, die wir von unserem Vorgänger im Haus übernahmen, stehen schon auf der Terrasse: Etliche Plastikstühle, vier mit schäbigem, grobem Material überzogene Fauteuils, einige abgeschundene Beistelltischchen und ein einfach getischlerter Esstisch mit grauer Resopalplatte. Unsere neue Gartengarnitur – zwei Rattanstühle und eine aus dem gleichen Material gefertigte Liege mit dunkelgrauen Polstern – habe ich elegant im Mittelpunkt platziert. Man tut eben, was man kann. Wir erwarten unsere Nachbarn, die Professoren Dowson und Marsh, den Vorstand des Physikinstituts Professor Pritchard sowie Donald Preston, den Doktoranden meines Mannes, alle mit ihren Ehefrauen. In den geruhsamen Weihnachtsferien finden wir Neuankömmlinge endlich Zeit, uns für die früheren Einladungen bei diesen Familien sowie die Hilfeleistungen, die uns bei der Ankunft in diesem Land zuteilwurden, erkenntlich zu zeigen.

Uns hat Jamaika geködert, als wir vor einigen Jahren in Montego Bay an der Nordküste im gediegenen *Montego Beach Hotel*

Urlaub machten. Ein herrliches Stück Erde, diese Karibikinsel, zu allen Jahreszeiten überquellend mit Früchten und Blüten. Das Meer ist türkisblau, klar und rein. Von einem Pier am Strand des Hotels aus konnten wir tropische Fische, schillernd und vielfarbig wie Kaleidoskope, im Wasser beobachten. Wenn die Nacht hereinbrach, funkelten die Himmelssterne um die Wette und das leise Wispern der Palmen verlockte die Zeit zum Stillstehen. Die Hotelangestellten waren auf eine herzliche Art freundlich, das Essen mundete ausgezeichnet, die entspannte Atmosphäre lud zum Träumen ein und es wurde viel musiziert. Die ewig gut gelaunten, nachtschwarzen Banjospieler mit ihren lachenden Gesichtern und den blendend weißen Zähnen gaben am Pool mit Vorliebe anzügliche Songs zum Besten, und auf der Hotelterrasse wurden den ganzen Abend lang die Stahltrommeln mit erregenden karibischen Rhythmen zum Vibrieren gebracht. Dass man uns damals bei einem Erkundungsspaziergang in der Umgebung des Hotels bereits abriet, in gewisse Gassen zu gehen, nahmen wir nicht so ernst. Im Gegenteil, das bunte Treiben in der Stadt erschien uns vielmehr exotisch, die Armut nicht wirklich so bedrückend. Das Elend ist eben unter der Sonne leichter zu ertragen, wie man sagt.

Diejenigen, die es so wie uns vor Kurzem hierher an die Universität in Kingston verschlagen hat, sind entweder blauäugige Idealisten, die sogar auf einem sinkenden Schiff immer noch Möglichkeiten der Rettung entdecken, junge Akademiker, die nicht wählen können, ihren Lebensunterhalt bei einer bedeutenderen Universität zu verdienen (also momentan kein besseres Angebot in der Tasche haben) oder schlicht und einfach Abenteurer. Mein Mann Günter und ich gehören ein wenig zu jeder dieser Spezies. Aber wie auch immer: Durchwegs *alle* auf dieser karibischen Insel sind Gestrandete, angespült durch große historische Bewegungen, höhere Bestimmung oder die Launen des Meeres und der Menschen, Treibgut der Geschichte, der Fügung oder des Zufalls.

Unter unseren Gästen sind nur die Prestons geborene Jamaikaner, während Professor Pritchard immerhin zu den Alteingesessenen zählt und sich bereits stolz jamaikanischer Staatsbürger nennt. Überraschend schnell nach dem Tod seiner angeblich außerordentlich liebenswürdigen ersten Frau, so wird erzählt, ehelichte er Hannah, eine etwas füllige Engländerin *with a certain reputation*. Eigentlich passt sie überhaupt nicht zu Norman mit seinem so gerne offen zur Schau gestellten korrekten Charakter, aber vielleicht hat ihn gerade ihr etwas fragwürdiger Ruf gereizt; möglicherweise war es sogar sein Ziel, sie aus ihrem Milieu zu retten, ihr ein normales, anständiges Leben zu bieten. Wir werden es nie erfahren; jedenfalls steht fest, dass er sie bereits vor dem Tod seiner ersten Frau gekannt haben musste.

Die Dowsons, Richard und Margaret, zogen noch zu einer Zeit hierher, als die jamaikanische Wirtschaft wie die tropische Blütenpracht auf der Insel florierte: Die Währung war stark, die Briten wollten gut ausgebildete und tüchtige Leute in ihre Überseebesitzungen locken, die Gehälter konnten also international exzellent mithalten. Die Expats genossen das Leben auf dieser paradiesischen Insel und verbrachten ihre Freizeit vornehmlich mit dem Feiern von ausgelassenen Partys, während die Haus- und Gartenarbeit von schlecht entlohnten einheimischen Dienstmädchen und Tagelöhnern erledigt wurde. Selbst allerhand Jahre nach der Unabhängigkeit von der schützenden Hand der Kolonialmacht, von 1962 bis etwa Mitte der Siebzigerjahre, wurde der Schein noch gewahrt, alles wurde importiert, edle Weine, verschiedenste französische Käsesorten, bestes amerikanisches Rindfleisch, Fisch aus Kanada, Tee und Kekse aus England, Whiskey aus Schottland. Dass dieser leichtsinnige Lebenswandel nicht ewig weitergeführt werden konnte, lag auf der Hand, hatte doch das kleine Land außer Bananen, Rum und etwas Bauxit kaum Exportgüter zu verzeichnen. Auch das international beachtete Angebot von Reggaemusik und Rastakultur rechtfertigte den verschwenderischen Konsum nicht, obschon es den Inselbewohnern zu einer gewissen Gelassenheit verhalf, die den aufkommenden Mangel relativierte.

Ganz der Etikette folgend erhielten wir die erste offizielle Einladung von Norman Pritchard, dem Vorstand des Instituts meines Mannes. Norman hatte sich mit Hannah und ihren drei jamaikanischen Adoptivkindern in die grünen Hügel oberhalb von Kingston zurückgezogen, weil es dort um einige Grade kühler ist. Bereits damals kam es zwischen dem Institutsvorstand und Günter zu peinlichen Auseinandersetzungen. Unser nagelneuer Wagen, speziell für das Abenteuer Jamaika erstanden, hatte es zu diesem Zeitpunkt noch immer nicht durch die Zollabfertigung geschafft – zwar war er bereits vor einer Woche aus New Orleans im Hafen von Kingston eingetroffen, doch der Papierkram dauerte –, und daher stellte uns die Familie Pritchard freundlicherweise eines ihrer Autos zur Verfügung, das sich leider als ziemlich altersschwaches Gefährt entpuppte. So kurvte ich also langsam und achtsam durch die engen, steilen Serpentinen hinauf auf die Höhenzüge über Kingston, erpicht darauf, die ärgsten Schlaglöcher zu umfahren; einen Achsenbruch wollte ich unter allen Umständen vermeiden. Plötzlich ging nichts mehr, die Kupplung verweigerte den Dienst. Irgendwie – ich glaube, Günter brachte seine Bizepse ins Spiel und schob einige Zeit lang kräftig an – bewegten wir uns dann doch wieder im Schneckentempo weiter, aber ich wagte es nicht mehr, auf den zweiten Gang zu schalten. Die Aussicht über die weit geschwungene Bucht von Kingston, die nach jeder zweiten Kehre auftauchte, erschien bei der durch äußerste Konzentration belasteten Fahrt nun gar nicht mehr so prachtvoll. Erschöpft, aber wie verabredet um 12 Uhr, trafen wir bei dem unter dem üppigen Blätterwerk fast verborgenen Anwesen der Pritchards ein. Das Problem mit der Kupplung sei ihnen schon lange bekannt, bemerkten sie ganz nonchalant. Jetzt werde man die Sache eventuell doch angehen müssen, fügte Hannah schmunzelnd hinzu. Diese Unbekümmertheit verblüffte uns – sie entsprach einer uns völlig fremden Lebenseinstellung.

Von Vorbereitungen für das Mittagessen war weit und breit nichts zu sehen, was unsere Hungergefühle eher noch verstärkte. Wie uns zum Trotz veranstalteten die Besitzer jedoch zuerst eine Führung durch das bescheidene Haus – eigentlich eine bessere Holzhütte mit verrostetem Wellblechdach – und dessen Umgebung. Sämtliche Tiere des Hofes wie Hunde, Katzen, Hühner und Ziegen wurden uns einzeln vorgestellt und nahe gebracht. Norman schilderte die Flora von ganz Jamaika, auch seinen Vortrag über die lokale Kaffeesorte, den von Kennern geschätzten *Blue Mountain Coffee*, mussten wir noch über uns ergehen lassen. Spendeten wir am Beginn der langatmigen Ausführungen noch interessierte und höfliche Kommentare, so wurden unsere Reaktionen mit der Zeit immer kürzer und brummeliger. Der schwelgende Blick über das wogende, unerschöpflich fruchtbare Hügelland, das frische Grün da und dort getupft mit den scharlachroten Blüten der Flammenbäume, konnte auf die Dauer den leeren Magen auch nicht füllen. Aus Erfahrung wusste ich, nun würde es nicht mehr lange dauern, bis mein lieber Mann seine in weiten Kreisen bekannte und unliebsame direkte Art hervorkrempelt. In der Tat, schon platzte er bissig heraus, wozu denn all das Gerümpel und die diversen rund um das Haus und im Schuppen verstreuten Ersatzteile gut sein sollten. Mit Verwunderung ob dieser Frage wurde uns erklärt, dass man hier alles, aber wirklich alles, *eventuell* einmal brauchen könne. Und die Botanik sei ihm eigentlich total gleichgültig und interessiere ihn als Physiker überhaupt nicht, so Günter weiterhin boshaft. Kaffeesträucher finde er nur insofern wichtig, um eine wohlschmeckende Tasse Kaffee genießen zu können. Mehr und mehr war ich damit beschäftigt, den immer ärgeren Sarkasmus meines Mannes abzuschwächen.

Um etwa 15 Uhr servierte man dann endlich das Mittagessen, das aber die lange Wartezeit beileibe nicht wert war, auch wenn mit dem Huhn vielleicht eine enge Familienangehörige für uns im Backrohr geopfert wurde. Die zum Abschluss angebotene dunkelbraune und bittere Brühe, hergestellt aus selbst gerösteten Kaffeebohnen der eigenen Plantage, wie uns voll Stolz erklärt wurde, schmeckte wenig überzeugend und ließ nicht allzu große Hoffnung auf die Zukunft des Kaffeegeschäftes der Pritchards aufkommen. So verlief also unser erster und zugleich letzter Besuch im grünen Hügelland über Kingston beim Institutsvorstand. Unsere offen zur Schau gestellten Zweifel über dessen Lebensweise und das unverhohlene Desinteresse an seiner Agrarwirtschaft trübten die anfänglich bestehende Freundschaftlichkeit zwischen den Familien. Von diesem Zeitpunkt an konnte man unsere Beziehung zu den Pritchards eigentlich nur mehr als leidlich korrekt bezeichnen.

Informelle Kontakte hatten wir von allem Anfang an mit unserem Nachbarn Richard Dowson. Er schaut gerne spontan bei uns vorbei, als Engländer oft gerade rund um die *tea time,* und nimmt dann auch bereitwillig die Einladung zu einer Tasse Tee an. Er ist stets willkommen, denn er brilliert als ungemein amüsanter Raconteur, der die Stunden zwischen Tee und Abendessen für uns mit seinen unterhaltsamen Geschichten und Anekdoten bereichert. Seine sehnige Gestalt, das forsche Auftreten sowie der sandgraue struppige Oberlippenbart erinnern frappant an einen typischen Kolonialoffizier im Afrikaeinsatz. Vor seinem Studium diente er tatsächlich in der britischen Armee in Ägypten. Wenn Günter ihm als Zugabe nach Tee und *biscuits* noch einen *Sundowner* mixt, einen Cocktail aus Orangensaft, Curaçao und Rum, lehnt Richard sich mit einem heiteren „*That's the life!*" („Das ist das wahre Leben!") behaglich zurück und beginnt, von der guten alten Zeit in Jamaika zu schwärmen.

Er erinnert sich an die beschwingten Partys mit viel karibischer Musik, ausgelassenem Tanz und jeder Menge Alkohol. Bei diesen lockeren Festen spielte natürlich der exzellente jamaikanische Rum eine spezielle Rolle. Die dunkle Sorte galt als besonders wirkungsvoll beim Verführen der naiven britischen Professorengattinnen, die mit in die so bezeichnete „Verbannung" gekommen waren. Richard erzählt frank und frei etwa über seine Intimitäten mit der jungen Angetrauten eines neuen Kollegen, der zu jener Zeit gerade in der ehemaligen Kolonie eintraf, um hier seine Sporen zu verdienen. Nicht zuletzt wegen des ungewohnten Rumgenusses brach die Engländerin bei den *Friday Night Parties* regelmäßig zusammen und warf sich dann in Richards offene Arme. Letztendlich verliebte sie sich sogar in ihn. Als das unschuldige Ding schließlich doch erfuhr, dass sie nicht die Einzige war, die seinem Charme erlag, sondern nur eine kleine unauffällige Perle in einem langen Collier von Eroberungen, inszenierte sie einen Skandal, der eigentlich nur ihr selbst schadete. Ihr Gatte reichte die Scheidung ein und sie verließ die Insel in Richtung Heimat. Was sie nicht wusste: Ihr Mann hatte sowohl ein Techtelmechtel mit einer sehr hübschen kaffeebraunen Studentin als auch mit dem recht üppigen Dienstmädchen, einer dunkelhäutigen Inselschönheit mit kunstvoller Afrolook-Frisur, in die unglaublich viel Aufwand investiert wurde. Die Hausangestellte betrieb Männerfang, um vielleicht doch noch einen zuverlässigen Ziehvater für ihre drei unehelichen Kinder zu finden, deren Väter wie Schmetterlinge zu anderen verlockenden Blüten weitergeflogen waren. Die Studentin ihrerseits suchte offenbar einen weißen Mann, um so in den Genuss eines Standbeins im reichen Westen zu kommen und wohl auch um die Hautfarbe ihrer geplanten Kinder „aufzubessern", wie man hierzulande sagt. Dem Neuling an der Universität wurde schlussendlich sein Liebesleben zu anstrengend und nach zwei Semestern verließ er ohne viel Aufsehen das Land – alleine.

Das akademische Karussell dreht sich unaufhörlich weiter, der Lehrkörper regeneriert sich, der Reigen beginnt immer wieder aufs Neue, meint Richard gerne spöttisch. Nicht ohne einen gewissen Stolz fügt er oft hinzu, dass die ehrenwerten *English Gentlemen* die Ersten beim Samba, beim Rum und anschließend im Bett der Mitbürgerinnen seien. So sind wir leider, wir sind die Niederträchtigsten unter den Niederträchtigen, pflegt er zu sagen.

Bei einer Einladung in sein ansehnliches Haus im New-England-Stil lernten wir dann auch seine Frau und die sechs Kinder kennen. Margaret ist eine schwerfällige Amerikanerin, sie macht häufig den Eindruck, als nähme sie Drogen oder Barbiturate; es könnten auch die Auswirkungen von Ganja sein (wie Marihuana hier genannt wird), das die in den Bergen hausenden Rastafarians anbauen und offen auf den Märkten feilbieten. Richard nimmt Margaret nicht ganz ernst – sie schwebt ja meist in überirdischen Sphären –, und Günter ätzt gerne, ihre sechs Kinderlein wurden wahrscheinlich im Drogenrausch gezeugt, so unbedarft wie sie sich benimmt. Irgendwie leben Richard und Margaret nach wie vor in den goldenen Zeiten der kolonialen

Periode, einer angeblich heilen Welt, in der zumindest für sie alles klaglos funktionierte. Nun hat sich aber die Lage drastisch geändert, das Land ist wirtschaftlich am Boden, die Gehälter sind bescheiden, die Steuern dank linksorientierter Regierung exorbitant, der Alltag ist beschwerlich, das Warenangebot sehr eingeschränkt und die Kriminalitätsrate bedenklich hoch. Dem Professorenehepaar bleibt nur noch, von einem besseren zukünftigen Leben zu schwärmen, in dem sie in einer oftmals wiederkehrenden Phantasievorstellung von einem exzellent sortierten Supermarkt in einem klimatisierten amerikanischen Straßenkreuzer voll bepackt mit Einkaufssäcken nach Hause kommen. Richard träumt davon, wie er uns einmal in einem schwachen Moment gestand, mit einer großen Limousine in die Arbeit zu fahren, auf dem Beisitz eine Flasche Beaujolais und eine Lunchbox gefüllt mit Camembert-Sandwiches.

Im Garten der Dowsons sahen wir unter dem riesigen Avocadobaum ihren Wagen, der wie die meiste Zeit gerade in Reparatur war. Er ist dann aufgebockt und Richard liegt darunter, schmierig und dreckig, oder er steckt das mit Schweißperlen bedeckte Gesicht unter die Kühlerhaube. Immer wieder gelingt es Richard, den Wagen in Schwung zu bringen, wobei die Ersatzteilsammlung, die um das Haus herum angelegt wurde, gute Dienste erweist. Norman Pritchard hat also recht: Man sollte wirklich alles aufheben, irgendwie findet jedes Stück einmal Verwendung.

Wir machten uns bei diesem Besuch erbötig, mit den Dowsons in unserem nun endlich verfügbaren Auto gelegentlich zum Strand oder nach Port Royal zu fahren. Richard ist eigentlich Spezialist für den französischen König Heinrich den Vierten, doch er fühlt sich bemüßigt, auch die jamaikanische Geschichte abzudecken, und so betreibt er historische Forschungen über das Fort Charles in Port Royal. Er gab uns einmal eine sachkundige und auch außerordentlich launige Führung durch diese koloniale Befestigungsanlage auf einer schmalen Halbinsel, die wie ein Finger in die marineblaue Karibische See zeigt.

Eigentlich sind wir von Autoreparaturwerkstätten umzingelt, denn im zweiten Nachbarhaus wohnt der asketisch wirkende englische Geologe Phil Marsh mit seiner deutschen Ehefrau Silke. Wie Richard Dowson tüftelt auch Phil gerne an seinem alten Wagen herum, oft unnötigerweise, wie Silke behauptet. So baute er einige Male den Motor komplett aus und hievte ihn mittels einer selbst konstruierten Seilwinde hoch, um bequemer daran herumwerken zu können – sehr geschickt, aber für die Forschung bleibt da nicht mehr viel Zeit. Die Marshs fühlen sich in der Hochschulgemeinschaft in Kingston nicht recht wohl, werden sie doch ziemlich angefeindet. Phil schrieb nämlich seine Dissertation an der University of Durban in Südafrika unter dem Apartheid-System und publizierte wissenschaftliche Abhandlungen über die Geologie dieses verfemten Landes. Warum hat man ihn dann aber geheuert? Wahrscheinlich fand man eben keinen anderen Geologen, der hier in Jamaika unter diesen schwierigen Bedingungen arbeiten wollte, und so musste man ihn wohl oder übel akzeptieren.

Im Gegensatz zum sonnengegerbten Phil wirkt Silke blass und unscheinbar. Sie ist eine Pastorentochter, ein kleines mausartiges Geschöpf, das in alles und jedes etwas Sexuelles hineininterpretiert, sogar in *„Heart of Darkness"* von Joseph Conrad – für sie eine Metapher für Penetration. Außerdem liebt sie Tiere abgöttisch, wie wir anlässlich eines Besuches bei den Marshs feststellen konnten. Besonders Katzen, Eidechsen und Spinnen werden in ihrem Haus jedwede Freiheiten eingeräumt. Das führt mitunter auch zu gewissen Spannungen. So webt zum Beispiel ein fettes Exemplar von einer Spinne rund um die Lampe über dem Esstisch ein riesiges Netz, in dem alles mögliche Getier wie Moskitos, Fliegen und kleine Kakerlaken verzweifelt um das Überleben kämpft und versucht sich zu befreien; nicht gerade ein appetitanregender Anblick bei den Mahlzeiten. Aber auch Eidechsen ernähren sich gerne von Kakerlaken, wie wir oft in unserem Haus beobachten können, wenn ein solches Ungeziefer im Maul einer Eidechse zappelt, bevor es genüsslich verzehrt wird. Doch eine Katze hat ebenso ihre kulinarischen Gelüste, und zwar auf Eidechsen. Und so jagt ein Vieh das andere im Haushalt der Marshs, und Silke verfolgt mit höchstem Interesse die Vorgänge in ihrem Tiergehege.

Die Prestons repräsentieren die klassische Dritte-Welt-Mittelklassefamilie, die in einem Vorort der Großstadt in einem Einheitsbungalow wohnt und sich ein Dienstmädchen und einen Gärtner hält. Donald gehört zu den *mimic men,* den Nachäffern, wie sie der karibisch-englische Schriftsteller V.S. Naipaul pointiert beschrieben hat. Das sind die Männer, die im sumpfig heißen Trinidad Oxfordsweaters unter ihren Glencheck-Sakkos tragen, im cricketbegeisterten Barbados Anhänger englischer Fußballklubs sind und auf der Ruminsel Jamaika lauwarmes Ale statt kühle Rumcocktails trinken. Obwohl Donald für einen Jamaikaner eher ein zurückhaltender Typ ist, versucht er sich sympathisch zu geben, zu gefallen, ist geschmeidig. Seine Frau Cynthia, wie Donald von auffallend dunkler Hautfarbe, ist so wie ich Lehrerin, und so mangelte es während der Besuche bei ihnen kaum an Gesprächsstoff.

Ich erzähle ihr über meine Probleme in der Knabenschule im Zentrum von Kingston, wo der Prinzipal, ein Jesuitenpater aus Boston, händeringend eine Lehrkraft suchte, die den jungen *Gentlemen,* wie er sie nennt, europäische Geschichte beibringt. Es half natürlich bei meiner Bewerbung, dass ich als Österreicherin automatisch als gute Katholikin eingeschätzt wurde. Am Anfang hatte ich eine mehr als aufreibende Zeit im Klassenzimmer, denn ich war überhaupt nicht auf das Unterrichten eingestellt, mithin auch nicht darauf vorbereitet, da der Lehrberuf immer weit weg von meinen Karriereplänen lag. Die Schüler machten keinerlei Anstalten, mir den Einstieg zu erleichtern. Geschichte ist für die Burschen ein *sissy subject,* nur etwas für Mädchen, und daher die Aufmerksamkeit nicht wert. Die jamaikanische Umgangssprache, ein Englisch im melodischen Singsang der Inselbewohner gespickt mit viel *patois,* bereitete mir begreiflicherweise gleichfalls Schwierigkeiten. Dass ich die Schüler zunächst physisch schwer unterscheiden konnte – einige sind fast kohlschwarz, die meisten aber kaffeebraun, nur Mischlinge kann man sofort erkennen, schon an ihren meist rötlichen Haaren und dem besonders aggressiven Benehmen –, war auch nicht eben hilfreich. Die Lausbuben nutzten meine anfängliche Unsicherheit dann noch frech aus, erzähle ich, und wechselten kontinuierlich ihre Plätze, um mich zu verwirren. Es dauerte einige Wochen, bis ich den Unfug in den Griff bekam.

Cynthia meinte, meine Schule sei zwar keine Privatschule mehr, zähle aber immer noch zu den Eliteschulen in Jamaika und könne sich daher ihre Schüler aussuchen. Eigentlich sollte ich daher dankbar sein, nicht an einer sozusagen normalen Institution unterrichten zu müssen, dort wäre es für mich als Europäerin unter Umständen sogar gefährlich. In solchen Schulen hätte ich wahrscheinlich sogar mit den Lehrerkollegen zu kämpfen, die meist politisch sehr engagiert seien und mich vielleicht als postkoloniale Imperialistin klassifizieren würden. Von Cynthia war also keine Hilfe oder auch nur Empathie zu erwarten.

Donald hofft natürlich, mit Günters Hilfe einen Job in den Vereinigten Staaten zu landen, scharwenzelt daher ständig um meinen Mann herum und, wenn nötig, legt er sogar eine beinahe nachbarschaftliche Hilfsbereitschaft an den Tag. Als die elektronisch gesteuerte Einspritzpumpe unseres neuen Wagens in der tropischen Feuchtigkeit bereits nach einigen Monaten den Geist aufgab und ein Neueinbau notwendig wurde, stellte sich das für uns doch als recht praktisch heraus. Den lokalen Autowerkstätten war hingegen nicht zu trauen; da kam man womöglich noch ohne einen angeblich irrtümlich ausgebauten Teil heraus, der gerade von einem gut zahlenden Stammkunden benötigt wurde.

Günter ist überzeugt, dass sich Donald wissenschaftlich sofort zurücknehmen wird, sobald er einmal den Sprung in die USA geschafft hat. Auch die beiden verzogenen Prinzessinnen der Prestons, die, wie wir hören, heute bei ihren Großeltern weilen, haben nur die Vereinigten Staaten vor Augen. Sie versuchen ihren jamaikanischen Singsang abzulegen, üben bereits amerikanischen Teenagerslang und verlangen einen entsprechenden Lebensstil. Die großzügige Verwendung von bleichenden Teintcremen und das Glätten der krausen Haare bei den weiblichen Familienmitgliedern verstehen sich von selbst. Man muss ja jederzeit für die Erste Welt bereit sein!

Bei Einladungen bewirten wir immer großzügig, bieten Spezielles an, wenn möglich selbst Zubereitetes. In diesen von Lebensmittelknappheit geprägten Zeiten, in denen jeder gierig die Radiomeldungen der Hafenbehörde verfolgt, ob nicht doch ein Schiff mit gesalzenem Fisch oder gar Hühnerhälsen aus Kanada eingelaufen ist, und man jeden Supermarkt abzuklappern hat, um nur irgendetwas zu ergattern, sich um eine Packung Reis oder eine Flasche Speiseöl mit einem Rudel Straßenhändlerinnen raufen muss, wird das besonders geschätzt und dankbar angenommen. Mit konventionellen Snacks wie bei Partys an amerikanischen Universitäten, etwa Sellerie- und Karottenstangen, diversen Dips, Brezeln, Salzgebäck und Kartoffelchips, wäre man hier fehl am Platz. Also servieren wir selbst gefertigte Teigtäschchen mit Fleischfülle, *patties* genannt, Hühnerleberaufstrich, hausgemachtes Brot, selbst gebackenen Bananenkuchen, getrocknete Mangos und Tee mit Milch, wobei wir gezwungen sind, letztere aus Milchpulver herzustellen. Seit Wochen sind keine frischen Molkereiprodukte mehr zu bekommen, und die paar vorsorglich von mir tiefgekühlten Kartons mit Milch verdarben leider beim jüngsten längeren Stromausfall.

Mit einem munteren „Das ist das wahre Leben!" begrüßt uns Richard Dowson und lässt sich genüsslich in den bequemsten Fauteuil fallen. Seine Frau Margaret ringt sich nur ein müdes Lächeln ab und unterstreicht es mit einem „Guten Abend", das ihr zumindest für einen kurzen Moment die Mundwinkel etwas hochzieht. Beim Anblick der aufgetischten Speisen kommen naturgemäß gleich die Probleme der Lebensmittelversorgung zur Sprache. Margaret klagt, dass nicht einmal mehr Zucker, der lokal aus Zuckerrohr hergestellt wird, aufzutreiben sei. Nur auf dem Schwarzmarkt gebe es alles. Oft werde sie auf dem Parkplatz vor einem leer gefegten Supermarkt angesprochen, ob sie vielleicht Öl oder Zucker brauche, auch Weizenmehl statt Maismehl und sogar Butter könne sie haben, sie solle nur mitkommen und dann erhalte sie die gewünschten Waren. Richard ergänzt dazu, dass jemand, der auf ein derartiges Angebot eingeht, sich meist in einer abgeschiedenen Seitenstraße sowohl ohne Geldbörse als auch ohne Lebensmittel wiederfindet.

Allmählich treffen auch die weiteren Gäste ein, zu guter Letzt die Prestons, die angeblich noch ihren Zwergpudel versorgen mussten. Nun, wir wissen ja, Zuspätkommen ist eine von der WHO anerkannte chronische jamaikanische Krankheit. Unsere kulinarische Begleitung des Fünfuhrtees wird für gut befunden und alle langen kräftig zu. Das Gespräch konzentriert sich bald auf das Lieblingsthema der hiesigen Mittelklasse, die Nöte mit den Dienstmädchen. Cynthia lamentiert über ihre *maid* Aretha, die nur so hoch hinauf putzt, wie sie mit ihren Armen ohne Mühe reichen kann. Vom Plafond herunterhängende Spinnweben stören sie nicht, denn die gehören nicht zu ihrem Revier. Am liebsten bearbeitet sie den Kachelboden mit der Bodenglanzmaschine. Nachdem Aretha eine großzügig bemessene Menge Glanzmittel auf den Boden geschüttet hat, steht sie und folgt andächtig und mit träumenden Augen den kreisenden Bewegungen der Maschine, das ist nicht anstrengend und am Ende funkeln die Kacheln ganz hübsch und sauber.

Margaret steuert skurrile Eigenheiten ihres Dienstmädchens Cecily bei, die liebend gerne über Kinderschändungen und Morde erzählt, die im Landesinneren passieren. Sie habe sogar mit eigenen Augen die total verstümmelte Leiche eines Opfers von einem Mangobaum hängen sehen, untermalte Cecily neulich drastisch einen ihrer makabren Berichte, und erklärte dabei, dass der bald gefasste Übeltäter genauso wie der Professor von nebenan, also wie Günter, ausschaue; sie habe das Foto des Mörders in der Zeitung gesehen. Es seien ja immer die Weißen, die solche Taten begehen, pflegt Cecily mit beinahe treuherziger Arglosigkeit zu sagen.

Daraufhin hält Professor Pritchard einen seiner belehrenden Vorträge über die verheerenden Auswirkungen von Sklaverei und Kolonialismus auf die Psyche der einfachen Leute in Jamaika. Als Sohn eines eingewanderten englischen Arztes dürfte er hingegen von diesen Folgeerscheinungen wohl kaum persönlich betroffen sein. Er leidet eher am inversen Onkel-Tom-Syndrom, ist also ein Weißer, der versucht, sich innerlich wie ein Schwarzer zu fühlen.

Wir haben kein Dienstmädchen und können daher zu diesem Thema nichts beisteuern. Stets politisch interessiert, lenken wir das Gespräch auf die gestrige Wahlkampfrede des Premierministers Michael Manley in Port Antonio, bei der er die Herausforderung durch Fidel Castro im benachbarten Kuba aufnahm, der gerne bis zu sieben Stunden spricht. Manley kam aber nur auf fünf Stunden. Die gesamte Ansprache wurde im Staatsrundfunk übertragen, was den erfreulichen Nebeneffekt hatte, dass zumindest während dieser Zeit die Stromversorgung gewährleistet war. Nach allgemeiner Übereinstimmung bot Manley ein Meisterwerk der Redekunst, das nach allen Regeln der Rhetorik aufgebaut war und sich in ein gewaltiges Crescendo steigerte. Sogar unser kleines Kofferradio geriet dabei in ein aufgeregtes Zittern! Fortwährend schleuderte er provokante Fragen in das tosende Publikum, die er durch wortreiche und virulente Attacken gegen den Internationalen Währungsfonds und alle anderen Lakaien des Imperialismus selbst beantwortete. Wenn wir jedoch heute diese mitreißende Ansprache nüchtern analysieren, so wird uns bewusst, dass Manley kein einziges Rezept für die Lösung der gravierenden Probleme des Landes vorgelegt hat, es scheint eher, als ob der Redner gestern ein betörendes, in allen Spektralfarben schillerndes Gebilde aus Seifenblasen und Schaum geschaffen hätte, das am nächsten Tag wieder zerplatzt ist.

Richard nutzt eine kurze Pause in der Konversation, um feierlich das Wort zu ergreifen und uns offiziell zu eröffnen, dass sich seine Familie dem Exodus aus Jamaika anschließen wird. Er erhielt nämlich eine Stelle als Direktor des Bezirksmuseums für Angewandte Kunst in Milwaukee angeboten und muss diese Gelegenheit unbedingt beim Schopf packen, um von hier wegzukommen. Dieser Museumsposten ist nicht gerade die richtige Verwendung für einen Historiker, der eines der Standardwerke über Heinrich den Vierten verfasst hat, so denken wir. Es tue ihm aufrichtig leid, sagt Richard, dass er das ihm doch so ans Herz gewachsene Land gerade in dieser schwierigen Situation verlassen soll, aber die Zustände seien für ihn und seine Familie unerträglich geworden. Am Institut vergeude er viel zu viel Zeit mit lächerlichem Kleinkram, wie zum Beispiel desolate Kopiergeräte wieder in Schwung zu bringen, und originäre Forschung sei für ihn unmöglich geworden, da er wegen des Geldmangels der Universität nicht mehr auf Forschungsmaterialien aus dem Ausland zugreifen könne. Über die Alltagsprobleme in Jamaika brauche er ja keine weiteren Worte zu verlieren, meint er schließlich, und wir verstehen ihn nur zu gut. Es folgt ein Loblied auf Milwaukee mit seiner schönen Lage am Lake Michigan, seinem reichhaltigen Kulturangebot und seinem guten Klima; er kann den Triumph in seiner Stimme kaum verbergen. Aus unserer amerikanischen Zeit ist uns Milwaukee hingegen nur als banaler Standort von Brauereien bekannt, und die vollkommen ungeschützte Lage der Stadt in Richtung Kanada lässt auf grimmig kalte Winter schließen. Wir können Richard aber doch nicht mit solchen kleinlichen Einwänden seines großen Momentes berauben! Jedenfalls empfinden wir die Nachricht von der Auswanderung der Dowsons als deprimierend, geht uns doch mit Richard ein intellektueller und überaus amüsanter Gesellschafter und obendrein ein hilfsbereiter Nachbar verloren.

Nachdem in der ganzen Runde artig alle Vorzüge Milwaukees gepriesen wurden, rückt nun Phil damit heraus, dass er eine Stelle bei einer Erdölfirma angenommen hat, die Probebohrungen an der Küste von Alaska durchführt. Das ist sicherlich ein lukrativer Posten, gestehen wir zu, es fällt hingegen etwas schwerer, das Klima und die Lebensumstände in Alaska zu loben. Sarkastisch wie Günter und ich eben sind, stellen wir uns insgeheim vor, wie seine sexbesessene Maus dort die Liebesspiele der Elche und Rentiere beobachten wird. Phil wirkt riesig erleichtert, die Bürde Jamaika ablegen zu können, und mit seiner Bastlermentalität wird er in der Pionierregion Alaska gewiss gut zurechtkommen. Soweit wir ihn kennen, dürfte er den dortigen Mangel an kulturellen und geistigen Anregungen unbeschadet verkraften. Norman Pritchard bringt Bedenken gegen die Erdölförderung in einem fragilen Ökosystem wie Alaska vor, stößt aber damit beim Geologen Phil nur auf Unverständnis.

Cynthia Preston sitzt seit Richards Ankündigung wie auf spitzen Nadeln. Sobald die Diskussion über Alaska als ökologisch gefährdete Landschaft, jedoch immerhin Phils Rettungsanker, abgeflaut ist, bemerkt sie zunächst kryptisch, dass auch ihre

Tage in Jamaika gezählt seien, um dann auf Nachfrage freudestrahlend mitzuteilen, dass sie ab dem nächsten Semester in einer High School in Baltimore unterrichten werde. Natürlich komme auch die Familie mit, und Donald werde versuchen, eine Stelle als Lehrbeauftragter in einem College dieser Stadt zu finden. Günter werde ihn ja bestimmt mit einem Empfehlungsschreiben unterstützen. Da wir einige Jahre im nahen Washington verbrachten, ist uns Baltimore vertraut, und so bohren wir etwas nach, wo genau sich Cynthias Schule denn befindet. Tatsächlich liegt sie in einer Problemzone der Stadt, um es gelinde auszudrücken. Cynthia dürfte da einer großen Herausforderung entgegengehen, denn das wird der Typ von amerikanischer Schule sein, wo Waffen und Drogen gehandelt werden und private Sicherheitsdienste den Zugang kontrollieren, so denken wir. In der privaten Mädchenschule in Kingston, wo sie derzeit unterrichtet, ist das Gefahrenmoment gewiss geringer. Wie dem auch sei, die Prestons sind gleichfalls für Jamaika verloren.

Die Pritchards, Günter und ich, wir vier Übriggebliebenen sehen uns wie Verschwörer an, wir sind zähe Kämpfer, wir stehen das durch, wir halten die Festung, sagen unsere Blicke.

Als Günter und ich die Neuigkeiten dieses Tages verdaut, eine heiße Nacht lang alles durchdiskutiert und dabei unsere tiefste Seele ergründet haben, entschließen auch wir uns, Jamaika nach Ablauf des akademischen Jahres für immer zu verlassen. Doch wohin soll die Reise gehen? Wie alle Menschen irren wir durch diese Welt, um irgendwie und irgendwo und irgendwann das „wahre Leben" zu finden. Wir sind aber dafür, wie die meisten Erdenbürger, nur unzureichend ausgestattet, denn wir haben nicht einmal ein brauchbares Konzept des „wahren Lebens" zur Hand. Wo sollen wir es also aufspüren, wie sollen wir es denn führen, dieses ach so ersehnte und leider so schwer greifbare „wahre Leben"?

Das Geständnis

Sehr geehrter Herr Professor Rheinfeld, lieber Kollege!

Mit großem Erstaunen nehmen wir zur Kenntnis, dass Sie sich an unserer Hochschule in unserem wunderschönen Augsburg um die amtlich und öffentlich ausgeschriebene Professur für Geschichte beworben haben.
Sie werden uns gewiss zustimmen, dass unsere zwar kleine, aber in der Geschichtswissenschaft zweifellos recht prestigereiche Institution ausschließlich mit international anerkannten Größen besetzt ist. In aller Bescheidenheit dürfen wir wohl anmerken – und das ist Ihnen als Mitglied des Instituts für Historische Studien in Princeton sicherlich bekannt –, dass nicht nur wir Unterfertigten, sondern auch alle anderen Kollegen herausragende Kapazitäten sind, die sich eines ausgezeichneten Rufes in der Fachwelt als Historiker mit dem spezifischen Schwerpunkt des Mittelalters im Raume in und um Augsburg erfreuen. Bestimmt kennen Sie auch unseren letzten, vor fünf Jahren erschienenen achtseitigen Artikel *„Die Zunft der Augsburger Hufschmiede im frühen Hochmittelalter"* in den Monatsheften des Fachbereiches Geschichte an unserer Universität. Diese Publikation beleuchtet besonders den Einfluss dieses Gewerbes auf die durchreisenden Kreuzritter. Diese hingebungsvoll und penibel recherchierte Arbeit – Aufzeichnungen der Handwerker über die beschlagenen Pferde sowie die Glaubwürdigkeit und auch Ehrlichkeit der Handwerker bei ihrer einfachen Buchführung standen im Brennpunkt unserer Untersuchungen – war das Ergebnis einer Kooperation des werten Herrn Kollegen Brändle mit uns während unseres einsemestrigen Studienaufenthaltes in Ulm. Wir möchten betonen, dass unser Werk nicht nur

bei den Studierenden großes Interesse hervorrief, sondern sogar bei den angesehenen Gelehrten unseres Fachbereiches die verdiente Beachtung fand.

Es läge uns fern zu bestreiten, dass Sie, sehr geehrter Herr Kollege, tüchtig arbeiten, eine lange Publikationsliste vorzuweisen haben, ja, durch Ihren Fleiß für das Überquellen der Regale in den Fachbibliotheken verantwortlich zeichnen. Ihre Bücher und Abhandlungen über die Geschichte des 20. Jahrhunderts in Europa gelten als tiefschürfend, die Analysen werden vielfach als brillant bezeichnet. Doch Sie werden in der Historikergemeinschaft auch als äußerst kontrovers eingestuft. Sie beziehen in Ihren Werken eine konkrete Stellung, geben Ihre persönliche Meinung ab – und das gefällt hier wenig. Warum suchen Sie auf diese Weise Konfrontationen, die nur Verstörung hervorrufen? Die Liste Ihrer Positionen als Gastprofessor in Oxford, bei der Columbia University, in Berkeley und in Hongkong bei der City University mag vielleicht beeindrucken, aber ob die Studierenden dort je Ihre Vorlesungen auch verstanden haben, sei dahingestellt. Wir, die hier Unterzeichnenden, im Namen aller Kollegen des hiesigen Fachbereiches, möchten Sie darauf hinweisen, dass uns – im Gegensatz zu Ihnen – besonders die Studierenden am Herzen liegen. Die meisten, nämlich so an die 95 Prozent unserer Studierenden, sind Lehramtskandidaten. Sie planen, ihr Wissen nach Abschluss des Studiums bloß an Schüler von Höheren Schulen weiterzugeben. Ein Universitätsprofessor sollte dieses Faktum im Auge behalten und dementsprechend darauf Rücksicht nehmen; dies ist unbedingt bei den Lehrveranstaltungen zu beachten. Irgendwelche hochgestochenen Ideen oder gar unpassende politische Äußerungen sind da total fehl am Platz, würden eventuell auch das Niveau der Studierenden an unserer Universität strapazieren, denn ihr vorrangiges Ziel ist es schließlich, ihren akademischen Grad so rasch und unkompliziert wie nur möglich zu erhalten.

Das bringt uns auf den von Ihnen gehaltenen Vortrag „*Der Synkretismus von être und néant als Paradigma der Vierten Republik*" im Rahmen Ihres Vorstellungsbesuches vergangenen Freitag. Wie Sie sich denken können, wurde Ihre Probevorlesung ja mit großer Spannung erwartet, eilt Ihrem Namen in den Geisteswissenschaften doch eine gewisse Reputation voraus. Dementsprechend auch der Besucherandrang im Auditorium Maximum. Ihr intellektuelles Auftreten, der Hauch von Internationalität, Ihr Schwung und Elan beeindruckten anfänglich die Hörerschaft – solange Sie bei der Einführung weilten. Je tiefer Sie jedoch in Ihre verstiegene These über den Einfluss von Jean-Paul Sartre auf die katastrophalen Regierungen der Vierten Republik in Frankreich nach dem Zweiten Weltkrieg eindrangen, je intensiver Sie versuchten, Ihr enges Spezialwissen weiterzugeben und Ihre Meinung mit oft weit hergeholten Argumenten zu untermauern, desto unverständlicher wurde Ihre Darbietung für die Zuhörer. Eine Dozentin der Pädagogik, übrigens die Frau unseres hoch verehrten Fachbereichsleiters, meinte nachher, Ihr Vortrag wäre auf einem Niveau, dem kaum der akademische Lehrkörper ohne spezifisches Fachwissen auf Ihrem Gebiet folgen könne und erst recht nicht die sozusagen normale Studentenschaft.

Da Sie ja die meisten Jahre Ihrer akademischen Tätigkeit im Ausland verbrachten, sollten wir Sie vielleicht darüber informieren, dass Neuaufnahmen von Akademikern an deutschen Hochschulen durch demokratisch ausgerichtete Gremien entschieden werden. In diesen sitzen Vertreter des Lehrkörpers aller Fachrichtungen der zuständigen Fakultät, der Hochschülerschaft und des administrativen Personals. Nachdem zuerst jede dieser drei Gruppen für sich in einer Sitzung nach ausführlichen Diskussionen über die Bewerberin oder den Bewerber berät, wird anschließend in einer beschlussfassenden Kommission die endgültige Entscheidung über die Kandidatin oder den

Kandidaten gefällt. Es wird Sie wahrscheinlich nicht verwundern, dass das lehrende Personal in engem Kontakt mit den Studierenden steht und dabei klarerweise genau auf deren Bedürfnisse und Sorgen bei einem Neuzugang zu einem Fachbereich eingeht. So wird bereits im Vorhinein in Gesprächen in Erfahrung gebracht, ob ein neuer Professor von den Studierenden akzeptiert werden würde, und man geht auf diese Weise späteren Problemen aus dem Weg. Dieses System ist zwar bei einigen autokratisch eingestellten Lehrenden nicht unumstritten, nimmt zugegebenermaßen auch allerhand Zeit für Zusammenkünfte, Diskussionsrunden, Abstimmungen und so weiter in Anspruch, aber wichtig ist, dass Entscheidungen im Konsens getroffen werden. So sind die Ruhe und die Ordnung innerhalb der Hochschulgemeinschaft gewährleistet.
Nun möchten wir auf Ihren Fall zurückkommen. Vorweg sei erwähnt, dass Sie zwar eine Minderheit der Vertreter der Studierenden für sich gewonnen haben, die überwiegende Mehrheit hingegen meldete massive Bedenken an, dass sich Ihr internationales Renommee sehr wohl auf die Anforderungen bei Prüfungen und schriftlichen Arbeiten auswirken werde. Professoren mit hohem Niveau verlangen auch von ihren Studierenden dementsprechend mehr. Es wurde auch das Argument vorgebracht, dass eine unter Ihrer Betreuung erstellte Diplomarbeit kaum einen höheren Stellenwert in der vom Gros unserer Studierenden angestrebten Arbeitswelt, nämlich den Sekundarschulen, einnehmen würde. Der Tenor also: Zusätzliche Studienzeit wäre vergeudete Zeit, also zwecklos. Über die Meinung der nichtakademischen Gruppe werden wir kaum Worte verschwenden. Deren Begründung für das voraussichtliche Votum gegen Sie stützt sich hauptsächlich auf das beklemmende Gefühl, dass wahrscheinlich die auf sie zukommenden höheren Anforderungen, das heißt Mehrarbeit, inakzeptabel wären – so jedenfalls die Auskunft unserer Fakultätssekretärin. Was nun die Einstellung der

akademischen Fakultätsmitglieder betrifft, sei sie kurz und bündig so zusammengefasst: Sie haben viel zu lange im Ausland gelebt und passen daher kaum mehr in unser System, Ihre umfassende Liste von publizierten Büchern und Artikeln entspricht nicht dem üblichen Standard unserer Universität, Sie würden zu sehr aus der Reihe tanzen. Die Persönlichkeit und nicht arbeitswütiges Konkurrieren gibt bei uns den Ausschlag. Außerdem sind Sie anscheinend gewohnt, in jedem akademischen Jahr an zahlreichen Konferenzen teilzunehmen – Reisen, die wahrscheinlich von Ihren jeweiligen Universitäten durch einen Zuschuss finanziert wurden. Dieses Privileg wird Ihnen hier auf keinen Fall geboten, denn die sehr beschränkten Mittel zur Teilnahme an Tagungen sind nur für lang gediente Professoren vorgesehen; erwarten Sie sich keine Sonderrechte, die wird es auf keinen Fall geben!
Die oben angeführten Gründe sollten Ihnen genügen, zu dem Schluss zu kommen, Ihr Ansuchen bei unserer Hochschule um die Professur für Geschichte zurückzuziehen, bevor Sie eine Absage erhalten. Seien Sie versichert, dass wir dafür Sorge tragen werden – und wir haben dafür auch die Rückendeckung der Mehrheit der Fakultät –, dass die Stelle anderweitig besetzt wird. Wir hoffen auf Ihr Verständnis für unser Vorgehen und zeichnen mit kollegialen Grüßen,

Prof. Dr. Karl Reuter
Prof. Dr. Hermann Niedermaier

Nun sah ich überhaupt keinen Grund, meine Bewerbung bei dieser deutschen Schmalspuruniversität zurückzunehmen, vielmehr würde ich auf ein offizielles Schreiben des Dekanats der Institution warten und dann eine entsprechend pointierte Antwort konzipieren, die meine herausragende Bedeutung in der weltweiten Historikergemeinschaft mit der bescheidenen Reputation der Geschichtsforschung an der Universität Augsburg kontrastieren würde. Dieser Provinzhochschule konnte ohnehin nur noch ein frischer Wind helfen, bevor sie endgültig in die absolute Irrelevanz versank, davon war ich überzeugt. Eigentlich widerten mich die dortigen Professoren mit ihrem nach außen hin biederen und umgänglichen, doch in Wirklichkeit scheinheiligen und intriganten, Gehabe geradezu körperlich an, zu intensive Gedanken an diese unerträglichen Figuren verursachten mir Übelkeit.

Im Bereich der wissenschaftlichen Methodik erschien ein moderner Zugang zur Geschichtsforschung mit dem verknöcherten Wesen der Augsburger Professoren vollends unvereinbar, sie erstickten im Staub ihrer eigenen Altbackenheit, sie rochen nach Moder und Verwesung. Eine starke Persönlichkeit wie ich könnte hingegen eventuell aus dem Potential des vorhandenen Nachwuchses schöpfen, die akademischen Grabkammern durchlüften und einen Aufschwung in lichtere Höhen herbeiführen.

Ich konnte die hasenherzige Besorgnis der Augsburger Historiker wohl rein abstrakt und theoretisch nachvollziehen, würde mein Wirken bei dieser Bummeluniversität doch erhebliche Störungen und Verwerfungen verursachen. Vorbei wäre es mit der beschaulichen Ruhe. Die Damen und Herren kämen unter Druck, mehr zu publizieren, bei der Teilnahme an Konferenzen auch Vorträge zu halten, nicht nur beim Büffet nett zu plaudern und dann obendrein noch die Diätengelder für ihre passive Mitwirkung einzustreichen. Vor allem müssten diese in engen Fahrrinnen dahintrödelnden Kleingeister auch ihr Wissensgebiet signifikant erweitern. Die Spezialisierung der Mitglieder des Fachbereiches auf das Mittelalter in Bayern war in der Vergangenheit möglicherweise von regionaler Bedeutung, doch in internationalen Gelehrtenkreisen herrschte vorwiegend die Meinung, besonders die Themen von Augsburger Belang seien jetzt bereits gänzlich aufgearbeitet. Immer mehr Details und zum Teil auch völlige Nebensächlichkeiten, ja, Lächerlichkeiten, ohne Auswirkungen auf das Geschichtsverständnis wurden dennoch weiterhin ausgegraben und dann bis zum letzten Korn ausgedroschen. Überdies ließ man dem wissenschaftlichen Inzest und der lokalen Klüngelei freien Lauf.

Bei der Historikertagung in Berlin, wo ich zu einem Plenarvortrag eingeladen war, kursierte das Gerücht, dass man für die Stelle des in die Emeritierung gehenden Professors Hans Schmidt in Augsburg wiederum einen Fachmann für mittelalterliche Geschichte ins Auge gefasst hat, und zwar einen ehemaligen Studienkollegen von Karl Reuter. Es wurde nun deutlich, dass man mich nie und nimmer für die Position in Augsburg ernsthaft in Betracht gezogen hatte; ich diente bestenfalls als Staffage zur eventuellen Komplettierung des Dreiervorschlages, also gewissermaßen als Füllmaterial in Reserve, so wie auch ein noch relativ junger Dozent aus München, der das Altertum vertrat, mit der stolzen Publikationsliste von sage und schreibe fünf Artikeln, der gleich nach mir einen Vorstellungsvortrag in Augsburg gehalten hatte.
Gespannt wartete ich auf die offizielle Begründung der Absage der Universität Augsburg, denn dass ich einen ablehnenden Bescheid erhalten würde, war nun wohl vorbestimmt und unabwendbar. Zwar hatten nur die mickrigen Mitläufer Reuter und Niedermaier den Brief unterzeichnet, man konnte aber eindeutig erkennen, dass sie diesen nicht ohne die Rückendeckung aller Professoren des Fachbereiches verfasst hatten. Sie hätten sich niemals erkühnt, nur zu zweit eine solche Initiative zu entwickeln, dazu waren sie viel zu feige. Etwas im Dunkeln blieb hingegen die Position zweier jüngerer Kollegen am Fachbereich, die der Dozenten Andreas Scherzer und Christian Schober, die ich von früher her kannte und einige Male auch schon bei Workshops über die Geschichte des 20. Jahrhunderts getroffen hatte. Es schien, als wären sie bereit, sich in neue Gebiete einzulesen, den Schritt weg vom bayrischen Mittelalter zu wagen, da sie wohl merkten, dass diese Spezialisierung im wissenschaftlichen Bereich in eine Sackgasse führte. Obwohl diese Kollegen nicht unbedingt durch ihre zahlreichen Abhandlungen und ihre brillanten oder wenigstens animierten Vorträge bei internationalen Konferenzen aufgefallen waren, verfügten sie in einigen Bereichen über ein ansehnliches Wissen. Da gab es auch noch den etwas behäbigen, aber im Grunde sympathischen, Dozenten Gustav Kogler. Er konnte zum Beispiel mit detailliertem Fachwissen über die Mondlan-

dung der Amerikaner im Jahre 1969 aufwarten, hatte er doch jedes Buch studiert, das darüber in seinem Umkreis aufzufinden war. Wenn ihn ein Thema wirklich interessierte, dann stürzte er sich förmlich darauf und vermochte sich mit jedem Experten zu messen. Leider bezog sich das aber kaum auf sein direktes berufliches Fachgebiet; da dümpelte er interesselos herum.

Ich konnte wirklich von Glück reden, dass ich nach wie vor meine Stellung beim Institut in Princeton innehatte. Mein Vertrag würde jedoch Ende des akademischen Jahres ablaufen und es bestand kaum eine Chance auf Verlängerung. Bei der derzeitigen desperaten Situation an den Hochschulen in der westlichen Welt, die nur an Einsparungen und nochmals Einsparungen dachten, vermittelte dies ein beunruhigendes Gefühl. Wahrscheinlich würde ich letztendlich doch mein Hobby zum Beruf machen und als Koch enden, eventuell ein kleines aber exklusives Restaurant eröffnen. *Bistro zum glücklichen Historiker* wäre vielleicht ein passender Name, oder besser *Boîte du Professeur heureux,* denn ein französisches Mäntelchen für ein Lokal ist immer eine Garantie für Erfolg. Die gebotene Küche wäre dabei eigentlich nebensächlich. Man könnte auch einen erfahrenen Koch heuern und selbst nur die strategische Leitung übernehmen. Ich fing sogar schon zum Planen, nein, zum Träumen an.

Ursprünglich war mir ja von Professor Zucchario, seit 25 Jahren Vorstand des Instituts in Princeton, eine permanente Stelle versprochen worden, aber eine verbindliche schriftliche Zusage gab es leider nicht. In wissenschaftlichen Kreisen hatte er sich lediglich mit seiner Doktorarbeit über die Nazarener, einer im römischen Exil lebenden Gruppe von Malern der Romantik, die eine Erneuerung der christlichen Kunst anstrebten, einen Namen gemacht. Seinen Führungsposten verdankte er daher wohl eher seinem Renommee als guter Administrator mit ausgezeichneter Vernetzung und als äußerst rühriger *fund raiser,* der es immer wieder verstand, Kanäle anzuzapfen, um Mittel für das Institut aufzutreiben. Diese Reputation basierte wahrscheinlich zum Teil auch auf seiner durchtriebenen Hinterlist. Wie wäre ansonsten sein kontinuierliches Überleben trotz der dreijährlich abgehaltenen Wahlen zum Institutsvorstand möglich gewesen, da er ja innerhalb des Lehrkörpers nicht ganz unumstritten war? So hatte er seine Frau mit bloß einem *Bachelor Degree* als Dozentin und seine Tochter, die sich an der Grenze der Zurechnungsfähigkeit befand, als wissenschaftliche Hilfskraft eingestellt. Die Vergabe dieser Positionen an die beiden Familienangehörigen bot immer wieder Gesprächsstoff auf den diversen Campuspartys, wobei kaum jemand die Billigung von Zuccharios unverhohlenem Nepotismus durch die Universitätsverwaltung verstand. Hinter vorgehaltener Hand munkelte man noch dazu über die merkwürdige Verwendung von Forschungsgeldern im Institut. Des Öfteren wurden nämlich die staatlichen Zuschüsse für Wissenschaftler, unter anderem für Konferenzteilnahmen, nie verwendet, schienen jedoch auch in der Buchhaltung nicht auf. Von eingeweihter Seite hörte man, dass diesbezüglich bereits Gespräche im Dekanat geführt wurden, da sich einige um ihr Reisebudget geprellte Lehrende beschwert hatten.

Selbst in diesem doch so prestigereichen Institut hatten sich überdies einige Mittelmäßigkeiten behauptet, die, um seine Gunst zu erheischen, schon seit Jahren um Professor Zucchario wie die Motten um das Licht schwirrten. Besonders auffällig wurde dies, wenn die Zeit der jährlichen Gehaltserhöhung nahte. Einladungen zu Dinners bei diversen Institutsmitgliedern vermehrten sich, sogar *Open Houses,* eine aufwändige Angelegenheit, bei der jedermann im Institut geladen war, wurden abgehalten, hofften doch alle, sich so gut wie möglich gehaltsmäßig zu verbessern, eventuell sogar auf der Beförderungsleiter eine höhere Stufe zu erklimmen. Es schien, man war Professor Zucchario mit Haut und Haar ausgeliefert. Kein besonnener Mitarbeiter wagte auch nur die geringste kritische Beurteilung einer Maßnahme. Nur sogenannte konstruktive Kritik wurde akzeptiert, was in meinen Augen nur eine lächerliche Bezeichnung für Lob und Anerkennung der bereits getroffenen Entscheidung bedeutete.

Ich war nicht länger gewillt, in diesem Kuriositätenkabinett nur eine stille Rolle einzunehmen, wo einerseits die schweigende Mehrheit das Regime von Professor Zucchario duldete, brav arbeitete und emsig publizierte, und man andererseits beobachten konnte, wie eine um Aufmerksamkeit heischende kleine Gruppe um ihn wie Satelliten um die Erde kreise und bedingungslos den von ihm vorgezeichneten Bahnen folgte. Im Aufenthaltsraum für die Mitarbeiter wurde kaum mehr ehrlich miteinander kommuniziert, zu tieferen Diskussionen oder gar intellektuellen Streitgesprächen kam es überhaupt nicht mehr. Beim Kaffee wurde nur noch *small talk* geführt; man plauderte über die Kinder und ihre Schulprobleme, besprach Steuern, kommunale Gebühren und Abgaben, aber ansonsten? Es herrschte eine Unsicherheit, das Falsche zu sagen, sich durch eine Äußerung zu kompromittieren oder jemandem zu schaden.

Nun besitze ich einen wohlverdienten Ruf als selbstsicherer Mann und widerborstige Natur, jemand der mit großem Gusto an Disputen teilnimmt, kontroverse Meinungen vertritt und diese auch furchtlos verteidigt. So wagte ich eines Tages zu fordern, dass das Institut einen Lehrstuhl für Zeitgeschichte einrichten sollte. Die Epoche der Romantik, erklärte ich gezielt boshaft, sei hingegen ohnedies schon in idealer Weise von Professor Zucchario abgedeckt, folglich sei dafür keine weitere Stelle nötig. Ich wusste wohlweislich, dass er bezüglich Forschung und Publikationstätigkeit bereits seit Langem ein erloschener Vulkan war. Mit dieser Bemerkung, so der Tenor meiner Kollegen, hatte ich mich jedoch erdreistet, das Gebiet des guten Professors als irrelevant einzustufen. Sie war jedoch mehr als Seitenhieb auf die seit vielen Jahren mangelhafte wissenschaftliche Arbeit unseres Institutsvorstands gedacht denn als Kritik der Bedeutsamkeit des europäischen Geisteslebens vom Ende des 18. bis zur Mitte des 19. Jahrhunderts. Begreiflicherweise erschien es illusorisch zu glauben, nach dieser Äußerung noch eine Verlängerung meines Vertrages zu erhalten. Die kalkulierte Spitze gegen unseren Fachbereichsleiter war zugegebenermaßen unvorsichtig, und ich hatte damit auch die Unterstützung einiger mir ansonsten zumindest im Stillen gewogenen Kollegen verspielt. Sogar der gutmütige und etwas naive Dozent Langlands, dessen Büro gleich neben dem meinen lag, gab mir zu verstehen, dass ich „ein bisschen" zu weit gegangen sei, so etwas könne man nicht sagen.

Ich wurde immer wütender, verachtete, ja, hasste mehr und mehr diese Feiglinge. Kollege Langlands versuchte dann trotzdem noch, einige Historiker für mich zu gewinnen, um meine Vertragsverlängerung zu erwirken, wollte mich aber nur im Geheimen treffen, wie er mir in konspirativer Manier kundtat; es sollte uns niemand bei der sogenannten Lagebesprechung beobachten. Das alles war einfach zu absurd. Langlands brachte augenscheinlich nicht genug Mut auf, um offen für mich einzutreten. Er wollte es sich, so denke ich, keineswegs mit Professor Zucchario verscherzen, und schon gar nicht wegen eines Außenseiters wie mir. Die Mehrheit des Lehrkörpers scherte sich im Übrigen keinen Deut um meine Zukunft. Die große Masse versteckte sich hinter der Neutralität, deklarierte sich weder für noch gegen mich, die engagierte Unterstützung blieb aus. Ich wusste, meine Felle schwimmen den Bach hinunter; ich werde keine Vertragsverlängerung bekommen.

Jetzt setzte ich die gut geölte Maschinerie des Jobsuchens in Gang. Ich studierte die Annoncen in den einschlägigen Fachzeitschriften, versandte unzählige Bewerbungsschreiben sowohl an nordamerikanische als auch an europäische Universitäten und kontaktierte außerdem Historiker, die mich persönlich von Konferenzen her kannten und die ganz besonders mit meinem gesamten Arbeitsgebiet vertraut waren. Hauptsächlich konnte ich aber nur auf den Bekanntheitsgrad durch meine Publikationen bauen und nicht auf ein Netzwerk, wie zum Beispiel eine Klubmitgliedschaft. Ich sah mich immer als einsamen Kämpfer, wollte mich aus eigener Kraft und ohne die Hilfe anderer emporarbeiten und publizierte daher die meisten Bücher und Abhandlungen im Alleingang. Nun machte ich die bittere Erfahrung, dass persönliche Kontakte eine viel wichtigere Rolle einnehmen als Können und Leistung, auch auf wissenschaftlicher Ebene. Eine stetig wachsende Publikationsliste, Einladungen zu Workshops und Konferenzen, zu Vorträgen bei bedeutsamen Historikerkongressen und die damit verbundene Ehre nutzten nichts. Monatelang herrschte bei den angeschriebenen Universitäten Funkstille, der Erhalt des Ansuchens wurde in den wenigsten Fällen bestätigt, kaum eine kurze Mail war meine Bewerbung wert.

Im zweiten Semester dieses akademischen Jahres wurde mein Unterrichtspensum auf zwölf Wochenstunden erhöht, was die Chemie zwischen Professor Zucchario und mir auch nicht gerade verbesserte. Er konnte mich nicht leiden und ich ihn erst recht nicht; die Abneigung war gegenseitig. Obendrein verbannte man mich in ein anderes Büro in einem dem Institut für Historische Studien gegenüberliegenden Gebäude – ich kam sozusagen auf eine Isolierstation – und musste daher für meine Vorlesungen immer in das andere Gebäude wechseln. Von meinem neuen Büro aus blickte ich direkt auf die Fensterfront von Professor Zucchdarios Vorstandszimmer, und so spielte ich manches Mal mit dem Gedanken, einfach hinüber zu schießen – hätte ich ein Gewehr besessen. Mein ehemaliges Büro würde für einen neuen Kollegen benötigt, erfuhr ich, einen Spezialisten für das 18. und 19. Jahrhundert. Ich war frustriert und erschöpft; ich musste warten und mich in Geduld üben.

Eines Tages traf dann die schon lange erwartete Antwort von der Universität Augsburg ein. Es war unerhört und ungeheuerlich, ich konnte es kaum glauben, aber das gewissermaßen offizielle Schriftstück bestand aus einer einfachen Postkarte, unterzeichnet von Hans Schmidt und gesandt von seinem Wanderurlaub in Tirol. Er informierte mich kurz und bündig: „Die ausgeschriebene Professur für Geschichte wurde anderweitig besetzt." Diese Nachricht war ihm nicht einmal eine Ansichtskarte wert!

Trotz meiner maßlosen Erzürnung ob solch schäbiger Behandlung ließ ich nicht locker, arbeitete emsig weiter. Ich rang mir die Überzeugung ab, dass sich letztendlich meine Strategie doch bezahlt machen würde. Nun setzte ich alles daran, meine persönliche Bekanntheit in Europa weiter zu verbreiten, denn trotz aller Schwächen dieses Kontinents fühlte ich mich in der dortigen Kultur mehr verwurzelt, selbst nach 25 Jahren in der Neuen Welt und in Ostasien. Jede sich nur bietende Gelegenheit nahm ich wahr, auch an der unbedeutendsten deutschen Hochschule einen Vortrag zu halten, stellte mich zähneknirschend für Kolloquiumsvorträge zur Verfügung und tingelte so durch die gesamte deutsche Provinz von Konstanz bis Kiel. Sogar nach Österreich streckte ich meine Fühler aus, was naturgemäß bei der dort herrschenden Mittelmäßigkeit und Angepasstheit von Vornherein zum Scheitern verdammt war. Ungeachtet freundlicher Belanglosigkeiten und höflicher Gemeinplätze bei den Einladungen zum abendlichen sogenannten geselligen Beisammensein merkte ich jedoch bei jedem Besuch, ob bei der Universität Wien, Salzburg, Graz oder Innsbruck, dass meine Sichtweise von bestimmten Vorgängen in der Zeitgeschichte, etwa die Gründung der Republik Deutschösterreich oder die Entnazifizierung in den Jahren nach dem Zweiten Weltkrieg, ablehnend aufgenommen wurde und meine Auslandskarriere bei den österreichischen Kollegen statt Bewunderung nur verzehrende Neidgefühle hervorrief.

Die Vorlesungen in Princeton, die ich durch meine Vortragsreisen versäumte, musste ich durch das Umorganisieren der Kurse aufholen. Die Studenten höheren Semesters zeigten volles Verständnis; für sie veranstaltete ich Blockvorlesungen. Einige Kollegen erwiesen sich dann doch als hilfsbereit und übernahmen teilweise meine Stunden in den Anfängervorlesungen. Diese Periode stellte sich als außerordentlich anstrengend heraus, denn nicht nur die intensive Reisetätigkeit und die damit verbundenen Strapazen erschöpften mich zusehends, auch mein jahrelanger enormer Schaffensdrang zehrte auf die Dauer sowohl an meinen psychischen als auch physischen Kräften. Immer öfter erschien es mir, dass mein intellektuelles Wirken ohne Wertschätzung blieb, meine Lehrtätigkeit sinnlos war. Mein Tatendrang begann dementsprechend zu erlöschen.

Als ich dann hörte, dass meine verehrte schwedische Freundin Berith Nilsson von der Universität Uppsala vor Kurzem einem Herzversagen erlegen war, geriet ich in eine tiefe Depression. Ich lernte diese hervorragende Historikerin kennen, als wir beide zwei Sommer lang in einem Restaurant in Göteborg jobbten. Sie studierte damals an der Universität Luzern, ich an der Universität Wien. Wir blieben immer in Kontakt, trafen uns regelmäßig bei Konferenzen, veröffentlichen sogar einen gemeinsamen Artikel in der *Revue Historique*. Voriges Jahr hatte sie mich noch angeschrieben, ob ich interessiert wäre, einmal als Gastprofessor an ihrem Institut zu wirken. Selbstredend war ich das, und so verfasste ich eine Mail, in der ich mein ehrliches Interesse bekundete. Ich arbeitete damals hart und besonders lange an dieser elektronischen Nachricht – um genau zu sein einen ganzen Tag lang –, denn ich verfasste sie auf Schwedisch. Da ich nie wieder von Berith hörte, fürchtete ich, dass mir in dieser Kommunikation in meinem Küchenschwedisch eventuell fatale sprachliche Fehler, vielleicht sogar Peinlichkeiten, unterlaufen waren. Im Nachhinein verstand ich aber ihr Verhalten; sie war kurz nach unserem Austausch schwer erkrankt und deshalb ihr Schweigen. Von dieser Seite konnte ich jedenfalls auch keine Unterstützung mehr erwarten.

Die allgemeine Situation an den Hochschulen wurde leider fortwährend schwieriger, sowohl in den USA als auch in Europa. Die finanziellen Mittel trockneten immer mehr aus, die Frustration war allgegenwärtig und der Konkurrenzkampf unter den Kollegen wurde proportional dazu härter und rücksichtsloser. Am Ende des Semesters stand ich noch immer ohne Job da! Da traf ich die vielleicht doch etwas ungewöhnliche Entscheidung, meine akademische Karriere an den Nagel zu hängen und mir den schon länger still gehegten Wunsch zu erfüllen, ein Restaurant zu eröffnen.

Gerne erinnere ich mich jetzt daran, wie ich im Restaurant in Göteborg die Küchengeschicke an mich riss, als der nigerianische Koch eines schönen Tages verschwand – oder verschwinden musste, da er ohne legale Dokumente im Land weilte und arbeitete. Mir wurde absolutes Talent zugesprochen, wie ich die Dinge schaukelte. So kletterte ich mühelos vom anfänglichen Tellerwäscher zuerst zum Kellermeister hoch – die verlangten Weine aus dem Gewölbe zu holen war ja nicht gerade eine unlösbare Aufgabenstellung für einen intelligenten jungen Mann –, und schlussendlich wurde ich offizieller Verwalter des Herdes mit zwei Küchengehilfinnen. Wenn ich daran zurückdenke, so empfinde ich, dass mir dieser Job damals unheimlichen Spaß machte; ich hatte keinerlei Probleme, den vorgegebenen Rezepten zu folgen, bekam manchmal überdies die Gelegenheit, Kreativität einfließen zu lassen und die Speisen etwas abzuwandeln. Dass ich auch für mich persönlich gerne kochte, hie und da sogar für ein paar Freunde absolut exquisite Gerichte der französischen Cuisine erfolgreich ausprobierte, war bei meiner Entscheidung ausschlaggebend. Also: *allez hopp* in das neue Leben!

Ende des Semesters übergab ich kurzerhand meinen kleinen Haushalt und die übergroße Bibliothek an eine Spedition und flog geradewegs nach Wien. Bis zum Eintreffen des Übersiedlungsgutes würde ich sicherlich eine geeignete Wohnung finden; vorläufig mietete ich mich im Aparthotel *Adagio* im ersten Bezirk ein.

Mit schon lange nicht mehr so lebhaft empfundenem Tatendrang machte ich mich auf die Suche nach einem geeigneten Lokal. Bald wurde ich fündig. Die Managerin des Hotels *Adagio* wusste von einem italienischen Restaurantbesitzer namens Mario Biondo, der schon seit einiger Zeit an den Ruhestand dachte. Er und seine Frau Gianna, die resolute Herrin über die Küche, wollten den Lebensabend in ihrer sizilianischen Heimat verbringen. Das war meine Gelegenheit, und ich packte sie beim Schopf.

Die Ablöseverhandlungen über das Restaurant zogen sich jedoch ziemlich in die Länge. Die zwei Alten traten immer wieder mit neuen, mir unverständlichen, Forderungen an mich heran, wollten dann plötzlich nur verpachten anstatt zu verkaufen, überraschenderweise entschieden sie sich dann wieder gegen den Rückzug nach Italien, um doch in Österreich zu bleiben, wir diskutierten und feilschten. Um endlich eine Lösung herbeizuführen, setzte ich eine Frist; für mich kam nur ein Kauf in Frage.

Ich wollte spätestens Anfang September mein Restaurant eröffnen, und da waren immerhin allerhand Änderungen durchzuführen, damit die Räumlichkeiten meinen ambitionierten Vorstellungen entsprechen würden. Ich beschloss, die Gaststätte in *Osteria della Storia* umzubenennen, wobei Signor Biondo vorerst darauf bestand, der Name *Trattoria da Mario* dürfe nicht geändert, nein, müsse in seinem Angedenken weitergeführt werden. Letztendlich, einen Tag vor der von mir vorgegebenen Frist, entschied sich das Paar, den oftmals geänderten Vertrag doch zu unterschreiben.

Ich hatte es geschafft, war voll Freude über den Besitz des Lokals und begann sofort mit der Umgestaltung: Modernisierung der veralteten Küche und umfassende Renovierung des gesamten Objekts. Der von mir angeheuerte Innenarchitekt schlug eine Vergrößerung des Speisesaales durch geschickte Zusammenlegung des Gast- sowie eines Nebenraumes vor und adaptierte einen zweiten Nebenraum zu einem äußerst gemütlichen Hinterzimmer für private Veranstaltungen. Dieses gedachte ich besonders bei Firmen und Institutionen für Feiern und Feste zu propagieren. Bilder, dezent gerahmt, mit wunderschönen Aufnahmen von Städten und Landschaften von Ligurien bis Kalabrien, die ich persönlich in meinen Urlauben geschossen hatte, zierten die Wände und, als Tüpfelchen auf dem i, bestand auch die Möglichkeit, in das Hinterzimmer auf Wunsch der Gäste Musik einzuspielen. Die komplette Renovierung tat dem Lokal gut. Durch die neu eingebaute Beleuchtungstechnologie wirkte es größer, freundlicher, und die hellen pastellfarbenen Anstriche gestalteten es einladend. Mit aller Bescheidenheit wage ich zu behaupten, dass die Kreation meiner modernen und doch anheimelnden *Osteria* absolut gelungen war, und ich bin stolz darauf!

Die Eröffnung meines italienischen Restaurants wurde zum vollen Erfolg. Es liegt zentral im ersten Bezirk, verfügt aber dennoch über einen verhältnismäßig großzügig dimensionierten Parkplatz im Innenhof des Hauses. Dies erleichtert den Autosüchtigen das kostenfreie Abstellen ihrer Gefährte, eine Besonderheit in der Innenstadt. So ist das Lokal sowohl mittags als auch abends bestens besucht. Mit derselben Begeisterung, mit der ich während meiner akademischen Laufbahn in Bibliotheken und Archiven nach historischen Fakten gewühlt habe, schwinge ich jetzt mit leidenschaftlichem Eifer die Utensilien in der Küche meiner *Osteria della Storia*.

Der *Falter* bewertete mein gastronomisches Angebot als „ausgezeichnet" bis „exzellent", schrieb über einen „wahrlich erfreulichen Zugewinn der Lokalszene der Stadt"; der *Kurier* meinte hingegen, die Speisen seien zwar „sehr gut", aber nannte manche „etwas zu ausgefallen". So wurde zum Beispiel der Geschmack der von mir selbst erfundenen grünen Bärlauchtagliatelle mit Ricotta als „eigenartig", ja, „seltsam" bezeichnet. In erster Linie offeriere ich jedoch klassische italienische Hausmannskost zu dementsprechend moderaten Preisen – ich bediene ja hier hauptsächlich die Mittelklasse, die genauso wie die sparsame amerikanische bei jeder Gelegenheit über die Steuern, Gebühren, Abgaben und Lebenshaltungskosten jammert. Ich bin aber auch bereit, für Gruppen und auf Vorbestellung speziell ausgefeilte italienische Menüs zu kreieren, was gerne an Samstagabenden von Mitgliedern der Wiener Schickeria angenommen wird.

Bereits während der für mich doch ziemlich aufreibenden Umbauten in der *Osteria* entwickelte sich immer stärker die Idee, meinen im kommenden Jahr anstehenden 50. Geburtstag dort in elegantem Stil zu feiern. Ich träumte von einem aufwändigen Festmahl: Nicht nur ehemalige Kollegen des Geschichtsinstituts in Princeton, sondern auch Lehrende von europäischen Universitäten wollte ich in mein erfolgreiches Restaurant bitten, ihnen vorführen, dass ein erfülltes Leben auch *nach* dem Abgang von einer Hochschule möglich ist. Besonders am Herzen lagen mir Einladungen an jene Professoren und Dozenten, die im letzten Jahr meiner Jobsuche die Klingen mit mir gekreuzt, die mich hingehalten hatten oder mir überhaupt noch eine Antwort schuldeten und gleichzeitig erfolgreich daran arbeiteten, dass ich nirgendwo eine feste Stelle antreten konnte. Der Internationale Historikerkongress, die nur alle vier Jahre stattfindende große Heerschau der weltweiten Geschichtsforschung, die just im kommenden Frühjahr hier an der Wiener Universität stattfinden würde, bot dazu *die* Gelegenheit!

Es bereitete mir einen wahren Genuss, an alle, die mich mit unverschämt falscher Freundlichkeit behandelt hatten, Einladungen zu versenden, und ein ausgeklügeltes Menü auszuarbeiten, das ich bescheiden als einfache italienische Landmahlzeit bezeichnete: *Capellini* mit Bärlauchpesto, ein toskanisches *Stracotto* mit vier verschiedenen Gemüsen und als perfekten Abschluss eine *Crostata di fragole*. Dazu sollten ausgiebig *Frascati* und *Chianti* fließen. Alle, aber wirklich alle, die ich kontaktierte, sagten umgehend zu, gerne zu meiner Geburtstagsfeier zu kommen, darunter die Professoren Karl Reuter, Hermann Niedermaier, Hans Schmidt und Luciano Zucchario sowie die Dozenten Gustav Kogler, Andreas Scherzer, Christian Schober und Ken Langlands. Professor Zucchario würde naturgemäß mit Frau und Tochter im Schlepptau erscheinen. Eine Einladung zum Dinner ließen die Zuccharios nie aus!

Um das Bärlauchpesto kümmerte ich mich bereits am Vortag persönlich, für die Zubereitung des *Stracotto* sowie der delikaten *Crostata di fragole* hingegen übergab ich die Küche an den speziell für diesen Abend geheuerten italienischen Spitzenkoch Francesco Cassini. Schließlich wollte auch ich selbst mein eigenes Geburtstagsessen genießen! Cassini war anfangs etwas verärgert, weil ich ihm die Herstellung des *Pesto* unilateral entzogen hatte, wie er sich ausdrückte. So ließ ich ihm dafür bei der Auswahl der Fleischstücke und der Gemüse für das *Stracotto* freie Hand, auch bei der Zubereitung der *Crostata di fragole* mischte ich mich nicht ein – die war mir ohnedies nicht so wichtig.

Richtig frischer Bärlauch ist am ansonsten bestens bestückten Naschmarkt ja nur schwer zu bekommen, wächst aber üppig wild in der Wien relativ nahen Aulandschaft entlang der Donau. Der betäubende Duft von Knoblauch, den diese länglichen, elegant schmalen Blätter abgeben, überzieht jedes Frühjahr die feuchten Landstriche, doch es ist kaum jemandes Sache, mit Stiefeln, Schneidewerkzeug und Säckchen ausgestattet durch das sumpfige Gebiet meist in gebückter Haltung zu watscheln, um die frischen grünen Pflanzen zu ernten. Erst nachdem die weißen Blütendolden des ausgewachsenen Bärlauchs in eine bräunliche Farbe gewechselt und einzuknicken begonnen haben, der bedeutungsvolle Geruch den Rückzug angetreten hat, übernehmen die Maiglöckchen die Auen. Auch sie lieben die schattigen Plätzchen des Feuchtbiotops und sie danken der Umwelt mit dem zarten Duft von Parfüm. Dann erst bevölkern sich die schlammigen

Wege; die Leute strömen in Massen herbei, nicht nur um sich ein Sträußchen der zierlichen Blumen zu pflücken, nein, sie graben sie sogar aus, um sie einzutopfen. Die zwei elliptischen Blätter, welche die Traube der weißen, duftenden Blüten der Maiglöckchen schützen, sprießen jedoch bereits einige Zeit *vor* der Blüte aus dem Boden, wohl um die Frühlingsluft zu testen. Zuerst haben aber immer die krautigen, einstieligen Bärlauchblätter im Auwald den Vorrang, überfluten den feuchten Boden. Die Maiglöckchenblätter kündigen sehr bald danach ihr Erscheinen an, und diesen galt vor allem mein Interesse.

Beim Ernten der elliptischen Blätter ging ich betont vorsichtig vor, schnitt sie direkt dort ab, wo sie aus der Erde sprossen. Ich freute mich bei jedem Pflänzchen, das ich erspähte. So sammelte ich eine ganze Tasche voll, waren für mein Rezept doch mindestens 400 Gramm nötig. Es bereitete schon allerhand Mühe, diese Menge zusammenzubekommen, aber wenn man ein bestimmtes Ziel verfolgt, macht die Arbeit auch Freude – und ich verfolgte ein Ziel und das Sammeln machte höllischen Spaß. Einige Bärlauchblätter mussten dann ebenso in die Tasche, waren sie doch für das *Pesto* als Geruchskomponente entscheidend. Pinienkerne, Pecorino, Olivenöl, Meersalz und schwarzen Pfeffer fand ich in der Vorratskammer, und nach dem Waschen und Schneiden des Waldgemüses endeten alle Zutaten im großen Mixer und wurden zu einer dicken Paste verrührt. In der Küche verbreitete sich hierauf ein stechendes Knoblaucharoma; die wenigen Bärlauchblätter erfüllten ihre Funktion hervorragend. Den Topf mit dem fertigen *Pesto* stellte ich in den Kühlschrank. Signor Cassini würde die Masse dann kurz vor dem Servieren aufwärmen und zu den fadendünnen *Capellini* mengen. Er hatte sich mit dem Ablauf in der Küche bestens vertraut gemacht und würde auch die Küchenhilfen souverän führen.

Ich war bereit und empfing meine Gäste wie wichtige Botschafter kleiner Länder – in gewisser Weise konnte man sie ja als Gesandte ihrer Hochschulen betrachten. Sie erschienen alle auf die Minute pünktlich, begrüßten mich herzlichst wie einen lieben alten Freund, bewunderten überschwänglich die gediegenen Räumlichkeiten und die geschmackvollen Dekorationen des Lokals. Die große Tafel war herrschaftlich gedeckt, und mit Genugtuung dachte ich an das für mich so bedeutsame Mahl.

Zum Aperitif ließ ich gleich einmal *Frascati* servieren, das lockerte die Stimmung. Die Konversation plätscherte leicht dahin, die Themen blieben unverfänglich. Meine Erfolgsgeschichte mit der Restauranteröffnung hatte naturgemäß schon die Runde in der internationalen Historikergemeinschaft gemacht, und nun hörte ich, dass sich ein bekannter Geschichtsprofessor der University of Bristol nach Schottland als Schafzüchter zurückgezogen hat. Er lebt nun, so wurde berichtet, mit einer 500-köpfigen Herde von Shetlandschafen und mit der Unterstützung einiger arbeitsfreudiger Border Collies in absoluter Zufriedenheit auf Westray, einer der Orkney-Inseln. Der Ausstieg aus dem akademischen Leben schien Schule zu machen!

Es wurden einige schwülstige Reden geschwungen, ich musste weiters Lobhudeleien über meine vormalige Arbeit über mich ergehen lassen und mir Plattitüden anhören, wie sehr ich der internationalen Historikergemeinschaft fehle. Die Falschheit und die Lügen waren zum Erbrechen. Wie zum Hohn überreichte man mir dann als Geburtstagsgeschenk und Erinnerung an meinen ehemaligen Beruf *The Encyclopedia of Ancient History,* die gewiss aus der Bibliothek eines ehemaligen Kollegen stammte. Mit einiger Mühe raspelte auch ich Süßholz, fasste mich jedoch kurz und bat dann zu Tisch. Ein geheuchelt freundliches Lächeln aufsetzend, wünschte ich allseits *bon appétit.*

Bevor sich diese verlogene Gesellschaft geradezu unmanierlich in die dampfenden *Capellini* mit dem speziellen *Pesto* stürzte, fand noch das elegante Gedeck die verdiente Bewunderung. Die Vorspeise ließ ich aus, offiziell meiner Figur zuliebe, griff dafür dann umso tüchtiger beim *Stracotto* zu. Die Gläser wurden immer wieder mit *Chianti* gefüllt, dafür war ausreichend gesorgt. Trotzdem wurde die Stimmung immer gedämpfter und die Konversation stockte zusehends. Interessiert bemerkte ich bereits beim Hauptgang bei einigen Gästen etwas gequälte Gesichter, so als hätten sie Kopfschmerzen. Professor Zucchario stahl sich mit einer gemurmelten Entschuldigung als Erster in Richtung Toilette davon, es folgten, glaube ich, Ken Langlands und Christian Schober. Professor Zuccharios Frau begann plötzlich über Atemnot zu klagen und seine Tochter über Herzklopfen. Ich erinnere mich, dass ich mir noch einen kleinen Scherz erlaubte und leichthin fragte, ob es der jungen Dame vielleicht der attraktive Kellner angetan habe. Es gelang ihr jedoch kaum, sich ein Lächeln abzuringen. Dann verließen die beiden Professoren Reuter und Niedermaier in großer Eile die Tafel. Karl Havlicek von der Universität Wien war der Nächste, der sich entfernte. Er kam mit der Hiobsbotschaft zurück, dass Kollege Zucchario anscheinend einen leichten Kreislaufkollaps erlitten habe. Er stehe aber schon wieder auf den Beinen, hieß es. Einen Doktor zu rufen, wie ich anbot, sei wirklich nicht notwendig. Trotzdem ließen sich die Herren Langlands, Schober und Havlicek sowie Zucchario mit Frau und Tochter Taxis holen und verabschiedeten sich mit vielen gewundenen Höflichkeitsformeln. Hatte ich eine zu hohe Dosis von Maiglöckchenblättern verarbeitet, dass das *Pesto* so rasch wirkte? Man spekulierte, die Konferenz sei außerordentlich anstrengend; zu viele Vorträge würden in einen Tag hineingepackt und deshalb seien viele der Teilnehmer gestresst.

Die anfangs aufgelockerte Atmosphäre beim Essen wurde immer angespannter, und ich veranlasste daher, dass der Kellner eine CD mit leichter italienischer Musik auflegte. Vergebens, die Stimmung war im Keller. Auch die übrigen Gäste erschienen mir blass, sogar ein bisschen hohlwangig. Der vom Koch dann noch frisch angerichteten *Crostata di fragole* wurde nicht mehr die gebührende Aufmerksamkeit geschenkt, keiner fand es mehr der Mühe wert, das auserlesen feine Dessert zu würdigen. Kaffee oder gar noch ein Gläschen *Grappa* wurden von den verbleibenden Gästen rundweg abgelehnt; alle schienen es eilig zu haben, in ihre Hotels zurückzukehren, um vor dem sicherlich wieder anstrengenden morgigen Tag Ruhe zu tanken, wie gesagt wurde. Der ahnungslose Cassini, der sich bei der Zubereitung der Speisen so überaus bemüht hatte, war enttäuscht, und ich musste ihm mit viel Takt und Einfühlungsvermögen erklären, dass eine Gruppe unterbezahlter oder sich zumindest so fühlender Akademiker weder wisse, wie man sich zu einem besonderen Anlass entsprechend kleide, noch ein liebevoll zubereitetes Essen schätzen könne. Das Erscheinungsbild meiner Gäste war ja tatsächlich erbarmungswürdig: Außer den älteren Professoren Reuter, Niedermaier, Schmidt und Zucchario in ihren schlecht sitzenden grauen Einheitsanzügen und abgewetzten Krawatten, schlapften die anderen ehemaligen Kollegen in armseligen, billigen und zerknautschten Hosen und T-Shirts mit lächerlichen Aufdrucken daher, bepackt mit Rucksäcken, als würden sie sich auf einer Bergtour befinden. Es war filmreif, wie die Gruppe jämmerlich angezogener Historiker in mein gediegenes Lokal eingezogen war, ein Dokumentarfilm über den Niedergang der Alltagskultur.

Der Anruf des Organisators des Historikerkongresses am nächsten Morgen kam nicht unerwartet. Mit Gleichmut hörte ich mir die Katastrophenmeldung über den Tod der honorigen Professoren Reuter, Niedermaier und Zucchario an. Die Herren, so vernahm ich, waren in der Nacht einem Herzstillstand erlegen. Die anderen Gäste meines Geburtstagsessens mussten sich während der Nacht in die Notaufnahme eines Spitals begeben. Der behandelnde Oberarzt sprach von einer akuten Lebensmittelvergiftung, und als er erfuhr, dass die gesamte Gruppe in meiner *Osteria* gespeist hatte, vermutete er bereits eine verhängnisvolle Verwechslung bei einer der Zutaten des Menüs.

Es dauerte nicht lange und ein Trupp von acht Polizisten erschien in meinem Restaurant; es war nicht gerade eine diskrete Aktion. Mein Lokal wurde gänzlich abgesperrt, zwei Wachposten patrouillierten vor dem Eingang und meine mit den modernsten Geräten ausgestattete Restaurantküche wurde von ein paar Gestalten, gehüllt in weiße Schutzanzüge und mit Mundmasken ausgestattet, penibel durchsucht. Sie entnahmen mehrere Speiseproben aus dem Kühlschrank und spachtelten diese in sorgfältig beschriftete Glasbehälter. Cassini tat mir leid. Mit großer Unruhe verfolgte er die Prozedur, wusste nicht, wie mit seiner Nervosität umzugehen. Wir wurden alle aufgefordert, uns zur Verfügung zu halten, wie die gängige Formel lautet, wahrscheinlich um zum gestrigen Abend befragt zu werden. Ich verhielt mich ganz ruhig. Es war mir bewusst, dass die Wahrheit nicht lange verborgen bleiben konnte – ich wollte die mutmaßliche, aber von meiner Warte aus absichtliche Verwechslung auch gar nicht verheimlichen. Dass die einfache Vertauschung der Blätter im *Pesto* so effektiv zu schweren Vergiftungen, ja, sogar zum Tod führen würde, überraschte mich dann aber doch.

Dies ist mein Geständnis. Ich bekenne mich schuldig, meinen ehemaligen Kollegen, diesen miesen Charakteren, schon seit Langem das Schlimmste gewünscht zu haben. Diese selbstzufriedenen, niederträchtigen, intriganten Herren haben es mehr als verdient zu leiden, ja, sogar schmerzvoll in das dunkle Jenseits befördert zu werden. Das Bewusstsein, dass damit auch einige Universitätsposten für Historiker bald für Neubesetzungen zur Verfügung stehen werden, erfüllt mich mit großer Genugtuung. Ich bedaure nur, dass ich dieses mutige Vorhaben, diese Tat der ausgleichenden Gerechtigkeit, nicht schon früher auszuführen imstande war. Ich empfinde keine Reue und ich sage die Wahrheit, die ganze ungeschminkte Wahrheit!

Bewerten Sie dieses Buch auf unserer Homepage!

www.novumverlag.com

Die Autorin

Sarah Samuel ist das Pseudonym eines österreichischen Autorenpaares. Er arbeitete als Wissenschaftler an diversen Universitäten und Instituten im In- und Ausland, sie als internationale Beamtin. Das Paar hat an den unterschiedlichsten, exotischen Orten in der ganzen Welt gelebt – der reiche Erfahrungsschatz der Weltenbummler schlägt sich in deren Literatur nieder.
Die Autoren begannen in der Pension mit dem Schreiben und dem Erzählen ihrer – oftmals auch skurrilen – Erlebnisse rund um den Globus.
Nach „Schwarzer Halbmond" und „Das Lazarettkind", beides Romane aus dem Jahr 2017, ist „Der Katzenfänger und andere Grenzgänger" ihr bereits drittes veröffentlichtes Werk, diesmal ein Erzählband mit Kurzgeschichten.
In ihrer Freizeit erfreut sich Sarah Samuel an Theaterbesuchen, am Lesen und am Wandern.

Der Verlag

> Wer aufhört
> besser zu werden,
> hat aufgehört
> gut zu sein!

Basierend auf diesem Motto ist es dem novum Verlag ein Anliegen neue Manuskripte aufzuspüren, zu veröffentlichen und deren Autoren langfristig zu fördern. Mittlerweile gilt der 1997 gegründete und mehrfach prämierte Verlag als Spezialist für Neuautoren in Deutschland, Österreich und der Schweiz.

Für jedes neue Manuskript wird innerhalb weniger Wochen eine kostenfreie, unverbindliche Lektorats-Prüfung erstellt.

Weitere Informationen zum Verlag und
seinen Büchern finden Sie im Internet unter:

www.novumverlag.com

Sarah Samuel

Das Lazarettkind

ISBN 978-3-903155-40-4
250 Seiten

Eine Wiener Intellektuelle begibt sich auf eine fast lebenslange Vatersuche. Dabei stößt sie auf die Geschichte des Juden Salomon Meir, der unter skurrilen Umständen in einem Lazarett mit der Krankenschwester Emilia ein Kind zeugte – das Lazarettkind Gertrude.

Sarah Samuel

Schwarzer Halbmond

ISBN 978-3-903155-64-01
270 Seiten

Ein brisanter und packender politischer Thriller über das tödliche Dreieck islamistischer Terrorismus – Mafia – Schleppergeschäft vor dem realen Hintergrund der Terroranschläge in Frankreich im Jahre 2015.